谨以此书献给河北大学建校100周年

《雁阵》廿四

王丽文　主编

河北大学出版社
·保定·

YANZHEN NIANSI
《雁阵》廿四

出 版 人：朱文富
责任编辑：赵彩霞
助理编辑：冯喆圆
装帧设计：张彦琪
责任校对：杜启昌
责任印制：常 凯

图书在版编目（CIP）数据

雁阵．廿四 / 王丽文主编．-- 保定 ：河北大学出版社，2021.9
ISBN 978-7-5666-1905-1

Ⅰ．①雁… Ⅱ．①王… Ⅲ．①中国文学－当代文学－作品综合集 Ⅳ．①I217.1

中国版本图书馆CIP数据核字(2021)第167492号

出版发行：河北大学出版社
地址：河北省保定市七一东路2666号 邮编：071000
电话：0312-5073019 0312-5073029
邮箱：hbdxcbs818@163.com 网址：www.hbdxcbs.com
经 销：全国新华书店
印 刷：保定市正大印刷有限公司
幅面尺寸：170 mm×240 mm
印 张：19.75
字 数：240千字
版 次：2021年9月第1版
印 次：2021年9月第1次印刷
书 号：ISBN 978-7-5666-1905-1
定 价：46.00元

如发现印装质量问题，影响阅读，请与本社联系。
电话：0312-5073023

纪念母校河北大学建校100周年

1921年天津工商大学（初名）～2021年

序　一

赵林涛

今年是河北大学建校百年，学院也在设计自己的活动。大家一交流，想到了《雁阵》。

世纪之交，还是纸媒的时代，学校的各种社团刊物也是争相斗艳。《雁阵》无疑是当年的佼佼者，也是唯一传承到现在的。我对《雁阵》的记忆来自彦斌，他那会儿是工商管理学院的团委书记、《雁阵》的指导老师。我应命写了篇散文叫《山行一日》，印在 1999 年第 9 期的“嘉宾有约”。

记忆当中，《雁阵》以发表文学作品为主，版式模仿的是风行当时的《读者》。那时候还流行拉广告，为了筹集印刷费用，要不断跑去周边商户“化缘”。以我一个“嘉宾”的视角，区区一份社团刊物，记录的是一代代莘莘学子的青春与才华、激情和理想，承载的是校园文化，留下的是时代印记。

追本溯源，管理学院许多专业历史悠久，但组合到一起，是 2000 年的事情。由此，我们想到了《雁阵》，想到以此吹响管理学院校友的集结号。丽文则是当仁不让的号手。

我们决定，以《雁阵》为基础，出版一本文集。《雁阵》，始于1998，至今已历24载，所以我们给这本文集起了一个很直白但听起来还有点儿雅的名字——《〈雁阵〉廿四》。我们从24年间出版的81期杂志中精选了90篇，另有10篇是“雁阵人”的回忆文章，总共凑成“100”之数。此举的初衷，其一，向河北大学百年华诞献礼；其二，唤起管理学院校友的母校情怀；其三，我们更加希望，《〈雁阵〉廿四》能够影响更多在校学子，让他们接过学长们手中的火炬，持续奋进，不负韶华，抒写出属于他们这个时代的风采华章。

《〈雁阵〉廿四》即将付梓之际，丽文要我写“序”，我问“能不写吗”，她说：“就等您了！”我说“我试试啊”，她说：“打个折，您写首诗？”我说：“马上，还是写段‘散文’吧。”

此刻，为了写这篇“序”，我翻出那本尘封已久的杂志。熟悉的画风，亲切的感觉，美好的回忆，只是，重读旧作，自己已然不是当日的那个少年。

2021年8月29日于集羡斋

序　二

王　心　郭彦斌

时光的年轮飞快转动，转眼间，《雁阵》已然走过 24 年青春韶华，成熟稳健地向前迈进。在接到丽文的邀约让我为《〈雁阵〉廿四》写序的时候，我再一次计算了她的年龄，回忆了我与她的交集与情感。

24 年前的 3 月，在冬日将尽、春日将来的时节，《雁阵》在一群热血青年的簇拥下，款款而来，我们有幸成为她的指导老师，也有幸陪着她走过最初的艰难。所有的创业都一样，初期都是从零开始，我们虽没有始终陪伴雁阵的成长，但最初的三年我们一同走过，像看着自己孩子从出生到蹒跚学步的父母一般惊喜又感动。这些情愫随着工作的深入不断累积，我们一起讨论办刊的宗旨，讨论组织结构，讨论文章的品质，讨论未来发展……因此，我们同勤劳的“雁子”结下了深厚的师生情谊。

《雁阵》的出现，给了热爱生活的广大同学抒发情怀、展示自我的平台。她从创刊之初就拥有广博的胸怀，我们的编辑遍布全校，我们的作者遍布河北省的各所大学，我们开放的胸襟吸引了越来越多卓越的人才向我们聚来。在欣欣向荣的事业发展之下，我们也面临着苦恼和困惑："雁阵"的巢在管理，雁在四方，雁儿不断积聚，在各方的力量并不均衡，如何构建科学的管理体系，既激发雁儿们投入工作，又保障管理顺畅成了我们必须面对的问题之一。我们初期学《读者》的风格，把她打造成文艺女青年，但在大学校园内，似乎纯文艺不能反映创办者的能力，到底走文艺路线还是学术路线，成了我们选择的又一大难题。

有一本书叫《定位》，它把"定位"看作"为组织准确定义成果的新生产工具"，由杰克·特劳特于 1969 年发明，还掀起了第三次生产力革命的浪潮。"定位"最新的定义是：如何让你在潜在客户的心智中与众不同。上面的两个问题，我们认为似乎可以用"定位"的方法来解决。当然，这也只是我们现在的看法，而当时我们还不具备这样的思考。初期的《雁阵》走了文艺＋学术的路线。而在组织人事安排上，我们采取了社长由管理学院的学生担任（为了保持管理的便利性），主编和编辑全校聘任（为了保持雁阵的先进性），在各个文章的署名处，我们也坚持署名时附上年级和专业。这些基本规则，在《雁阵》总的发展过程中坚持得很好。

《雁阵》有一个先进的品格——奋斗。为什么这么说呢？1998 年的大学，对于学生社团的支持力度远没有现在大。《雁阵》成立的时候，作为老师，我们也只是能为雁儿们提供一台 386 电脑，让他们把手稿输入到 Word 文档里，甚至在试刊时，《雁阵》还是油墨版。这就是当时的环境，虽然苦点儿，但每一期都更让大家珍视！珍视的除了《雁阵》本身的内容，还有大家孜孜以求的付出，和印证青春的足迹。除了制作的艰辛，还有印刷和刊发的不易。大家可以看到初期的《雁阵》封二和封三，还有中间页刊登着校园周边电脑室、理发店、餐馆、书店的广告，正是这些广告的存在，才让那些激昂文字得以见诸莘莘学子。而这些广告，都是靠雁儿们一户一户走访推销换来的。没有抱怨，只有乐此不疲；没有畏缩，只有默默前行。现在想来，我们这些当老师的都感动，感动于同学们的敬业精神，感动于大家的奋斗不止。这应该就是青春的力量，也是青春该有的模样！

如今，恰逢母校百年校庆，《〈雁阵〉廿四》的出版从学生的视角印证了二十几年的母校变化，记录了一批批学子的青葱岁月，我们从学生们激昂文字的背后可以看到这些。看着看着，我们似乎回到了骑着自行车扛着大旗接新生的那天；看着看着，我们似乎又回到了迎接跨世纪欣喜的那夜；看着看着，我们都忘记了时间又走过了一天！

小小的《雁阵》，肩负活跃校园文化、凝聚青年力量的重任。她的初心不变，必将砥砺前行。

2021 年 7 月 23 日

目　录

生命里的那个秋天

夏文峰

我的生命中最真切的时段是秋。

十年前的那个秋天，我还是一个十岁的农家男孩儿。每天，爹娘起早贪黑奔波劳累。瘦瘦弱弱的我上学，做饭，打水，喂猪。日子在极其平淡与枯燥中流淌。

那个秋日的傍晚，炉子上的半锅水沸了。我把锅端起来，脚下一崴，半锅水全倒在了左腿上。我疼得在地上打滚，嘴唇都咬出了血，可我却没有哭，连一滴泪也没有落。实在忍不住了，就把身边的半盆凉水浇在了腿上，于是，也就留下了永久的伤痕。第二天，腿上起了铜铃般的大水泡，舅母说要剪掉不然会感染。娘下不了手，舅母把一个个水泡剪破的时候，娘在一旁咬着手巾簌簌落泪，给我包扎好了，娘又下地去了。

于是，黑黑的土屋里就留下了一个与时间、与孤独做伴的我。平日里，时间就像疯跑的野兔想追都追不上；可这时却像被什么法术定住了一样，不声不响地与我对坐。年幼的我终于品透了什么叫孤独，什么是苦痛。白天阳光就很少光顾我的土屋，傍晚的时候我就完全陷入漆黑一片了。于是，我漆黑的双眼在漆黑的老屋中搜索，希望能寻到一丝光亮，一丝慰藉。可是，没有。只有钟表在嗒嗒地走着。锅台上一只蛐蛐在叫，我屏息倾听。我知道，只有它才能使我少一分对孤独的恐惧。我像一个饥饿的乞丐渴望面包一样渴求理解，一顿责骂也会让我感到万分亲切。

八天后，我蹒跚着走出了土屋。立在秋风中，满眼都是纷飞的落叶，像一片片丢弃的信笺。泪，在脸上滑落；我被孤独尘封的如同千年莲子一样的心在秋风中却萌动了。

以后的一个又一个秋侧身而去，我跌倒，爬起；再跌倒，再爬起。这时我才发觉，走过孤独的人，身上有了一种什么也打不败的东西——坚强。

（选自《雁阵》第 1 期）

深　夜

鄢宇丞

这是一个周末的晚上，迎着普天洒下的月辉，在最后的一道铃声响后，我回到了我的家；踩着晶莹的辉光，回到了我精心构造的一方小天地。

轻轻地推开门，又轻轻地关上，以免惊醒了同院里熟睡的人们。窗前是婆娑的树影，对着纤细翘立的石榴板，一起沉醉在这美妙的月色里。

倚卧在床上，戴上耳机，按下放音键，在这属于我的时间里聆听属于我的音乐。《梁祝》拉起它悠长的曲调，让我的心儿随着琴声的起伏悲壮尽情尽诉。一声凄厉的二胡让我想起泉水中动荡的月儿，如哭如泣，那是一段沧桑的历史与回忆。将一本书盖在脸上，挡住床头耀眼的灯光，让思想随着音乐回旋。抛开一周的单调与沉重，忘掉一切的烦恼与迷茫，我静静地聆听着属于我的音乐。

静静的夜，能听到脑中细胞的低吟。窗户里透进来的是凝固的月色，仿佛是黑暗牢笼的出口，通向那片令人向往的世界。青年人是爱好幻想的，正如老人们爱回想当年的往事一样。青年人爱憧憬未来的世界。梦中有他们温情的恋人，梦中有他们成功的花环，梦中有他们五彩的生活。然而，当从梦中醒来，你又不得不去重复单调的生活，不得不在三点一线的附近徘徊！现实让人憔悴，现实让人不满，现实让人奋争！青年人爱搏击风浪，青年人爱打破传统，青年人爱在冒险中获得生命的情趣！然而，青年人又是那么脆弱啊，常在失败中沉沦，在沉沦中反复吟唱春花秋月！当失去了恋人，我会拼命喝酒，直至酩酊大醉；当拿不了奖学金，我会忘情地抽烟，直至两眼呆滞；可是即将毕业，在失业的威胁下，我又将如何去面对？

我自爱我的这方小天地，因为我不敢走出寸方的世界。我是青年人，却如不能行走的幼儿，我渴望风暴，渴望激流，却又懦弱惶恐。我搜寻着生命的轨迹，我寻找着生命的答案！

望着如水的月光，我一阵冲动。打开门，我便沐浴在了月色中。四周矗立的树木和我一同享受夜风拂面的清爽，与鸣虫的清唱绘织多彩的月色图，月色不只是灰是白，是水是乳，还是黄是绿，是蕴含众多乐章的彩图。于是，我渐渐明白，生活是单调的，但也是充满生机的，走出自我陶醉的小天地，我将获得生机盎然的大世界！

美妙啊，这月色！美妙啊，这静静的夜！

（选自《雁阵》第1期）

重读生命

韩立强

前些天，学校读书社推出一块宣传板号召大家多读书，还列出一批推荐书目，其中之一是小说《老人与海》。

《老人与海》，读过，初三寒假时读的。那时候，我正处于对文学最虔诚、最狂热的阶段，整天挖空心思地搜罗文学名著，一旦弄到手，就一口气读完。懂与不懂似并不在意，只因自己又读了一部书而略觉得意——那时我也不可能承认自己读不懂的。

我的一些朋友也有类似的经历，都觉得中学时特别爱看名著，也特别能啃“大部头”，似乎这本身就是一种快乐。或者说是一种激情吧，一种少年特有的激情。因少不更事而越发渴望了解生活，了解世界。于是，就走进文学世界。

《老人与海》不是少年人写的，却很适合少年人读。然而我读过之后，却并不觉得有多好，最强烈的感觉是——可惜。真的为老桑提亚哥可惜，那么大一条鱼呀，转眼间就没了……

虽然我觉得这小说很平庸，但毕竟是获了诺贝尔奖的，因此又觉得小说一定别有深意，或者，其获奖的原因就在于这种平庸?!

升入高中后，我的兴趣都发生了转变，文学理想被搁置脑后，什么《老人与海》，什么文学名著，连想也没再想过。

进入大学，眼界更为拓宽了，精力也更为分散。一天天忙忙碌碌，也时不时参加些学校的文学社团活动，可也仅此而已。

直到在读书社的宣传板上又看到《老人与海》这个名字，我突然产生了一种莫名的感动。五年了，从未见过、想过它，而今突然见到，竟似一个久违不见的老朋友那样亲切、那样熟悉，又有一种时空隔绝的陌生感。

回想起来，我连读《老人与海》那天的天气、心情及发生的一切一切都记得那么清楚——以前从未想过，一旦回想起来不能不令我吃惊——我生命中的一天天流水般逝去，似无所感，然而那天，却记得那样清晰，竟然成为我生命中一个永恒的点。这一切，都只因那天读过一篇《老人与海》。

年少时读书马马虎虎，似懂非懂，如今却发现，真正令自己刻骨铭心的正是少时所读的书，甚至那种似懂非懂的感受也一样的刻骨铭心。每读过一本书就铭刻下一个日子，铸成一页永恒的日记。我后悔自己少时没多读些书，我遗憾我对那刚刚萌发的知性少了些记忆！

如今又提到《老人与海》，原本囫囵吞咽下去的字句清晰凸现于脑海里。茫茫的大海，亲切又神秘；年轻的桑提亚哥，经验丰富却没有了力气，他捕到了一条大鱼，转眼被群鲨吞噬：老桑提亚哥只感到累……他又失败了，却依然又“梦到了狮子”。奇怪！此时的我已不再替老桑提亚哥感到可惜了，失去了就失去了，可惜也没有用。

我突然又感到了类似少年的那种激情，我迫不及待地想重读一遍《老人与海》，不，重读所有少时读过的书，重读所有读过的书……

现在到图书馆里找一本书，比起当年要容易得多，可几天下来，又总忘去找。每到静默时，突然又想起，可恰巧手边又有事，转眼又忘却了。

那天，和两个朋友闲聊，突然间聊到文学。他们二位，一位是学日语的，却偏爱英国文学，另一位是学历史的，钟情于俄国文学，我则喜爱法国文学。我们从《简·爱》聊到《红与黑》，又聊到《复活》……聊来聊去，都是大家少时所读的那些文学名著——当然掺进了今天的见解。

（选自《雁阵》第1期）

不知名的树

王泽明

我是一棵没有名字的树，有着柔软的枝条，笔直的树干，良好的木质。

然而我有一个致命的弱点，我的表皮非常粗糙且难看至极又生刺。

所以没有人接近我，更没有人欣赏我。诗人优美的语句，不是为我而写，美好的赞叹声不是为我而发。人们处处躲藏着我，冷落我，更有甚者伤害我。我在一个小小的角落默默地感受："是否美好的东西外表都很美，外表华丽的东西确实美好呢?"

我有着柳条一样的细枝，我也可迎风摇曳，身影婆娑。春天来时，我也一如柳树那样抽条吐絮。我也可以使人有"我絮因风起"的意境。然而终究没有人站在我旁边作过一首小诗。也曾有人折我的枝条做笛子，然而却被人讥笑，于是更无人来，于是只有我自己欣赏自己的舞姿。

我有着白杨一样挺拔的身躯。我昂首挺胸，仰望天宇，俯视大地。忽然听到有人说："终究不是什么好木料啊!"等我低头看时，见一个人边摇头边咕哝着走开了。我轻轻地一笑，也摇了摇头。

我有着松柏一样的坚强的性格。任头顶电闪雷鸣，我依然不摇不动。暴雨、狂飙、冰雪、寒潮丝毫动摇不了我早已坚定的信念。

许多事情过去了，我也发现了许多事情背面隐藏的秘密。我明白了许多，我懂得了许多。我在遗忘中长大，在被冷落中升华。许多过去不能忍受的，我已能安之若素；许多过去不能做到的，我已游刃有余。

从此，对别人的看法丝毫不在意。从此，对别人的嘲讽如蛛丝般抹去。我还是我，一棵不知名的树，依然挺立于风霜雨雪之中，然而头更高，背更直。

（选自《雁阵》第 2 期）

秋　语

张弘韬

秋的风，吹我到了这里
哦，我不是一片枯黄的叶子
风的秋，陪我享受花季
哦，我不是一颗迟来的雨滴
我是跳落的一粒种子
我是吐白的东方寰宇
在秋里，感受成熟
在秋里，泼洒朝气
准备着，准备着
突破冬季

（选自《雁阵》第 4 期）

夜宿山林

郭彦斌

我家在承德。虽在莽莽苍苍的山野间长大，我却从未在山里夜宿过。小时候，父亲带我跑山，不论天黑到了多么晚，都要披星戴月把我送回家。那时候，我是多么渴望能在山里住上一夜啊！那熊熊的篝火，那烧烤的香喷喷的野味，那与大自然为伍的英雄气概，太诱人了！然而，好梦始终未圆。今年寒假，我又跟父亲去跑山了：溜套、溜夹子。蹚着半尺厚的雪，整整一天满梁满洼地跑呀，父亲不时地停下来等我。天黑下来了，而我已累得再也走不动了。父亲决定在山中过夜。许多人认为山里人尽吃野味，却不知道山里人打得野味却舍不得吃，总是卖掉换钱。这次也是万不得已了，父亲用刀把途中打来的那只山兔开了膛，架在火上烧。实在弄不懂，小说中为什么要把那么苦的事情写得那么美。手中的肉没有扑鼻的香气，只有焦煳味与腥臊味。外焦内生，血色依然，咬在嘴里，说不出的怪味，真想吐。咬着牙把那块肉吞下去了。接下来干渴难当，积雪有的是，父亲不让吃。父亲把枪朝洞口方向架着，不时地添着柴。汗落下去了，寒意上来了。石洞内冷气飕飕，直透后心。父亲说：

“你妈在家不知多惦念呢。”我忽然明白父亲以往为什么不在山里过夜了。于是我想，到学校，我一定多给家写信……正在半睡半醒之际，父亲捅了我一下，向洞外指了指：只见两点荧光在闪动。父亲说是狼，肯定还有一只，它们一般不单独出动。我不禁打一个冷战问：“它们不怕火？”“饿急了啥也不怕。”西北风刮动枯树枝，喔喔作响，狼就在不远处徘徊。月隐星稀，除了风声，周围死一般沉寂，我紧靠着父亲。父亲的左食指一刻也没离开扳机，枪的保险一直开着。天色渐渐由黑转灰，由灰转白了，心中的恐惧随着黑夜的消失渐渐淡去。父亲平静地拍拍我的肩：“走，咱们回家吧。”

（选自《雁阵》第7期）

生为国王的王子

王　琳

在那个炎炎的夏日，在美利坚合众国，你走了，褪尽蓝色的你没有吵醒任何人轻轻地走了。没有无语凝噎，也没有泪眼相望，有的只是平静。待我们惊醒之后，才发现你已离我们太远太远，于是我大喊：“你不能走，我们需要你！”在那海天相接的地平线上，只有你无奈惨淡的笑，好像在说：“我不会走远，我一定会回来重新拾起那件蓝色战袍。”可我却发现你那湛蓝的眼睛从此充满了忧郁。

于是每日捧了虔诚的心为你祈祷，明知我的臂弯挽不回老马尔蒂尼坚强如铁的心，明知皮耶罗的光辉已经盖过了你，但我还是用发自内心的笑和真情滚落的泪，为你撑起一片绿荫，伴你走过那个悲情时代。

如果说皮耶罗留给我们的是一次次子弹划破长空般的惊喜，马尔蒂尼给我们的是紧紧锁定乾坤的惊奇，那么你给人的感觉就是挽狂澜于既倒的伟大。你用柔情的发辫系住了无尽的才情与智慧，但你是朴实无华的。沉默却从不落于没落，你的刻苦与努力，连上帝都为之扼腕，所以你每每作为主力上场，总是那道最亮丽的风景，总在为我们讲述一个又一个单骑救主的传奇故事。

“无论哪一个王国，王子都可以很多很多，但国王却从来只有一个，有一种人仿佛刚一降生就被冥冥上天戴上了一顶金灿灿的王冠。”我只记住了这句话，却忘记了出处，我想你就是这样的人，这样的天生要成为国王的人。

你知道人不是一帆风顺的，你知道天空不总是湛蓝的，于是你选择了坚强，选择了一条布满荆棘的道路。想要成功，只有走这一条路，走到路之尽头，却不一定会成功。你的生命仿佛被下了赌注。于是我们在博洛尼亚又看到了一个不知疲倦的精灵，背负着神圣梦想，在绿茵场上驰骋。于是我想到天边那颗明亮的小星正在为你的执着落泪。是的，选择坚强，在你为自己叩开法兰西之门而不懈努力时，所有的人都读懂了你，不再看你在悲情时代中起起落落、浮浮沉沉，不再任你独自风雨兼程，我们陪你度过这段阴霾的日子。

又是一个炎炎的夏日，只是岁月又在你身上烙下了成熟的印记，你的梦想成真了。当然那件蓝色球衣又重新披在了你的身上。胜利总是属于生活的强者。是你的真诚与执着感动了上帝，是你的行动与精神打动了老马尔蒂尼。我亲眼看着你那忧郁的眼睛又燃起了希望之火，我想当你举起大力神杯时，你一定会笑的，你的眼睛一定会明亮起来的。于是我期待着。

当你去安慰射失点球的迪比亚吉奥，我知道一切都那么无奈，你是否强忍忧伤？辉煌与狂热过后，一切烟消云散，留下来的似乎只有无奈与感伤。法兰西远去了，我也有种失落感。你的浪漫曾经感动过整整一代人，但那射向法兰西晴空的点球却将你与大力神杯永远隔开。默默神伤，害怕再看到那黑白相间的精灵，害怕再看到你忧郁的眼睛。其实我错了，我不该将这份失落加于你的头上，因为你永远选择坚强。

又想起那句话——天生注定要成为国王的王子。你是为足球而生，不管结果怎样，你自始至终都陷在足球情感的河中，无法自拔，坚信你，你永远不会放弃，永远不会向命运屈服。因为，你是生为国王的王子，你的名字是——罗伯特·巴乔！

（选自《雁阵》第10期）

好高骛“近”

张江南

1999年，中国，上海。全球五百强云集黄埔江畔，展开了以“中国，未来的五十年”为主题的论坛，提出了“欲称霸世界，先逐鹿中国”。

一、狼与鹿

狼与鹿的关系很戏剧。没有狼，鹿生活得很自在，但好景总是不长。鹿习惯了安逸的环境，大量的繁衍，然而生存的竞争，生态环境的破坏，鹿开始大量死亡。终于狼来了，鹿却因狼的追逐而恢复了敏捷的天性。

优胜劣汰，适者生存。这，就是世界的必然。

五百强挺进中国。有人惊呼：“狼来了！”

经济一体化锐不可当，中国经济必然更多地融入世界发展大潮中，生存和发展的危机，使中国企业面临的环境十分严峻。这就意味着：不管愿意与否，你必须加入竞争，迎接挑战。改革开放曾经造就了一大批著名企业，如海尔、长虹、三九等。正是这些市场经济的弄潮儿拉动着中国的经济大车。昔日稳坐潮头，如今“大兵压境”，他们别无选择，唯有奋起应战。而长期处于关税保护温床的民族弱势企业，面对这突如其来的变化，更要及时断奶，迅速而理智地定位。

二、光辉的背后

时代华纳公司“造就”的全球五百强无疑是媒体的焦点。媒体的充分而夸张的渲染为五百强罩上了神秘的外衣，迷惑了人们的视线。人们喜好神话，但神话只供怡情，企业的发展不需要神话，中国企业的发展尤其不能听信神活。不知大家是否还记得牟其中，这位雄心勃勃的商业英雄，却正是中国商业政治化运作的畸形产物。可悲的是市场的原则是竞争，目的是利润，曾经的巨子如今却身陷囹圄，这难道不是中国式神话的悲哀吗?

当然，五百强是一种荣耀。这无疑是一些中国企业家的梦想，但梦想毕竟是梦想。这倒让他们“别有一番滋味在心头”。事实上我们不应该只看到五百强的奕奕光芒，而应研究脱去光芒下的真实。看清别人，同时也要看清自己。梦想与现实，虽只一步之遥。其间却有着无数血汗和泪水。因此盲目崇拜，盲目喊口号，盲目照搬不是智者所为。

三、好高而骛“近”

拨开云雾见青天。我们自己的路还要自己走下去。

五百强欲“逐鹿中国”，那是他们的事。我们首先不能被他们吓倒，最重要的是自强。“国货当自强”在一定程度上道出了中国人民和中国企业家的心声。

自强！

是的，自强。这并不是简简单单的呐喊，这是一种自信和自知，意味着顽强拼搏，意味着卧薪尝胆。我们虽然没有实力对五百强漠然视之，但五百强是什么？不过是一本杂志的排名。中国企业在崛起，其力量也绝不可小觑。当然，自信不能盲目，自强也要着眼现状。目前，我们不需要“超英赶美”的口号，要的是埋头苦干的精神；我们不需要一步登天的速度，要的是步步高的稳健。稳中求快，快中求质，这样才能为未来的摩天大厦打好地基。

改革，大刀阔斧地消除旧体制的弊端；开放，不拘小节地引进先进科技和管理经验。海尔畅销欧亚，“三九”进军纽约，让我们看到了希望的曙光。梦想和现实之间，并不是遥不可及的。老子曾经说过：“不与人争，人莫与之争。”这并不完全是一种消极思想，相反，这应看成一种反向的积极。我们的企业急需练好“内功”，结合中国国情，推出科技创新战略，提高产品的竞争力。毕竟只有中国人才最了解自己，“走自己的路”才能在世界上占一席之地。好高不必远，只需从骛“近”开始，吐故纳新、韬光养晦是我们必须做的；弱肉强食，优胜劣汰是我们必须承受的。不经涅槃，怎成彩凤！

我突然想起了这样一首歌：“超越梦想，一起飞，你我需要真心面对。”当历史的车轮隆隆驶向新世纪时，我们一定要抓住机遇迎接挑战。未来一切的一切，都需要我们真心面对。

未来中国的命运，只掌握在中国人自己的手中……

（选自《雁阵》第 10 期）

新币创世纪

朱智伟

方队列列，涤荡人心；礼炮声声，响彻全球。伟大祖国五十年华诞的盛典，在亿万人的瞩目下，在庄严与激情并举、希望与讴歌齐飞的氛围中进行。与此同时，与新中国同龄的人民币家族也迎来了新的成员——第五套人民币壹佰圆券。

据悉，第五套人民币除先前发行的壹佰圆券外，还将陆续发行伍拾圆、贰拾圆、拾圆、伍圆、壹圆、伍角、壹角七种券种；人们注意到，第五套币中将增加发行贰拾圆，取消了贰圆、贰角，这主要是为了调整人民币流通结构，完善币制。随着经济的发展和商品交易量的增大，拾圆主币逐渐承担了找零的角色，与其自身地位极不相符，客观上需要一种介于伍拾圆元与拾圆之间的货币，贰拾圆便应运而生了。而贰圆、贰角作为实质上的找币与壹圆、壹角承担相同的角色，其存在已近于冗余。撤销之，既省费用，对经济生活又无伤大雅，可以说此次改制是英明而果敢的。

本版新币的制作工艺与防伪技术已达到了国际先进水平，体现了中华人民共和国成立后技术的全面进步。其版面设计更是匠心独具，细致精美，既蕴有浓郁的民族文化气息，又不失鲜明的时代特征。壹佰圆券以红黄两种颜色为基色，亮丽明致，古朴典雅。正面主像由四人像变成新中国的缔造者——毛泽东。面含微笑的毛主席目光深邃、凝视远方，象征着勤劳勇敢的中国人民在党的领导下同心同德，共创新世纪的坚定决心和巨大魄力。一轮红日喷薄而出，新世纪的中国必将是一片“东方红”。

新币仍以工农一家亲和民族大团结为主题，充分展现了中国人民当家做主、各民族共同发展的大好局面。

钱币是历史的缩影和时代的象征。新币的发行是一个里程碑，它见证了五十年来中国的发展，预示着新世纪中国的辉煌。世纪之交、千年之交，共和国成立五十周年之际；香港已经回归，澳门即将回到母亲的怀抱，台湾统一也早已提上日程；科技文明日新月异，农工建商蓬勃发展，综合国力显著增强，国际地位明显提高，中国在世界舞台上发挥了日益巨大的作用，中国人民怀着激情与信心和对未来的美好憧憬进行着民族复兴的伟大事业。与此同时，政治经济体制改革进入关键时期：国企脱困到了攻坚阶段，旧的体制遗留下来的深层次的矛盾亟待解决，国内经济陷入通货紧缩的泥潭。国际风云变幻，霸权主义和敌对势力还在一定程度上威胁着中国的安全。在这样一个时期发行面向21世纪的货币，既有利于振奋民族精神，也有利于解决紧缩时期的实际问题。

本版新币集三千宠爱于一身，自然具有极高的收藏价值。据了解，目前市面上还很难找到壹佰圆的新币，“金屋藏娇”大有人在。但随着新币的大量发行和旧币的逐步回笼，她会渐渐退去神秘的面纱，让我们一睹芳容。即使如此，我们还是应该对她加倍珍视。

怀着对新币的喜悦之情和对祖国未来的美好祝愿，我插上想象的翅膀，遨游在货币的王国中。宝座上的美元横行无忌，颐指气使，不时挥舞着 SAM 的大棒向世界的每一个角落诉说自己的威严；站立两侧的欧元、日元各怀鬼胎，互相排挤又不时思量着如何“篡党夺权”；而身着民族服装的弱势货币巨子们在这有强权而无公理的世界中挣扎着，敢怒而不敢言。死一般的沉寂中，大殿的黑门被敲开了……伴随着一束阳光，身着红纱的新中国币踱步进来，带着它的三个勇士：绽放五星耀耀光辉的紫荆花——新港币；星光普照下出淤泥而不染的莲花——新澳币；宝岛台湾的新台币。

童话般的预言，绝不是童话。祖国大陆与港澳台，唇齿相依，血脉相连。由于殖民主义的罪恶和历史的原因，才形成了四个相对独立的经济实体。也拥有各自不同的货币，随着大陆改革开放政策的推行，四地贸易异常活跃，经济技术交流和民间文化交流十分频繁，合作潜力巨大，也已在实质上形成了中华经济圈。休戚与共，一荣俱荣，一损俱损。东南亚危机陆港联手退敌，就是一个很好的例证。经济的融合，必然要求货币的统一，以降低贸易的成本，共同抵御外汇风险。共同的血脉、文化和民族自豪感是统一货币的基础，欧元四十年风雨历程，为我们提供经验和启迪。一个名字早已喊出——中元。

有诗为证：

两岸同据中山狼，
倚天长剑飞寒芒。
四地共御外汇险，
中元一统国威扬。

（选自《雁阵》第 10 期）

我们需要冷静的思考

——听“中国加入 WTO 学术报告”有感

尹　洁

在听这场报告之前，我对于 WTO 所知寥寥，只记得中国申请加入 WTO 的艰辛和吴仪与奥尔布莱特为此进行的激烈谈判。时至今日，在“关税与贸易总协定”更名为“世界贸易组织”（WTO）之后，在距我们最初申请复关相隔十三年之后，中国依然在这条路上苦苦期待，人们不禁要问：我们为何如此执着？

当乐凯集团高层主管在讲台上滔滔不绝时，我的头脑里却反复出现北约轰炸我驻南使馆之后各高校打出的“抵制美货，不喝可乐”的标语。诚然，北约野蛮的暴行理应受到每一个有良知的中国人的强烈谴责，理应受到严厉的惩处。

然而，我们这种方式能达到目的么？不喝可乐，美国的经济会垮台么？不吃麦当劳，“山姆大叔”会放弃“新概念战略”么？要知道今日之寰球非彼日之寰球。国与国之间的联系与合作是不以人的意志为转移的历史趋势。问题摆在面前：被欺侮，怎么办？强大起来！要强大，怎么办？发展经济！发展经济，怎么办？改革开放引进外资和先进管理技术。谁有这些东西？唉，发达国家。这正是关键所在。我们痛恨美国，却无法切断与其他各方面的联系。难以否认，赴美留学依然是莘莘学子梦寐以求的心愿。我突然想起一个小孩说过的话：“美国人最坏，但麦当劳最好吃。”我们与这个孩子何其相似！

如果说以上是我们加入 WTO 的外在原因与外在阻力，现在让我们回过头来看看国内：大批失业与下岗职工，大量濒临倒闭的国有企业，经济体制下不合理性的存在，腐败问题的不断恶化，以上种种都注定我们加入 WTO 的迫切性与风险性。汽车、水果、粮食等保护行业的市场将极大放开，这将给我们带来大量的就业机会，使人力得到充分利用。但同时进口货物的关税也将降到前所未有的最低点：在我们的商品涌入国外市场的同时，外国货可能以更快的速度和更大的数量反作用于中国市场。试想一下，七万元的德国桑塔纳与十四万元的国产车，你会选择哪一个？成本低、质量高的洋货对国货造成巨大冲击，将使本已举步维艰的国有企业何去何从？

当然，这些只是我们的预测与估计，我们不会因为树难爬而放弃诱人的金苹果，加入 WTO 给我们带来的利益是远远大于弊病的，这一点人所共知。这正是我们多年来一直要加入 WTO 的原因所在，有一点是可以肯定的：加入 WTO 将会给我们的生活带来巨大的改变。

总之，面对今天这个复杂微妙的世界，我们需要的是冷静的思考，而非情感的支配、权衡利弊之后再做定论，这方是走向成熟的中国经济理应具备的基本素质。

（选自《雁阵》第 11 期）

横空出世

——利息税

赵小北

利息要征税了！这一突如其来的政策使得中国的老百姓再度恐慌……

令人奇怪……银行储蓄并没有什么变化，居民的投资热情也没有什么回升。

无可奈何花落去——中国人民银行试图借此刺激消费需求和投资需求，以期走出通货紧缩、经济萧条的目标远未达到。

那么，对利息征税究竟有什么作用呢？

首先，国家又一次拿起货币政策的重型武器，项庄舞剑其意不过在变相降息。一方面，当前的存款利息已达到了新中国成立以来的最低点，一年期定期存款利率仅为2.25％。但由于当前居民预期收入的降低，预期支出的上升，消费意愿极其低迷，征利息税是为了加大利息收入，达到变相降息的目的，起到某些货币政策的作用；二来这种降息的方式十分隐蔽，并以国家税收政策的面貌出现，同时也是我国征收所得税的完善，不易遭到广大储户的强烈抵制，因此利息税的征收成了中央政府力图加大货币流通量的绝佳选择。

其次，作为一种税收政策，利息税当然具有税收工具的巨大作用。首先是加大国家可支配收入。据统计，1999 年 5 月银行存款账户余额近六万亿，如果按百分之二十的比例征收利息税，国家可获得财政收入一千三百多亿。在当前民间投资需求不旺和消费需求低迷的状况下，国家可以将居民储户的一部分收入集中到自己手里，用于加大固定资产投资建设以刺激投资需求，同时还有一部分收入直接分配到中低收入阶层手里，起到直接刺激消费的作用。这些都是以利息税的征收为前提的。

再次，利息税还具有调节收入再分配的功能。一是把利息收入按比例在国家与储户之间进行分配；一是国家把集中上来的一部分收入用于各种贫困补贴和生活补助，改变了利息收入在一部分社会成员中的分配。需要指出的是，由于居民储户收入水平和生活水平差别很大，对利息收入的依赖程度不同，低收入阶层实际购买力受到利息税的触动很大，而高收入阶层所受到的影响较小，有点儿“通货膨胀”中的“劫贫济富”效应，这是利息税调节不同阶层实际收入更深层的方面，当然也是它的负面效应所在。

最后，利息税具有调节经济的功能。借降低居民储户存款收益，刺激民间的投资与消费水平，以抑制通货紧缩与经济萧条。这一点与上面的货币政策效应十分类似，这里不再赘述。

当前利息税调节社会总需求与总供给的积极效应还未充分发挥出来，市场需求仍然冷清，民间投资依然冷清，但不论利息税对抑制通货紧缩有多大作用，它对中国个人所得税制的完善与发展及对中国今后良好的税收调节都有极为深远的意义。不过我们应当看到利息税的负面效应，它对低收入储户的触动太大，储户有限收益的一部分如果集中到国家手中将会造成他们很大的损失，影响他们对经济前景和政府能力的信任，据统计，最低收入者和低收入者在我国城镇居民中约占百分之二十，在利息税的征收过程中最重要的是对他们提供政策保护，这样才能起到税收维护社会公平的作用。

首先，规定有利于低收入储户的存款起征点和免征额。这个起征点和免征额以能够保障城乡居民最低生活消费水平为准，亦可适当提高，但要以尽量不触动低收入储户的利息收益为前提。

其次，建议实行累进税率，同时对外币存款实行较高税率。利息税实行比例税率，虽然征收管理方便，有利于费用节约原则，却不利于税收原则的基础——公平原则。只有实行累进税率，“量能纳税”，加大较高收入储户对利息税的承受负担，才有利于保护低收入储户的利益，符合公平原则。与此同时，还要对外币存款实行较高税率。由于我国银行存款的百分之八十为人口占百分之二十的富人所有，而他们又恰恰是外币存款的主要拥有者，对他们“课以重税”一般不会引起储蓄倾向的改变，也不会对低收入储户造成影响，因而是切实可行的。

再次，利息税的所得税款应主要用于有利于低收入阶层的建设项目和社会福利项目上，如加大对城镇中低阶层的特困补贴的发放，或用于加强农村基础设施建设，主要是交通、用水、供电等，以及提高农民收入补贴等。

总之，利息税是我国税制发展的一大变革，不是权宜之计，应是长久之计。在西方完善发展利息税调节作用的启示下，我们也应该重新正确认识利息税在各方面的重大作用，积极地加以利用，使我国所得税制进入一个发展和完善的崭新阶段。

（选自《雁阵》第 11 期）

宿舍里安电视，是利是弊？

解　元

电视是现代化的媒体之一，是人类文明的重要标志。随着河大宿舍公寓化制度的不断完善，我们大部分的宿舍都已经拥有了一台电视，而且能收到三十多个频道，比有的同学家里的电视收到的台还多，这对以学习为主的我们，究竟是利还是弊？它又会给我们的学习、生活带来什么样的影响？带着这些问题，笔者在校园里随机采访了一些同学，对这些问题，不同的同学有不同的思考角度，不同的解法，当然得出的答案也就不同。

解法一：利大于弊

安电视，挺好的。高中时，天天忙学习，“两耳不闻窗外事，一心只读圣贤书”，简直成了书呆子。现在好了，宿舍里有了电视，我们能尽快了解到世界各地发生的一些事，有助于我们走出“象牙塔”。像北约轰炸我驻南使馆，我们当天就知道了，而我许多在其他地方上大学的同学，则在事情过了两天之后才知道，就是因为他们宿舍没安电视。这不就很好地说明了安电视的好处吗？但我们也希望学校能有一个更科学的播放时间，比如在早七点、晚十点的新闻播放期间一定要给信号，而在午休时间则适可而止。

一男生：安电视当然好了，有这么多频道，可以想看什么就看什么。学习一天怪累的，回到宿舍躺在床上看会儿电视，既缓解了疲劳紧张的情绪，又开阔了我们的视野，何乐而不为呢？

记者：看来你十分赞成安电视了。

一男生：是的，如果每天能不断信号就更好了。

记者：那你不怕影响学习吗？

一男生：这个，全靠自己的安排了。学校给信号限时间让我在有信号的时候总想多看一会儿，因为待会儿再想看就没信号了，现在不看总有点儿不划算的感觉。

一女生：安电视对教学也有很大帮助。我是大二的，正准备过四级，前一段时间图书馆报告厅的一场关于如何学好英语，过四、六级的报告我就是舒舒服服在宿舍看的。如果在以前，要想听就得提前占座，报告厅又小，晚了根本进不去。连站的位置都没有，更别说听了，希望以后其他报告也能以同样的方式转播。

解法二：弊大于利

一男生：电视里总是没完没了地播放那些无病呻吟的情歌和爱情故事，消磨我们的斗志，对于提高我们的修养一点作用都没有。

旁边一男生：你完全可以不看这些嘛。

男生没理他，接着说：听说我们有了河大有线，真希望它能成为我们学生自己的电视台，由于其他电视台要面对不同层次、不同年龄的观众，节目自然会多而杂，而校园电视台只面对我们大学生，希望它能播一些与大学生知识层次相应的节目，成为校方与同学、同学与老师、同学与同学之间相互交流的媒介、桥梁。

一女生：我是大三的，宿舍里还没安电视。

记者：那你希望安吗？

一女生：我们宿舍的人都不太希望安，怕一看连续剧就收不住，影响了学习。

一男生：有的同学留恋于电视机旁，整天待在屋里，不参加户外活动，这对身体十分不好，看起来整天病恹恹的。

一女生：有的人中午也看电视，影响了其他人的休息，自己下午上课也没精神。成天一回宿舍就开电视，有的人甚至为了看电视连课也不上，真成了“两眼不见身边事，目光只在电视中”了。

一男生：以前没电视时可以在宿舍上自习，现在上自习只好出去找教室，太麻烦了。

记者：那电视节目对你没有什么吸引力吗？

一男生：看不看无所谓，有这份钱给我们安个吊扇，我们也不奢求安空调，只要有个凉风就行。省得到了夏天热的时候睡不着觉，即使睡着了，一晚上也得热醒好几回，还是安吊扇比较好。

真是“公说公有理，婆说婆有理”。我们是不是应该让同意安电视的同学和不同意安电视的同学分开来住呢？笔者以为双方产生这么大分歧的根本原因并不在于电视机本身和是否安电视这件事上，而是在于每个人如何看待这件事。电视只是个工具，如何更好地发挥它的作用，全靠诸君好自为之。

（选自《雁阵》第11期）

心系上海

——献给我最心重的人

丁　芳

多想回到过去，重温所有的记忆，盼望那不只是一个奇迹。

无月的黑夜，你是否感到我心在哭泣。过去的一切，我是如此珍惜。

往日的追忆，让我如此甜蜜，深深刻在我脑海，我的心里，不会轻言“忘记”，因为那对我只有“残酷”的意义。

是对你的思念，对你的惦记，在平淡的生活中将我支持下去。在驶向学校的火车上，我的眼中嵌着点点泪滴，因为我想着你；

当有人和我说起上海时，我的心里打翻了所有的情绪，因为我想着你。

你是如此深刻地存在我的生命里，我又怎能忘记？

从未如此深情地翻着日历，只盼时间快快过去；

从未想到对你我会无能为力，最怕你会轻易放弃。

给我时间，给我时间，给我时间，让你我在现实中学会独立，让你我很快找到动力。

多想有一天我们再相见，你能看到我心中的美丽，那双明亮的眼睛，一直照耀着我的记忆。

多想有一天我们再相见，你能用心告诉我：“你是我一生的知己。”但愿我此时的努力，能唤回你的活力。

（选自《雁阵》第 11 期）

秋　叶

陈　舟

季节穿破我的身体
一叶叶残损的手掌在风里摇曳
晚秋的阳光透过我的眼睛
射成斑驳的往事　有种文字
沿着腿脚爬上稀疏的头顶
那里停着一丝黏稠的风
十月里　古老的日子变得瘦骨嶙峋
张网的姿势蔓延着　卷走所有的思绪
站在一棵树的对面
发觉繁华只能在古诗中找到
撕开云彩　满地都是重叠的影子
没有高度　我冷

（选自《雁阵》第11期）

留一半清醒留一半醉

鹿　航

一、千年万年缘

于千万人之中遇见你所要遇见的人，于千年万年之中，时间的无涯的荒野里，没有早一步，也没有晚一步，刚巧赶上了，那也没有别的话可说，唯有轻轻地问一声："噢，你也在这里吗？"

——张爱玲《爱》

从第一期《雁阵》开始，我已经伴随着她走过了风雨兼程的十二期。看着她出生和长大，看着她摔跤又爬起，看着她坎坎坷坷却一直是坚持地朝前走，我感到最大的欣慰与不轻松。

我不是一个温情主义者，我想。在我的骨子里是有两种血液在流动的，一种是属于流浪汉的，一种是属于赌徒的。我会一直一直地朝前走，并在该下注时，勇敢地下注。

缘是像风又像丝的。如果已在佛前求了五百年，我又怎能甘心只做一棵默默无语的开花的树，等在她必经的路旁，而又看她无事地走过呢？好在，我赶上了。在她的柔波里，我甘心做一条水草了。

二、以商养文，以文养商

“儒商”这个词儿大家一定已经不陌生了。虽然麦城（诗人王强）大骂“儒是儒，商是商，儒商是个什么玩意儿，伪君子，假小人”之类的话，可是他却不能否认他退出诗坛后生意场上的成功，难道没有一丝一毫来源于他的学问和睿智？

学问到一定程度，自然形成一种气质，这种气质应用于商场那就是无往不胜的资本。同样，“商”和“文”的结合，也是《雁阵》发展所遵循的永恒不变的真理。它明显地体现了贯穿整个马克思主义哲学的伟大思想：物质决定意识（以商养文），意识对物质起反作用（以文养商）。

《雁阵》是需要有经济做后盾的。除了校、院的支持以外，最主要的还是靠自己——自力更生，艰苦创业。而这个经济又不能是一时的经济，而必须是长远的经济。只有这样，才能带来《雁阵》长足的发展，再用《雁阵》的发展（文化品位）来带动相关产业（暂且称产业吧）的发展。所以“商”和“文”的结合也正如“电脑和VCD结婚了”一样，是多么值得庆贺的一件事啊！

三、今天我以河大为荣，明日河大以我为荣

我对张占辉最深刻的印象就是（保守地说）所有认识他的人都

知道他这两句座右铭："今日我以河大为荣，明日河大以我为荣"；另一句"北大清华是人才辈出之地，河北大学未尝不是藏龙卧虎之所"。他说这两句话时绝对是激情澎湃的，让你也不得不感染那一份激情。

一份刊物，没有一个集体是办不起来的；一个集体，没有一股凝聚力和向心力是集而不体的。《雁阵》把一批志同道合的人凝聚在一起。但是，光志同道合是不够的，更需要所有的人诚实和努力，谦让和实干，需要所有的人有荣辱与共的意识，需要我们用真正的心来爱她。不只爱她，还要爱河大，爱我们的家。我们要以她为荣，以河大为荣。

如果说"以商养文，以文养商"是《雁阵》所要坚持的一条道路的话，那么，"今日我以河大为荣，明日河大以我为荣"就是《雁阵》的目标与座右铭。

所有的人应为了这个目标而共驾追日的马车。

四、鹿航，你胖了

那是哪一天，我忘了。只记得阳光很好，明明亮亮的，新鲜而活泼地悬挂在高楼上，悬挂在干枯的树枝上，翻晒在柏油路面，翻晒在蒙着一层灰土的冬青叶子上。世界有点儿透明了，那种朦胧的透明。

我喜欢阳光。在我的被称为日记实际却不知是周记还是月记的本子里，我经常提到阳光。我喜欢看阳光背着手，吹着口哨，在我的门口或窗前、在我的身前或身后大摇大摆地走过的样子。

我是被一通电话叫到团委的，第六期《雁阵》正在紧张地筹备之中。躲得了初一躲不过十五，我不能因为自己是主编就只说话不做事，好些事是需要身体力行的。毕竟，我有经验，而且《雁阵》——是的——《雁阵》是我的阳光。

我并非学语言的，没有受过专业的训练，也没有这方面的特长，只为了热爱——我喜欢每一个方块字。只因为这，我陪她走到了一岁多的今天，坎坎坷坷，跌跌撞撞，辛苦自知，寒暖自知。

有时，我甚至发怵走进团委的那扇门，因为未知的那一期《雁阵》。

妈妈曾在我干活喊累或生病难受的时候说过这样一句话："你如果不说的话，就没有人知道。"我并没有完全学会不说，那是孤独而寂寞的，但我却在努力去学会关怀别人，我希望那些不说的人也能感觉出别人知道，感受到温暖和爱。最主要的是感觉到别人的理解。

《雁阵》周围有多少这样的人，我数不过来，我只感觉到我的理解不够。

在我推开团委那扇门的刹那，我想，我是带着阳光的。因为，王瑞已在那里喊了："鹿航，你胖了。"我一愣，我胖了吗？也许吧，我已和那阳光约会一个星期了，我的心情和阳光一样好。接着，一个再接再厉却又似乎充满哀怨的声音传入耳鼓："办完上一期的时候你特瘦，现在，你看看我们，都瘦了。"我心底一阵悸动。看过去，是几张年轻、含笑而疲惫的脸，但谁又能说这是玩笑呢？谁知道他们曾在这儿是通宵地熬，通宵地干呢？辛苦自知，寒暖自知……

《雁阵》，我们的阳光《雁阵》。

我知道有多少人为你夜不成眠，我知道有多少人为你流过汗水，我知道你是如何一步一个脚印地走到灿烂的今天。

因为，我们有一个太阳般火热的集体。

因为，你是阳光。

五、把泪水和欢笑“腌起来”

“把你的影子加点盐，腌起来，风干，老的时候，下酒。”

《雁阵》和我所有的朋友和所有我喜爱的东西，都使我有这种感觉：怕逝去，想珍藏。

所有的一切，都将随着21世纪的年轮成为过去。其中，最动人的，我想，就是欢乐和泪水了。表情是一个很难以捉摸的东西，二十年来的由衷不由衷已给心灵裹上了厚厚的布，压上了沉重的石，表现出种种的自然和不自然，就像脆弱时表现坚强，欢乐时假装忧伤，爱时偏说不爱，有情还似无情……

《雁阵》周围的欢乐和泪水却从来都让我感到真实。欢乐时，可以飘上天去，悲痛时，可以下到地狱，那是难以用笔描述出来的感觉。不知别人怎样，反正我是。

不知别人怎样，反正我是。我以为我是不会哭的，但是却有泪，而又不能流出来，因为怕别人看见自己在擦。

我对别人说，我从来不知道失眠的滋味，但是却有半次，那仅有的半次，是为《雁阵》交钱的日子。

翻回那天的日记，我看到一句很傻气的话：“我竟在不知不觉中睡着了，醒来的时候才知道。”（补记于次日凌晨）我现在想我当时是不是真醒了。

翻回昨天的日记，我好像又真实地感受了这一年多来的经历：泪水和欢笑，疲惫和幸福。

六、一句话是一颗心

只要有一双忠实的眼睛与我一同哭泣，就值得我为生命而受苦。

后记：写这篇文章，我，一半清醒一半醉。我想，我们走的，都是一条“不归路”，有机会选择，没权利后悔。在这条“不归路”上，做一些自己真正想做的事，无疑是最幸福的。

而我的幸福是，有《雁阵》。

希望新世纪给大家带来新运气，各人找到各人的幸福。

（选自《雁阵》第 12 期）

呼唤，铭心的澳门

吴　亮

“是谁带来远古的呼唤，是谁留下千年的期盼……”每当听到这首歌，那摄人魂魄的旋律，那叩问苍天般的呐喊，那略带苍凉的漫无边际的空旷，就会使我内心战栗不已。倾听是一种怀念，而所怀念的不只是飘散的音乐，更是那深深的、沉沉的母子亲情。

不会忘记，四百年前的那个黄昏，没有太阳，只有暴雨充塞天地；没有光明，只有黑暗笼罩宇宙。可是，比这更阴、更冷、更痛的是我的心，澳门，我亲爱的孩子，我是怎样用双手去挽留你无奈的脚步，可是我无力的手又怎能挡住那列强的劫掠？

终于，带着伤痛带着泪，我看着你远走……

从此，咫尺变天涯。在风里，在雨里，你流落天边；在烟里，在雾里，你被波推浪打；在念里，在梦里，你流干了眼泪。知道你多想再一次依偎在母亲温暖的怀抱中，听母亲讲那万古不灭的星斗；知道你多想再一次接受母亲那甜蜜的吻，让她抚慰你受伤的心灵。但一切都是那么遥远，那么渺茫，那么可望而不可即，你无奈地在痛苦中挣扎到筋疲力尽，带着泪沉沉入睡。

不是不想你，不是不爱你，而是苦难母亲的手臂，那时没有拥抱你的气力。因为属于母亲的，只有皮鞭、刺刀、重炮、鸦片和无边的深渊。历史幻化成一滴洒落的苦泪，落在南海；时代凝缩成一点殷红的鲜血，亮在南海，痛在南海。

拍遍栏杆，望穿秋水，对花对月，断伤心哀。一遍遍问你归期，但问你归期未有期。只好，暮色中，我木雕般的脸上，挂两行清泪，翕动的嘴唇，嚼着相思；只好，多少夜晚，心，在檐雨的断弦上，弹奏成失眠的钟摆；只好，在梦中，我紧紧将你拥抱。

长长的思念，四百年；漫漫的期待，四百年。四百年，每一个日日夜夜，我都在呼唤你，不用那不是你真姓的“Macau”，而是以你的乳名深情的呼唤你——澳门。

四百年忧患的岁月，难待难耐，我们选择了沉默，等待着爆发。终于，一颗火星炸亮了，母亲像奔腾的熔岩，洪涛般流淌，劈开了历史，劈出了新天地。

今天，你归来了。多少个世纪，多少个梦，只为这一刻的到来。打开久违的心情，让蓝天迎风舒展，拭干最后一滴血泪，肉体和灵魂将不再分离。终于，我可以变换一种姿势，紧紧地搂你在胸前，吻你在唇边。

我知道，这一份尊严，已期待了四百多年；这一段行程，已跋涉了四百多年；这一瓣心愿，已翘盼了四百多年。多少夙愿无法挥去，无限眷恋羽化成蝶。从此，东方的中国，拥有了完整的含义。

今天，我终于可以把你抱在怀中，擦掉你眼角的泪，在你的耳畔轻轻地叫你的乳名——澳门！

（选自《雁阵》第 12 期）

我这个女孩

ECHO

你不必为自己是一只丑小鸭而失落，经过寒冬，经过磨砺，终有一天，你会看到美丽的白天鹅。那，就是你——

俗话说：“爱美之心，人皆有之。”每个人都希望自己很美，可是十有八九却不能如愿。外表的美丑是父母给的，是天生的，即便你对它不满意，也无可奈何。于是，很多相貌一般的女孩儿，总是“善于”发现自己外表的不足，整天为之唉声叹气。

曾几何时，站在镜前看着自己，我也的确消沉了一阵子。那些日子，我茶饭不思，功课不想，朋友的安慰提不起精神，父母的鼓励也弃之一旁。我不知自己当初为何如此消沉，也许那是一个女孩儿成长的必经阶段吧，我无法解脱，竟固执地认为自己就是一只丑小鸭，一只永远变不成白天鹅的丑小鸭。

也许时间是治疗伤痛的最好药方，随着日子的流过，烦恼竟也开始淡化。然而我心中的阴影总也无法抹去，为了躲避这片阴影，我只好全身心地投入学习，尽管是带着许多无奈。但我仍然期望，期望那变成白天鹅的梦想不再遥远。

时间一天天过去，当我以优秀的成绩在班里崭露头角，当我以流畅的琴声赢得掌声，当我以出色的口才捧回奖杯时，迎接我的不再是鄙视的目光，而是羡慕且略带嫉妒的眼神。渐渐地，我心里的愁云散去。周围同学的肯定唤起了我的活力，伙伴的赞许如阳光驱散了我心底的阴影。老朋友都说我像变了一个人，我自己也奇怪，竟不知笑容是怎样爬上我的眼角眉梢的。从此，我与自卑告别，迎来了属于自己的自信与美丽！其实，我根本不必为外表的美丑而耿耿于怀，每个拥有青春与自信的女孩，都拥有一份独特的美丽，都会是一道亮丽的风景。

在逆境中抬起头，顶住狂风暴雨，就不会再被困难吓倒，不会再被挫折压弯了腰。我不再轻易流泪，我学会了忍耐，学会了化解，学会了把烦恼从眉宇间轻轻拂去。

莎士比亚说："女人啊，你的名字叫弱者！"我听了真是气愤不过。你看那叱咤政坛的撒切尔夫人，让多少七尺男儿自叹弗如？再看那科苑中的朵朵奇葩，哪一位让过须眉？莎翁笔下的弱者，早已消失在历史的车轮下。

女孩儿是一道风景，时而因为季节的变换而感伤，叹残柳，怜秋风，为关边的流云而伤神；时而因为人情的冷暖而低颦，伤别离，感乡愁，为世间的不平而叹惋……那是因为我们拥有善良，拥有同情他人的真挚情怀。女孩儿，都怀有七彩而纯洁的梦想，更拥有高与天齐的满怀豪情与踌躇大志。为了梦想，为了志向，奋斗不止……

我是个极其平凡普通的女孩，没有美丽超凡的外表，也没有异常聪慧的头脑。十八个寒暑易节，十八载春秋变换，我的一切都在安安静静中度过，平淡、自然、充实。以一颗平常而真诚的心面对现实，用爱去感动他人。我相信，这世界充满阳光！

（选自《雁阵》第 12 期）

执　着

小　熊

夜，一点萤火自篱落间渐渐升起，黑沉沉的天，压低了窗外树梢，萤火却很明亮，闪烁着。

整个漫长的黑夜，你看尽了冷冷的霜、皑皑的雪，搂着一份绵绵的感觉浇灌你的梦。期望着季节的尽头是崭新的绿，是那绿呼唤你，还是你呼唤绿?

玉兰的清香在你眼前化整为零，你的欲望在黑暗中泅渡。你只能用一种无助的方式来期待。被伤害的灵魂在他乡的雨中漂泊，一如被折断的翅膀仍振翅做最后的飞翔，这坚定也源于天助吗?站在危险的世事边缘，你的心宛如发光的白霜，裸露在初冬凛冽的风中。你感觉到了，全身的血轻轻地汇流到一个纯洁的地方。突如其来的睡意，使灵魂顿时轻盈，在一派宁谧的永久期待中翱翔。

水在阳光下沉默，如你来自远方的孤独。你的漫漫长旅就这么在月光下沉默，不为人知的闪烁着。孤独的雁，疲惫的狮子，负重的骆驼，黑色的岩石——这就是你的沉默吗?你曾经企图找到孩时的幼稚天真，也曾经幻想拥抱明天的第一缕阳光。然而，这来自孤独的自由——风在静寂中吹落秋黄的叶子；来自孤独的长旅——雨在狂风中轻轻低诉心中愁绪；却越过那远离陆地的水，又返回出发之地。

你寻觅着，来与去在梦的两端顾盼。终于有了一种不平静的感觉，仿若上古森林般清澈的星雨洒落一片。蓦然，一阵亮丽，一朵栀子花一瓣一瓣打开，洁白晶莹如莲托，而你的梦正甜甜地坐在花心上。红尘疲倦，你必须拥有一颗不倦的心，因为路就在你脚下。赶路时，有些感觉会缓缓升起。也许是冬季的风太轻，吹落的思绪卷不起微荡的心意；也许是不落的季节敲击出毫无规律的杂音，心动瞬间，星雨陨落。

“何处是归程？长亭更短亭。”

你听到自己恳求的声音：那一扇窗，打开吧！容我入内，让我分享温暖和光明。

那扇天蓝色、月亮形的小窗缓缓启开，里面阳光四射，你和你的灵魂同时舒开了眼睛。阳光很茂盛，在你的房间里一丛一丛盛开。

“拉开窗帘让那陌生的阳光直射进你的世界，让温暖融化你冰冷的从前，和我一起去触摸太阳滚烫的脸庞，让那希望不再离我们那么远。”

（选自《雁阵》第 12 期）

下个世纪应该关注的几个中国人

姜杰凡

不久前，香港《亚洲周刊（英文版）》从十三亿国民中选出了下个世纪我们必须认识的五十位中国人。文章说，他们是国家建设的中坚力量，从政治家、将军，到科学家、娱乐界明星、文体工作者，他们在各行各业影响并塑造着未来的中国，也许今天我们对他们中的一些人不熟悉，但可以肯定的是，明天的我们会享受着他们为中国创造的财富。我选取其中的几位介绍给大家。

科技领袖

袁隆平被称为“水稻之父”，他的眼界很“小”，他只在一粒小小的稻种上倾注了所有的精力；袁隆平的贡献很大，他让这粒稻种解决了十三亿中国人吃饭的问题。“我做过一个好梦，我们种的水稻像高粱那么高，穗子像扫把那么长，粒子像花生米那么大。”这位品牌价值高达一千亿元人民币的中国“杂交水稻之父”正把心血投注到“超级杂交稻”研制上，据说，它不是比一般品种的杂交稻增产五十斤、一百斤，它将可能增产三百斤、四百斤、五百斤。

王选带头“告别铅与火，迎来光与电”，因为王选，中国报纸印刷技术曾经出现过蛙跳般的前进。虽然近期北大方正高级决策层仍余震未了，但谁也不能否认王选是方正的精神领袖，同时，作为三院院士的他也是中国成功知识分子的典范。为了达到事业的成功，王选绝对是一个可以忘我的人——这从他不加修饰的外表和略带倦意的面容可以看出。

司马南不是科学家，但却是科学思想的捍卫者。他选择了任何人都不想做的“事业”，他把所有的时间都花在了“捉鬼”上。不久前，这位“打鬼英雄”还把他的事业拓展到了全球，与美国人兰迪联手悬赏一千万人民币挑战神功异能者。政府授予他“中国首届反伪科学突出贡献奖”，各色人等对他称谓各异，“四大恶人之一”“司马大师”“科普作家”“十字军战士”，而他自己说：“我是一个正常人。”

知识英雄

柳传志领导下的联想王国，几乎每天都有新闻发生。四十岁才创业的柳传志打破了 IT 业只青睐年轻人的“咒语”，这位军人出身的老总，以敏锐的眼光和周密的部署使年轻的联想在十五年里跃升为中国电脑产业的排头兵，甚至做了世界因特网电脑研究的领跑人。

张瑞敏是第一位走上哈佛讲台的中国企业家。美国最具权威的商业杂志《商业周刊》把他列为亚洲五十位风云人物之一，评语是这样写的：“拥有更多的像张瑞敏一样惜时如金的企业家，不久的将来，中国必将在世界经济中扮演更加重要的角色。”“做大事不做大官”的张瑞敏果然没有让“老美”失望，中国的海尔已经大张旗鼓地开始在美国实现本土化了。

学界骄子

吴敬琏、厉以宁始终站在经济学的风口浪尖上，被称为“吴市场”的吴敬琏和被称为“厉股份”的厉以宁，作为最早提出社会主义经济是商品经济的经济学家，曾经受过不同程度的批评。但是今天，在中国经济界，甚至在整个国家的经济决策中，他们的地位与影响举足轻重。外电对六十九岁的吴敬琏的评价是：“他的思想与言论会影响到每一个中国人，从国家领导人到企业领导者，甚至普通老百姓。”最早提出通过股份制实行国有企业改革的经济学家厉以宁，由于积极倡导股份制，获得了“厉股份”的美称。随着改革的深入，股份制理论已成为中国流行的经济思潮。

时尚人物

王朔的创作尽管被称为“痞子文学”，但他的小说的确真实地表现了80年代社会转型初期新旧两种价值观、文化观的尖锐冲突。幽默是他小说语言的外衣，语言是他叛逆思想的载体。王朔的小说让他的同龄人不禁回首走过的路，有些怀念，也有些反省。王朔的小说看上去挺美，只是有些扎手，是一朵带刺的玫瑰。

从《天空》到《浮躁》，到《你快乐所以我快乐》，再到《唱游》，一路听来，王菲在变化，不变的是歌迷。王菲的“酷”体现在她没有一张被社会同化的谄媚嘴脸，说她另类是因为当今社会的成功人士在获得成功的同时仍能保持真性情的的确凤毛麟角。

演不够的姜文，写不尽的大侠金庸，吃着一道又一道文化快餐的同时，我们就要走进新世纪。

（选自《雁阵》第12期）

白衣飘飘的年代

阿　阳

又是新的一季，又有一种别样的心情。好喜欢这个季节，也好喜欢这个每天都在变化的菁菁校园。走在校园里，我总会被一些东西所感动。会有一群洋溢青春的男孩子不知疲倦地驰骋在球场上，会有好多漂亮的女孩子哼着歌曲悠闲地走过长长的小径，还会有白发苍苍的长者慢慢地走着、思索着……

我知道这是一个充满激情的校园，我知道这是一个拥有浪漫的校园，我知道这是一个富有进取精神的校园。每个年轻人都在为自己的理想而走着自己的路，但有一种相通的东西，我们都是兴趣广泛的，我们都渴望不断充实，我们都想在象牙塔中收获一些知识之外的东西。

热爱生活的大学生是不甘寂寞的，骨子里的不安分让浸满梦想的头脑高速运转，体内燃动力在爆发，于是我们看到了一个又一个社团，形形色色，似乎让我们有些目不暇接。刚入大学的那阵子，很惊讶于各种社团铺天盖地的宣传攻势，我没有抵挡诱惑的铁石心肠，而且我是真的想过得精彩和充实，所以我只有蠢蠢欲动了。相信你也是一样吧？

自认为是一个兴趣广泛的人，喜欢有乐趣的一切，所以当老编把《社团风景线》传给我时，我颇不以为然，心想有一群热爱生活的朋友，这个很有魅力的栏目一定会很火爆的。

也许是想得太简单，也太过于美好，我竟有一种愧对老编的感觉，也有一种愧对大家的感觉。没有写出大家所喜爱的东西，没有让大家看到新鲜的文章与观点，还把老编留下的大好基业办成了如此面目，我在这里只有说一声“对不起”了，深深的。

突然有人问我，现在河大什么最火？我几乎不假思索地脱口而出：“当然是河大 BBS 了。”这个观点立马得到了好多人的共鸣。的确，进机房的人越来越多，我们就眼睁睁地看着一批河大学子在网上泡着，乐此不疲；我们就呆呆地看 BBS 的文章越灌越多；我们就傻傻地看着自己收到的投稿越来越少；我们就疯狂羡慕起 BBS 的站长。BBS 的站长和工作人员应该狂喜才对，毕竟他们的工作得到了越来越多人的认可和肯定，他们是好幸福的人。为什么 BBS 会有这么大的魅力，我一直在问自己。我们的《雁阵》，我们的《社团风景线》，如果也能得到大家如此青睐那该多好，那该多妙！

我们要做的还有很多，我们也想让大家认可我们的工作，所以我们一直在努力。我们的心愿很简单：喜欢我们的刊物，喜欢我们的文章，喜欢我们的这个社团。

河大有那么多的社团，还有那么多为社团付出辛劳的年轻人，更有一些支持社团发展的人，想到这里，我突然很欣慰，似乎找到了前进的动力。校园里响起了一首歌——《白衣飘飘的年代》。春天来了，尽管它来得太突然，突然得有些不真实。儿时幻想着新世纪的春季就这样无法抗拒地来了，青春的岁月依旧毫不留情地继续向前走……我们好盼望你的加盟，就在这个有强烈阳光的春天。有你，这样的季节更容易有许多故事发生。

难道没有兴趣发表你的见解吗？

（选自《雁阵》第13期）

平凡的人

倪晓昌

那女孩儿仅有十三四岁，眉头微皱，头发由于营养不良而显得发黄，黑裤子，脚上穿着一双旧球鞋。由于列车的摇晃，她精神不是很好地靠站在我对面的座位旁，一眼望去就知道是个打工的农家孩子。小小年纪是什么原因让她辍学的呢？生活的困难，父母的逼迫，抑或是自愿退学分担家庭的压力？我不得而知。心中犹如秋风袭过般悲凉，但不管怎样，我知道：有贫穷！

列车在隆隆声中又滑过了几小时，我坐在软绵的车座上正为《辽宁青年》中那个坚强的打工妹的不幸际遇而伤感时，不经意间又瞅见了对面那站着的女孩，面容已显疲惫，但她却用坚强倔强的目光扫视着整个车厢的旅客：他们正在享受着物质的富裕与精神的充实——吃苹果、看书、听音乐……女孩儿在想什么呢：哀叹身世的贫贱，抑或憎恶社会的不平？但是，女孩儿你应该明白：生活本身就是一串串的苦难，正因为苦难的生活才有你坚定的目光！相信在你还不成熟的血液里定然奔淌着对幸福的渴望！

永與雁陣同飛翔
九九财政
倪晓昌

女孩儿仍站着，旁边大学生模样的青年向里面挤了挤，对女孩儿说："小姑娘，坐会儿吧！"女孩儿犹豫了一下，慢慢地坐下了。她太累了！

"你家住哪儿，又去哪儿？"

"我家住农村，上北京打工。"女孩朴实地答道。

青年没再说什么，自顾自地吃起面包来。女孩儿看了一眼，很快地转过身去，闭上眼，仰起头，喉头动了一下，然后狠狠地皱了皱眉：显然，她已饿了。

我想递个苹果给她，但立即打消了这个念头。一个坚强的人接受别人的施舍将会怎样愧疚？那近乎是一种侮辱。女孩儿闭眼、仰头、皱眉的那一刻是坚强而倔强的。世事的炎凉，人生的苦难，相信在那一瞬间已化为追求美好生活的不竭源泉。

也罢！就让多苦多难的生活去鞭策你吧！没有物质上的富裕，但求精神上的坚毅，希望你能将生活给你的伤痛转化为力量去创造美好的生活。生活是苦难的，同时也是公正的，艰苦卓绝的付出之后，你会得到那份属于你的幸福！

下车时已是黎明。女孩儿睡了，发黄的头发，疲惫的脸，沾着泥水的旧球鞋！心又一次悸动，我悄悄地放了一个苹果在她身边，希望她能知道：人间还有温情，友善。

望着在晨光中远去的列车，心中默念：女孩儿，一路平安、幸福！

（选自《雁阵》第13期）

中国的“西进运动”

——关于西部大开发

田 甜

一百多年前，英国的“西进运动”在印第安人的血与泪中，使广大西部的土地得到了开发，美国的实力得到了增强。

一百多年后的今天，中国也在着手进行一场声势浩大的“西进运动”。“向西，向西……”的呼声此起彼伏，在这呼声中，让我们来看看中国的“西进运动”。

西部大开发并不是今天才从中国的领导嘴里说出来的心血来潮的话。

90 年代，邓小平就提出了“两个大局”的地区发展战略，一个大局是东部沿海地区要加快对外开放，先发展起来，中西部要顾全这个大局；另一个大局是当发展到一定时期，到世纪（20 世纪）末全国达到小康水平时，全国就要拿出更多的力量帮助中西部发展，东部沿海地区也要服从这个大局。

1999 年 6 月 17 日，江泽民总书记在西北五省区国有企业改革发展座谈会上强调要“抓住世纪之交的历史机遇，加快西部地区的开发步伐”，并提出西部开发的总原则：“把加快西部经济发展同保持政治稳定、加强民族团结结合起来，把西部发展同实现全国第三步战略发展目标结合起来。在全国财力稳定增长的前提下，通过转移支付，逐步加大对西部地区的支持力度；在充分调动西部地区自身积极性的基础上，通过政策引导，吸引国内外资金、技术、人才等投入开发。有目标、分阶段地推进西部地区人口、资源、环境与经济社会的协调发展。”

1999 年 11 月，中央经济工作会议上敲定对西部进行大开发的战略决策。

1999 年 12 月，国家发展计划委主任曾培炎在全国计划工作会议上指出：“要像当年支持特区那样，加快西部开发。”

2000 年 1 月，西部地区开发会议圈定重点，相关部委在政策上和项目上重心西移。

2000 年 3 月 5 日，朱镕基总理在政府工作报告中指出，实施西部地区大开发战略。

2000 年 3 月 6 日，国家发展计划委主任曾培炎提出西部大开发迈出实质性的一步。

中央决定对中西部投资八个亿进行基础建设，交通和水利先行。国家开发银行行长陈元、国家税务总局局长金人庆、人事部部长宋德福、中国民航总局局长刘剑锋、交通部部长黄镇东共同对西部大开发做出承诺，西部大开发犹如弦上之箭，蓄势特发。

在全国经济结构调整，东西部贫富差距大的大背景下，西部大开发是必然选择；如何启动新一轮经济增长，西部大开发是大势所趋。

自从我国制定地区性经济发展战略以来，东部沿海地区经济发展得有声有色，较之并不优越的地理位置和其他自身原因，西部地区经济发展相对缓慢。

但东部沿海地区近年来经济建设已近趋饱和，再建设往往是“白费力气”的重复建设。因此并不发达的中西部成了今天的宠儿。建设视线的转移，并不仅仅因为沿海建设的饱和，同时西部地区也有其得天独厚的条件。中西部经济建设一旦搞起来，那自有万般好处，对我国目前的经济问题，也会起到缓解作用。

中西部地区地广人稀，蕴涵着丰富的自然资源、生态资源、人文资源。根据中国旅游局统计，1999 年全年，到西藏、贵州、云南的旅游者明显增多，这主要得力于没有污染、纯净的自然资源和独特的人文景观。当时，蕴含着丰富的煤、铁、石油的中西部，可以为当地工业建设提供大量的能源，解决工业能源短缺的状况。我国沿海地区主要以轻工业为主，当然也有重工业，比如钢铁厂的建设。以上海宝山钢铁厂为例，其附近根本没有铁矿，也没有煤矿，根本不适合建立钢铁厂。而中西部有这种得天独厚的资源优势，为什么不利用呢?

把重庆设为直辖市，就是以它为龙头，带动整个中西部地区的发展。如果中西部地区建设亟待解决的问题是就业的话，那么，根据中国新闻社的报道，民工潮已涌向西部地区。这样不仅可以解决眼前的就业问题，也解决了西部的劳动力问题。

同时，我国加入 WTO 已成必然，只是时间早晚问题。如何在我国形成新的经济热点，吸引外国投资者，也是必须思考的问题。中国政府提出，在中西部设厂的外商企业减免三年的税收。面对如此优越的政策，许多外商早已盯住这块肥肉。

中西部的建设也有利于加快我国的国防建设。新中国成立之后，我国许多对外战争都发生在边境地区：1950 年的朝鲜战争，60 年代的中印边境自卫反击战及 80 年代的对越自卫反击战等。巩固国防，增强我国的防御实力不可懈怠。

中西部多是少数民族聚居区，加快中西部地区的建设也有利于加强民族团结，发展少数民族地区的经济。

总之，中国的西部大开发是我国跨入新世纪后经济建设的一个崭新起点，西部大开发战略的实施必将对我国经济发展产生不可估量的影响。当然这种影响不仅是正面的，我们并不能盲目乐观，展望前景之后，一切还要从头开始。

中国的“西进运动”，任重而道远……

（选自《雁阵》第13期）

雪　人

石建新

生在北国，从小到大，唯一百看不厌的是那漫天飞舞的雪花。每一场雪，总能带给我新奇，让我的天空在这飘飘扬扬的雪片里格外清澈。于是，我总能够有足够的理由期盼着下一次。带着一颗纯真的心随着岁月的流转填满我永不满足的雪花情节。

那是一场难得的大雪。校园里一片银装，飞舞的大片雪花打破校园的宁谧。我兴奋异常，按捺不住内心的激动，裹上棉袄便冲上操场——这是我第一次逃课。

我飘荡在宁静的时空中，就像那一片雪花自由飘落。踏着吱吱的雪响，听着雪花落地的沙沙声，任那雪花大片大片冲进我的衣领。

突然，操场对面的一个废弃的角落里出现一个模糊的身影，我禁不住好奇，便轻轻地挨过去。近了才看清是一个大个子男孩儿正在堆着雪人。他极认真地堆砌着，完全没有意识到我的到来。他只是自顾按着自己的想象耐心而细腻地忙碌着。看着他那专注的神情，我竟有些感动。于是，便静静地伫立在那儿。终于，一个白胖可爱的雪人呈现在眼前了。他退后几步仔细打量着，似乎对自己的杰作

很满意，便打了一个极响的口哨。他转过身忽然看见我，满是疑惑的大眼睛盯着一个尴尬的我。他似乎看出我浑身不自在地站在那儿，便轻轻地说：“你也喜欢雪天，也喜欢雪人吗?”我点点头算是回答。“你来多久了?”他的语气温和了许多。我说：“恰好偷学到你全部的手艺。”他竟笑了，是那种爽朗又充满磁性的笑声。“噢，”他看看表，“我得走了，再见。”我向他摆摆手，看着他消失在白色的世界里。

我竟突生一种无可奈何的落寞，但转瞬间便又被眼前的雪人所扫淡。我突然来了兴致，决定再堆一个雪人——在那雪人的旁边。于是，我便循着他的样子，慢慢地堆了起来……

第二天，雪已经停了。阳光照在雪地上，格外扎眼，我又信步来到那个地方。忽然看见一个人正站在两个雪人面前发呆。我打量着两个雪人，不禁轻笑出声。他转过身，“是你?”我俩不禁同时惊呼了一声。“这是你的杰作?”他指着那个雪人发问。“对呀，怎么样?”我看着他，等待他的回答，他点点头：“还可以，不过手法有些欠缺，等下次下雪我教你。”“真的?”我高呼一声，浑身充满着喜悦……

我们便这样简简单单地相识了。他叫高剑，比我大两届。他也是从小便喜欢雪，只是生在南方，见一场大雪实在不易。他还说这也是他考取北方大学的主要原因。也许是因为有共同的爱好，我们每次都谈得很投机。他懂得非常多，经常讲一些我从未听过的故事，加上他幽默的谈吐，我觉得和他在一起，很快乐。

我们的接触密切起来。他就像一个大哥一般，呵护我，照顾我，让我在异地他乡，第一次觉得并不孤单。他总是洋溢着灿烂的笑，给我一种踏实的依靠，每次我都问他何时教我堆雪人，他总是说：“总得下一场雪吧，你这个傻丫头……”

我便期盼着下雪，想象着和他在飞泻的雪里一起堆雪人。可是，说也奇怪，从那以后，竟未再下过雪，我诅咒这个可恶的冬。但幸好总能和他在一起，倒也觉得这样并不太坏。

正当我们漫游在两个人的世界里乐不知疲时，才蓦地发觉彼此已成了对方的依靠。我并不意外，因为我一直认为，缘分来了，风雨无阻。于是，我们度过了充满笑声的每一天。

那天，阳光很好。我和他走在榆荫的小路上，他说："看来，我是没有机会陪你堆雪人了，这个雪人钥匙扣送给你，算是对你的补偿吧。"我当时并未意识到这句话竟预言得这么准确，只是突然觉得想哭。我握着那精美的雪人钥匙扣，扑进他宽厚的胸膛，再也不想起来。

后来，我才意识到现实的残酷性。他是南方人，毕业后要回到父母身边工作，而我势必要留在北方。那么，我们天各一方，岂不夭折了这段雪人之恋吗？我害怕他会告诉我这一事实，便假装不知，堆着笑脸，陪他谈笑，因为他变得越来越沉默了。

可最终，他还是说了，他说事实摆在眼前，我们不该再幼稚了，尽管现在我们谁也不会放弃对方，但这样下去，只会让彼此更痛苦。我什么都没说，只是任性地哭，任泪水打湿他的眼睛……

他终于要离开这个令人难忘的北方了。站在月台上，望见了车窗口他模糊的脸孔，我再一次泪流满面。火车伴着轰隆声缓缓向前移动，我突然发现车窗上两行清澈的泪水。握着手中精美的雪人钥匙扣，真真切切地麻木得没有一点思想。此时，我才明白，他留下一个雪人，却带走了一颗雪人的心……

（选自《雁阵》第 15 期）

排队论

毕西阿

这里的排队论可不是运筹学里的那个排队论，而是我倾大学四年之经验，总结出的“科学理论”。

第一条原理是排队的普遍性原理。

记得四年前我刚到河大的那个中午，为了办理住宿手续，在2号楼东侧宿管科前排了有两个小时的队，大中午的，差点儿没把我晒化了，后来才知道，在大学里是时时有排队，事事有排队。打饭要排队，打水要排队，早起洗漱要排队，下课下楼要排队，上机上网要排队，甚至于早起大便都要排队。我清楚地记得在我们第一次考四级的那个早上，厕所里的队伍从六点半一直排到了八点半。用经济学的眼光看，排队反映了公共资源的相对稀缺，虽然学校一直在忙不迭地盖楼、扩建，但比起扩招的规模和速度来慢很多。这就好比龟兔赛跑，乌龟当然可以超过兔子，但那只有在童话里才能看到。更为关键的是，排队虽说浪费了效率，可节约了成本，如果学校给我们一人一个房间、一个厕所、一个厨子、一间教室，我们住得起吗？不都成贫困生了。因此公共资源的供给只有永远落后于需求，也就是说，我们还是安心于排队的普遍必然吧。从伦理学的角度看，排队倒是特能锻炼一个人的意志品质和道德品质，只是，有排队就永远有加塞儿，而且后者已经成为一种校园文化了，这个需要有专门论加塞儿的论道论道才是。

第二条原理是排队的规律性原理。

上大学要是没学会排队，那真是白上了。对于一个学经济的学生而言尤其如此。因为排队的规律也就是咱们经济学的老祖宗斯密同志阐发的“看不见的手”的原理。在这只“手”的作用下，为同种资源排出的队伍绝对是同等长度的，因为只要有哪条队变短了，长队中就会有人转移过来最终使各队一样长，用我们的行话说，这就是均衡。

问题是如何活学活用这条规律。比如在你打热水时，发现有一条队特别短，有一条特别长，这时你千万不要美滋滋地排到短队里，因为短队的水龙头出水肯定慢。当然从理论上说，无论排长队还是排短队所用时间是一样的，因为一长一短已达到了均衡。但排长队与排短队对人的心理效果是不一样的。假如是排短队，水龙头近在咫尺，但打一壶水就要二十分钟，这种看到却打不到的煎熬能把人给逼疯了；而排长队呢，你会想，反正队长，且排去吧，可打一壶水只要三十秒，没一会儿就轮到你了，这时你会感到真“快”，而和你同时来却排短队的人也刚好被轮到，却早已憋了一肚子火了。可见，排长队更有益于延年益寿，排短队，实在着不起那份急。

第三条原理是排队的特殊性原理。

马克思主义哲学教导我们要具体问题具体分析，说的其实就包括排队这事儿。比如说在食堂吃完饭后涮盆时排队，这时你就不能光考虑规律，还要考虑其他因素，最重要的因素是性别因素——千万不要排在女生后面等涮盆。我见过一个女生，涮一次盆差不多用

了十分钟，其工序流程如下：水管先要开得细水长流，然后把盆、勺濡湿一遍，再轻轻涂上洗涤剂，再用钢丝球打磨两分钟，再分别细细地抚摸三分钟，再缓缓地冲掉泡沫，再反复漂洗七八遍，再慢慢地接上半口水，漱口，再接半口水，再漱口，如此反复三或四遍，最后用棉布把餐具擦干放好，再用香皂洗遍手，擦干后抹上护肤品，涮盆结束。所以绝对不能在女生后面排队涮盆。还是男生利索，呼啦一下子涮干净了，也不过只湿了四根手指头。

不过这里又有特殊性。有一次，我一不留神排在了一个女生后面，等了半天，她总也涮不完，而旁边涮盆的都换了三个了。有心走开吧，又怕刚一走这位就涮完了。等到最后我已七窍生烟了，心里一万遍地恶毒诅咒：将来准得难产死了。当她转过身来……啊！我的天！我顿时呆住了。惊人地美艳！只见她冲我嫣然一笑，飘去……等我回过味来一看，我辛辛苦苦排到的位置已被别人占了。此后再涮盆时，我总要先找一找，然后……

（选自《雁阵》第 15 期）

铿锵玫瑰

刘　姗

“Rose Bowl”，你可还记得那个“美国夏天”“Canberra”，不曾逝去的澳洲早春，几度沉浮，几度崛起，花开又花落，而如今你泪眼相对，无言以告，抱憾归去。“轻轻地走了，挥一挥手，作别西天的云彩”。

忘不了去年7月10日在美国著名的“玫瑰碗”体育场上演的中美女足精彩的对抗，扣人心弦的一百二十分钟过去了，我们一无所获。稍事休息，在盛夏的似火骄阳下，点球大战开始了。助跑、射门、球进了！伴随着每一位中国球员的出场，我们都会屏住呼吸，祷告上苍，祈求胜利，尽管我们并不信佛，可不幸的一幕终于发生了。

世界杯结束了，但女足姑娘的精神以及相对于男足而言如此优异的成绩着实让我们兴奋了一把！千禧之年，“铿锵玫瑰”踏上了澳洲这片古老的土地，圆自己的冠军梦，圆中国足球的金牌梦，圆中国人民的胜利梦。

由于众所周知的原因，中国、美国、挪威这代表女子足球最高水平的三支球队被分到了一组，因此这一组无论哪两支球队出线或

被淘汰都有可能，于是对于中国女足姑娘来说，每场比赛都是硬仗。首场干净利索地以三比一拿下尼日利亚，第二场将对上届世界杯冠军美国队。中美两队是老冤家，再次对抗，心中总会有或多或少的复杂感情，所以一比一逼平美国之后，我天真地以为平了美国就等于我们已经出线了，事实上我大错特错。

对挪威这一场是“打平即可出线”的比赛，我们占尽了先机，可一比二的比分我们只有以无奈的叹息、失望的泪水来承受。我痛恨“打平即可出线”这几个字，是这句话消磨了中国队员的斗志。平常心没有了，稳扎稳打没有了，代之起作用的是浮躁、是失衡，而接下来的就是失败，这似乎是一种规律。从男足“只差一步到罗马”到今天“铿锵玫瑰未开先败”，我们要吸取的教训还不够多吗？

也许是奥运银牌，世界杯亚军束缚了手脚，也许是过分苛求胜利应了“物极必反”的古训，也许是成功与失败的嬗变、是无常的命运刻意捉弄人，也许是特殊的时代使原本简单的比赛烙上了特殊的印记，也许是十一个孱弱的姑娘的肩膀挑不起如此沉重的负担，也许、也许……我们有无数个也许的理由，可真实存在的是我们离开了悉尼，退出了竞争。

奥运之旅暴露了女足相当多的问题，而这些问题是我们早就注意到却一直不敢面对的，诸如年龄结构严重偏大。我们不能奢望年过三十的温莉蓉有精彩的后场抢断，同样也不可能再让刘爱玲组织强有力的中场。这些问题的存在有目共睹，但问题不应成为我们努力、进取的羁绊，摔倒的英雄站起来依然是巨人！给中国女足好的发展机会，还中国足球一个奇迹！

花落来年春天还会再开，中国女足的玫瑰花谢了，何时才能等到重新绽放的春天呢？也许应像白岩松所说的那样：“痛并期盼着！”

（选自《雁阵》第 17 期）

和尼采对话

刘汉勇

命如琴弦，你相信么？

上帝死了，真的么？

其实世上一切都是美的，你却说，没有什么是美的，只有人是美的。

实际上，美是一个怪物，无头无尾，却飘逸着一袭迷人的薄纱。

开始，我并不认识你。那天，我坐在荒坡上，半读半猜地看你的《查拉斯图拉如是说》，荒坡上没有太阳，空气的旋律很空阔，风的爪子穿过我歌唱的边缘，我忽然发现，我也成了自己的陌生人。

人类的仁慈是上帝死的原因，我流泪了，是谁把我从未体验过的生命的震撼传给了我？一段一段的文字让我忘记了饥饿和苦痛。我甚至想和你一样，把自己想象成太阳。

我冷么？在荒野上我四处望去，看见的都是些冰冷的石头和土块，在空气中，我的姿态像一棵独特的树，一直在耐心地听你倾诉人类的苦难，人和人的眼睛以及眼睛后面的东西。我找不到什么可以说的，我怀抱着我的灵魂，在困惑中呼吸着，感觉有点儿缺氧。

在这种状态下，我发现我比自己所相信的还要伟大，还要美好，仿佛与太阳并存……

看了你的书发现，一根火柴其实是可以点燃阳光的。

（选自《雁阵》第 17 期）

染　发

小　D

有些事情你永远搞不清它的来龙去脉，比如这次染发。

我原来以为这可能就是这个年龄段拥有的一种叛逆，再加上一点点鬼使神差的勇敢。

在跨出理发店的刹那，我还是愉悦的，然而当玻璃门用它的透明隔阻两个空间——门里门外，许多不明的情绪让愉悦变得模糊不清。

染发意味着什么？母亲在电话那头儿痛心疾首的模样似乎亲眼所见。母亲担心女儿好的品质会随着发色的改变而改变。还有，那来自不同个体的不同眼光。

是的，我还远没有做好充分的准备。目光中的异样让我觉得不自在，红色没有了属于它的热情和活力，仅存的那一点点自得其乐变得如此单薄和不堪一击。

有色的头发，让许多人戴上了有色的眼镜。染发，这怎么能是一种与优秀、善良作别的方式呢？黑与红，短短几个小时，人们的舌头就来了个一百八十度的转弯。有太多的人被人类的皮囊蒙骗了，人们太相信自己的眼力了。

可怜的皮囊，你一马当先地进入人们眼中，但你可以用自己的方式演绎。这种演绎，上天赋予多少，人们赋予多少？皮囊里可以承载任何的思想，不是吗？屠格涅夫重重的脑干撑起了一副身板，而某个角落里一个傻子笨重的脑干同样占据着一副皮囊。我想，如果不仅改变，甚至交换他们的躯体，那么……

黑到红的转变，或许只是染料累积的必然结果，或许只是一种不知所谓的心血来潮，或许简单得无从说起，简单得来不及转变皮囊的内物，简单得——毫无意义。

突然我发现，在选择变化与承受变化的过程中，我受到了历练。我的臭皮囊不会倏忽变得挺拔和优美，我的红头发也不会这么早让人遗忘、改变，但有谁敢说，今天的我和昨天的我是一样的呢！我又愉快地觉得这变化让我与乖巧和安分做了个决裂，独自期盼不经意的勇敢能够把一个孩子升格为一个有思想的成年人。

四五个月后，红发会被黑发取而代之。母亲会说：本色才有顽强的生命力啊。这时，我会欣然接受，然后微笑着告诉母亲：我也喜欢黑色的发啊，一如过往十八年的珍视。一年，两年，我会留起我的黑发，把曾经的红发看作一份宝藏。

现在，黑色从发根蔓延，红色也灿然展颜。

（选自《雁阵》第 18 期）

相　同

——读书断想

张彦彬

“相同”这个词，很简单，但也值得深思。“相”表明绝非孤立地只谈一物，乃是探求事物之间的联系。“同”表明事物之间共含有一致的因素。历史和现实中有着太多的相异的现象，然而一旦抛开外在的面具，自会见其相同的本质。或丑陋，或光彩，只有运用脑髓才可辨别。

一

中华文明泱泱五千年，人们求神拜佛的梦也做了五千年。人心难测量，生为凡人想成仙，长在地上想上天。鞭策九州的帝王享用一切而唯一奢求着它，潦倒贫困的耕夫一无所有而唯一祈祷着它。然而，横观宇之大，纵观宙之长，除《神仙传》臆造了几篇玄妙的“天说”外，何人何地见过神的真面目？

奢求也罢，祈祷也罢，皆是虚妄的幻想。一叶扁舟没有为始皇帝带回长生之药，却带走了海天相隔的千名子民；耕夫躬身庐野，却始终做着奴才和牛马。时光永是飞逝，人们对神的膜拜却初衷不改。史实相联，令人心冷！敢问世上人，何时才能放弃求神的梦而只做自主的奋斗？

神化的希望恰与绝望同！

二

求神不见神，自己动脑筋。聪明的人便在人间造神。一则可以满足帝王之虚荣，二则可以欺骗百姓之视听，再则可以扩大个人之私利。三者之中，最后一则是造神者的第一要义。

先是将帝王神化为天之骄子，龙子龙孙。跪贺着“万岁！万岁！万万岁！”，王侯们便可以平步青云，扶摇直上；将相们便可以作威作福，搜刮民脂民膏了。“万岁！万岁！万万岁！”在中国历史上演唱了几千年，始终是短命王朝兴衰更替的片头曲和片尾曲，直至一千九百一十二年才成为绝唱！

“造神”运动的结果是造成那个“神”的没落，但这一历史现象却并未终止。德国希特勒的“造神”使数百万生灵遭受涂炭；苏联斯大林的“造神”清洗掉了许多战功赫赫的将军，造成“卫国战争”时期朝中无将的尴尬局面；中国“文革”时期的“造神”更是豢养了康生等“红色酷吏”。“造神”的危害古今不异，中外相同。

“鬼”也是人类的一大创造。与神不同，“鬼”的面目总是丑陋和可恶的，青面，獠牙，牛头，马面，人人畏惧，唯恐避之不及。同样，面对“神”的重压，何人敢言一言？何人敢动一动？由此，“神化”恰与“鬼化”同！

三

我思故我在。思想是世间最美的花。古往今来，思想者灿若星辰。当人们禁锢于黑暗中时，思想是启明之光；当人们自喜于明白之际，思想又会向世界拉下“黑幕”。有人说，上帝将牛顿赐予人间，于是人类得到了“光明”；而魔鬼又将爱因斯坦送到人间，于是人类又处于“黑暗”之中了。

其中的道理在于：“黑暗”辩证地否定“光明”，“光明”又辩证地否定“黑暗”，这是一个曲折提高的过程，是思想界的大混沌。二者每一次矛盾运动的完成都是一团火焰，烧化世间的一切冰封，烧沸世人的每一滴热血，照明世间的每一个谜团。个人的幸与不幸，强与不强，乃至年轻与衰老，生与死，当以有无独立的思想且思想是否有助于时代为标准。无思想者，或流俗，或盲从，总之会沦为跑马或牧羊。一旦作为一员的个人不能进步，那作为多元的社会也便无从发展了。果真如此，则生与死同！

四

中国近代以前的爱国论是只会谈中华民族是何等地大物博，安攘四夷，威仪凛凛的。时至近代，这夜郎自大的梦才被西洋的炮火炸得粉碎。鲁迅先生说，凡有改革必先是觉悟了的知识分子的任务。认识上的改变自然是一种变革，于是在知识分子的作品中多了些揭露中国落后的文字，潜藏在民族卑劣阴影下的幽灵被驱至阳光下。清醒而果敢的优秀分子，揭开五千年罗网统治之下的劣根性的遮羞布，涤荡了污浊。

知人者智，知己者明，敢于自我批判者勇。优秀民族，应揭己之羞而不自悲于自己的劣弱，赞己之荣而不自大于自己的优胜，这是正确的爱国论的两个方面。为何智者的眼里有着太多的民族劣迹？因为他对这片土地爱得深沉。爱而知其丑，在此意义上，贬与褒同！

以上四则杂谈只是深夜读书过后，将书放在枕旁尚未入眼时得于方寸之间的一些感想，醒来长歌以记之，倘有人能与我有所共鸣，则咫尺天涯的心就此相同了。

（选自《雁阵》第 18 期）

流金岁月

李云龙

日子会逐渐走远，岁月也会将记忆冲淡，留下的只是那些曾使人心动的瞬瞬间间。

——题记

泰戈尔说：“蓝天没有留下我的痕迹，但我曾经飞过。”河大一位校友说，只要她飞过，在她日益坚韧的羽翼上一定会留下风声雨声。我很欣赏这些话，鼓足勇气，闯出囿羁的天地，外面的世界很精彩、很浪漫。

过程与结果同样重要，过程的伟大在于一系列的身心磨难和无数次的心理体验。

高三是段浓缩的日子，现在回想起来，很近，又很远。

刚上高中那阵儿，整天兴奋得忘乎所以，看见“高三们”一天到晚拿着书惨兮兮地去上自习，走起路来满脸苦大仇深的模样，还会暗自窃笑。转眼自己也沦落如此了。于是，“丰富多彩的高中生活”这个概念被夹进了厚厚的一摞摞书本中变成了往事，真有点儿被知识淹没的感觉。外面的世界也只剩下单调急促的节奏，真真地体会到了那种毫无变化的三点一线。

不能忘记我们蓟县一中的三个食堂，因为地理位置的缘故而被戏称为“北大”“中政（中国政法大学）”和“南开”，这对我们既是压力又是动力，连吃饭的时候还得想想自己的大学会在哪儿上。不能忘记爱看青春小说的同学已把高一、高二时最常看的《花季雨季》悄悄换成了颇能引起共鸣的《正是高三时》；学校组织看电影还要经受高三家长会的洗礼；连课下讨论的话题也变成了一些人生、命运的东西。彼此的表情庄严而深邃，似已深味生活的真谛，蛮有些饱经沧桑的味道。不能忘记无论早晨多么早地走进教室，我从来不是第一位，夜晚如果十一点半睡觉，自己便不知是应该庆幸可以早睡会儿还是应该埋怨自己偷懒——高三的我们尽管比任何时候都想依赖那张床，可大多数人只拥有它半宿的时间。寒冷的冬季总有许多半夜回宿舍而被锁在宿舍楼外的人，全都知道这是第一次真正的挑战，不全心全力地付出和拼搏定会成为一生中最深的后悔，尽管有时候疲惫，可是想想日复一日的辛苦，畅想一下未来，便感悟出了成长的艰辛和幸福。不能忘记每天校长要求住宿生十点之前回宿舍睡觉而班主任要求十二点之前不能睡觉的矛盾心情——尽管都是为了我们好。但上一届百分之九十七的升学率毕竟给我们许多无形的压力，对学校我们是几百分之一而对自己则是百分之百呀！

每当学得很累的时候，抬头看看周围，一种莫名的感动从心底升起，一个成果的积累是一段生命的浓缩，不朽的生命之所以不朽，是因为它们在生活过程中，极其巧妙地将一段段生命转化到成果里。

阳光灿烂的 7 月走向考场的时候，久已不起波澜的心再次澎湃起来，那三天远没有我想象的那么漫长，争分夺秒的感觉从来没有那么强烈。第五场交卷的一刹那，心里似乎有一块巨石落地。可是接下来的日子空空落落的更难受。

走进大学校园，两年多来带给我们更多的东西。泱泱学府，孕育着我们这一群精神的天使，天空赋予我们执着的信念，大地撑起我们高昂的支柱。不再蹉跎生命的呼唤，渴望在光亮中碰撞出辉煌的痕印，理性的或是感性的，义无反顾的或是无可奈何的。时间重新诠释了许多我们所无从认识的。路是艰难的，我们的血泪完全可以铺就，为了信念，更为了一种责任，我们将奋斗不息。处在深谷里的树木之所以能更直更高，是因为它们必须竞相生长，以吸纳到更多的雨露阳光，困厄中的生命之所以更智更勇，是因为它们必须千方百计与困难抗争，释放潜能。所谓大成功，就是使生命的价值转换到顶峰，它需要勤奋、智慧和机缘。

大学，让我学会了广博，走向了成熟。广博和成熟的外延是风度，内涵是精明。

大学，让我追求了智慧，展现了才华。智慧和才华，更经得起时间的考验。

（选自《雁阵》第 18 期）

花儿乐队

阿　南

楼上的小妹也爱听歌，用老妈的话说就是我爱“坏”不要紧还带“坏”别人。小妹长大了，出外求学，她的信总有一种灰灰的味道，只那么一次，我打开她的信，感觉阳光刺痛了眼睛，信上第一句话：“姐，听‘花儿’吧!”

于是，这年的冬天，在轰隆隆的列车上，“花儿”的高亢便充塞了我的整个耳朵，当我再次抬起眼睛，却发觉周围一片愕然，老爸碰碰我：“喂，你唱的那是曲儿吗?”“……”

曾经流行过一阵“烦人”歌，先是周华健的《最近比较烦》，接着是Shino（林晓培）的《烦》，那可谓“烦”死人的歌，而“花儿”的《静止》是所谓“烦人”唱的歌。一个人卧在沙发里，仰着头，张着嘴，翻白的眼睛对着无聊的电视，大张伟（VOCAL/GUITAR）一定有这样的经历。词的韵律很怪，一水的卷舌音，就像外国人在唱中文歌。声音一直不紧不慢，末尾一连串的“呃……呃……”像极了百无聊赖之际垂死挣扎的呻吟，音乐极具感染力，诱惑着听者的恣意，似乎所有的孤独疲倦都能在其中寻到一种解脱。《静止》是整盘专辑中我的最爱，听了它，感觉“烦”原来也别有一番风味。

在“花儿”看来，音乐是没有形式的。前奏，要它干吗，想不出来就不要，花儿来喊“1—2—3—4”起——《四季歌》。“春天窜进了厨房，夏天总赖在我床上，秋天天高又气爽，冬天它进入了梦乡。”最喜欢这段，有种“雪变成了春天”的童真。吉他简单的划拨却漂亮而又冲动，无拘无束的音乐暖洋洋而又充满活力。只是很痛恨他们太自由了，一句“呃啊”所有的声音就戛然而止。嗯，要倒回去……

《幸福的旁边》是一首曲风很怪的歌，音乐从一开始就下旋，伴奏电吉他只保留低音部分的振荡。声音一直在转，下滑，根本把握不了调子的趋向，很压迫，胸中透不过气，但乐式一直在变，逐渐上扬，直至结尾“雪在飞，我在梦中心碎”的大嚎，压抑着的气才如怒涛排壑。情绪的变化一气呵成：颓唐——压抑——释放。很真实，也很强烈。“现实有现实的空间，梦想并不容易实现，醒来时才突然间发现，自己一直都在幸福的旁边。”“很可怜，不是吗？”小妹在信上问我。

王文博（DRUMS）是《放学啦》的主角，一通架子鼓一下子把整个音乐调动起来，迅猛的鼓点快得让人不得喘息，躁动的心绪丝毫不逊于放学时的兴奋，大张伟还“加油添醋”地憋着嗓子在呼唤“放学啦！”于是老师的话在教室上空飘来荡去，脑袋里却毫无反应，耳朵竖着急切着铃声的响起，手中抓起了书包就等着向门外冲去。千万别在下课前五分钟听，包你会不管三七二十一的。

水房里有人在歌唱，漂亮温柔的女生在大嚷“在两点半消失”（《静止》），我立马释然了老爸的感觉。“花儿”的音乐没有调子，没有前奏，没有修饰，他们总是那么的自由，但仅这自由就足以让我们有太多太多的惊喜与感慨。只是朋友说过他们太颓废太幼稚，但在这个大学校园里当我再一次一遍又一遍听“花儿”的音乐，却总感到自己失去了许多东西。

关于《雁阵》的记忆

关于《雁阵》的记忆，现在唤起我的大概就是我被拉进了一个叫雁阵的微信群，在这个群里，有许多《雁阵》的元老——当时一如大佬级的人物，而我通常不说话，静静地听着各位大佬嬉笑怒骂般温暖的寒暄。这就好像我唯一参加的一次《雁阵》招新活动，每位负责人开口便是意气风发：“我这个栏目未来的规划……”只有我，最后一个，开口就说：“《阿南音乐领悟》这个栏目是默默地欢迎各位同学的参加……”我大概从一开始就是这疏离般的存在。然后，二十年过去了，没想到是，我还能被 CUE 到两次，一次是被素未谋面的闫文师妹写成了故事，一次是有幸被选入《雁阵》纪念合集。就像一开始我的加入一样，无论我多么疏离，《雁阵》总能以她最大的包容又一次温暖到我。我加入《雁阵》大概是走了后门，因为我直接去找了杨文轩。当年的我，鼓足了勇气，找到了时任管理学院学生会主席的文轩。你可以想象我鼓了多大勇气么。我，一个大一新生，最 fresh 的 man，性格还有点儿内向，不善言辞。杨文轩，学生会主席，《雁阵》主编，管理学院最佳辩手啥的，当年管理学院最风云的人物，在我眼里没有之一。我，颤颤巍巍，啰里吧唆地开始兜售我想在《雁阵》开辟一档音乐类专栏，叫《阿南音乐领悟》……《雁阵》，当年河大管理学院的院刊，因为其他学院没有院刊或者影响力极小，基本我们都认为《雁阵》就是一个校刊，投稿者无数，但是由于当年都是纸刊出版，发表者寥寥。我，这个大一新生，上来就跟《雁阵》大佬级的人物谈《雁阵》从未有过的个人专栏。其实我当时没想文轩能同意，只是那时候太迷朴树和花儿乐队，如鲠在喉，不吐不快，不争取一下实在觉得有负青春。没想到的是，我应该没说多一会儿，文轩的脸上开始浮现出慈父般的笑容，然后打断我说可以的，你先弄一期试试吧。我其实当时也不太敢相信，毕竟除了慈父般的笑容外，文轩的眼神看起来不是很喜欢（懂）音乐也不是很期待我文章的样子。事实证明，领导就是领导，不需要啥都懂，会用人的领导就是好领导，以至于后来我的《阿南音乐领悟》做得风生水起，在《雁阵》读者中小有名气之时，文轩不无得意。之后的两年，《雁阵》给了我最大的自由，从不催稿，但是只要成稿不用审阅直接刊发。于是，《阿南音乐领悟》就有了朴树的《我去 2000》、花儿乐队的《幸福的旁边》、陶喆的《I'm OK》、许巍的《那一年》……这些当时还是比较小众的音乐感悟。所以《雁阵》不仅接纳了年少莽撞的我，还包容了任性选题的我，以及突然离开的我，最后还能记得二十年后的我。《雁阵》，记载了太多我那段青涩时光的珍贵回忆，对《雁阵》，那时的感激已经变成了现在的感动。我至今还记得我最后一篇文章的末尾：阿南去也，后会有期。当时写这句话的时候，我始终觉得我会以某种形式再回来吧。没想到一晃二十年过去了，我已经变成一只老雁了。所以，《雁阵》现在的以及未来前赴后继的小雁子们，希望我的经历可以告诉你们，不管你们怀揣何种梦想加入《雁阵》，希望你们能珍惜，年少轻狂，可能才是你们这个年纪或者只有你们这个年纪能够拥有的事了！祝你们永远年轻，永远热泪盈眶！

（选自《雁阵》第 18 期）

问　谁

紫　棠

是谁
蒙了面青纱
在你模糊的脸颊
是谁　是谁
让我在荒漠中徘徊
问谁

问苍天
四季茫茫轮回中
问大地
春华秋实无休止
问谁
独守空楼伴红灯

望星空

满眼迷离欲断弦
低首思
情塞意孤将何去

一时心间多少事
化作朦胧诉与谁
问谁
谁答

（选自《雁阵》第19期）

走在时间的前面

崔　静

“世界上最快而又最慢，最长而又最短，最平凡而又最珍贵，最易被忽视而又最令人后悔的就是时间。”

她悄然无声地来，又默默无闻地走；她从不为人注目，然而在她身后留下的或是一片笑声，或是一串哭泣，此时，你才开始珍惜，但悔之晚矣。我想到了那首歌曲：外婆给我一个小小的橄榄，又涩又酸，我把它丢在路边；一会儿回味起来，又香又甜，我去寻那橄榄，却再也找不见，就像这橄榄，没有办法使时钟为我敲已经过去了的钟点。

有人说，时间是温柔的淡黄色的爱，她拥抱人生，拥抱童年，永远陪伴生活，点缀生活。她的滴答声是美的旋律，是胜利的乐曲；有人说，时间是粗暴的灰黑色的愤怒，她摧毁一切生命，捣毁每一份希望，摧毁一张张纯洁幼稚的脸；我说，时间最公平合理，她从不多给别人一分，时间能为勤劳留下串串果实，时间也能让懒惰者一头白发，两手空空。时间本是无色的，她的美丑在于你如何用自己的画笔为她渲染。

每天清晨，太阳从东方遥远的天边升起，唤醒人们迎着朝霞忙碌；每天傍晚，阳光从西边的天际消逝，洒下一片彩云来装饰天空。每天人们歌颂太阳的伟大，描绘霞光的艳丽，然而，也恰恰在你沉醉于欢乐之际，一天的光阴过去了，为你所拥有的时间又少了一分。看吧，那表盘的刻度是多么均匀，回荡在你耳边的声音又多么清脆，但实际上时间给予每个人的也并不公平。她偏袒得很，她只为那些珍惜时间又善于利用时间的人所拥有，她在他们那里是如此快活，如此自由；而对于那些轻视时间、浪费时间的人，她厌恶他们。他们只会缚着时间来陪着快乐，而不会多多地创造快乐填满时间。年轻的朋友们，你想过没有，是否走在了时间的前面？

（选自《雁阵》第 19 期）

如果能够

萧　萧

如果能够
摘下我的双眼
化成漫天星辰
日夜守望着你
我知道
我不会犹豫
如果能够
融化我的身体
变成浓浓美酒
流入你心田
你也知道
我不会迟疑

当生命幻化成星辰
爱浓缩成美酒

却从未有过奢望
只是想　靠近你
只是想　感觉你
冷漠下的温柔
当岁月无痕
往事已难寻
我不会怀疑
自己
曾一往情深
深爱诗

（选自《雁阵》第 18 期）

永恒的友谊

勿忘友

友谊是一个古老而常新的话题。何为友谊？友谊是心灵的沟通，是情感的融合，是灵魂的默契。

友谊是一种扩大的人际关系。茫茫宇宙，芸芸众生，个人犹如沧海一粟。一粟之身有时会孤独，会寂寞，会寡助，会渴望关注，会寻求表白，于是便有了友谊产生的第一个条件：个人的需要。己之所需，人之所需，两人为了寻求关爱的同一目标走到一起，相互融合，化解了许多心中块垒和烦恼。这是友谊的积极意义，这一属性也是友谊产生的第二个条件。条件成熟了，友谊便产生了。

友谊不是尊者显其独尊的财富，它具有普遍性。贤人雅士、平民布衣都渴望获得那份心灵的碰撞。关云长千里走单骑，为寻盟友；荆轲易水悲歌，士为知己者死。作为普通的大学新生，当你孤枕难眠时，你不思念朋友吗？

友谊是永恒的，因为它以道德为基础，具有理性和高尚性。西塞罗说："友谊是靠道德结合的。"理性贯穿于友谊的选择和维持的过程中。同志为友，择友从善，并以"择其善者而从之，其不善者而改之”的态度去促进朋友的互容共进，这是智者的交友方法。高尚的价值追求、强烈的心理共性，完善着友谊双方。古今中外，其臭如兰的同心之言，曾经点燃和将要点燃多少永生不灭的友谊之光啊！这些特点使友谊能经住各种考验，超越世事沉浮、跨越时空的阻隔而成其永远。

在物欲横流、竞争激烈的今天，人们不免会有茕茕孑立的失落和四壁皆是冰冷铁窗的感伤。于是，有人说，友谊受利益左右；有人说，友谊随世事变迁。立上金钱台基上的“小人之交”难免如此。对于“君子之交”，地位高低和利益得失绝非友谊的决定因素。那流传千古的“管鲍之交”地有力地说明：视如同怀的朋友未将物质利益作为交流感情的手段，他们抛弃金铜之色而将其镀于友谊之上，越令其发光!

只有承认友谊的长久才能反映人本善的心性。友谊如泡影的悲观论调使人消磨了追求美好友谊的锐气。对于个人，只能落得“前无知己，后无朋友，念人心之惟危，独怆然而涕下”的下场；对于社会，弑友图财、卖友求荣的现象将充斥世界，自私与欺骗将使人类社会沦为失落的“动物世界”。

千年俱往，纯洁的友谊之碑长存于天地间。你我需用理性的行为去维护，使其不因外化的物欲变质，不为时过境迁而有一丝动摇。岁月悠悠，人心不泯；海枯石烂，友谊不变；天长地久，友谊与之同寿!

（选自《雁阵》第19期）

举手之劳　方便大家

——餐厅新举措专访

郭春丽

又一年春来到，到处充满了生机，处处洋溢着活力。校园里的变化可真不少，在这众多的变化当中，不知你是否注意到有一项新举措给我们忙碌的生活带来很大的方便？

你是否有过这样的经历：上完第四节课，饿着肚子跑到餐厅，端着刚打来的饭却找不着干净的饭桌；吃饭的过程中你出去了一会儿，回来后饭却不见了……这样的日子很无奈，同学们多有抱怨。第四餐厅的工作人员看在眼里，记在心里，想法解决这一问题，率先提出了一项新举措：倡导同学们自己动手把用过的餐具放到指定位置。

任何一项新生事物的出现都会引起关心它的人的争议，为此我们专门对同学、餐厅的工作人员及经理进行了采访。

当问及同学们对这项新举措的看法时，大多数同学表示赞成，认为措施实施后，上面提到的两种情况发生的概率大大减少，而且就餐环境一下子变得舒服起来，桌子上不再是摆满了的餐具。也有些同学对此毫无感觉："我们是来花钱吃饭的，不是来收拾餐具的，我们有这消费权利。"餐具照样放在桌上不动。

看看服务人员的反应："我们的工作量有些减少，最重要的是我们不会再收拾错盘子了，听到的抱怨少多了。我们心里挺高兴的。"

为了彻底清楚地了解这件事，我们采访了学四的餐厅经理。当我问及施行这项举措的初衷时，经理笑着说："一切只是为了方便同学们就餐。现在餐厅的座位少，就餐人数多，而且就餐时间很集中，虽然我们承诺餐桌餐具清理回收时间不得超过五分钟，但还是有一些同学找不到座位，回收餐具的再清洗使用也受到了限制。"经理一再强调："我们提出的这项举措是靠大家自觉执行的，同学们没有这种义务。如果不把使用过的餐具放到指定的位置也没关系，我们的服务人员会收拾的。不过从结果看来，大家对措施的执行很好，这也体现了河大学生的素质。"当我问及这样是否极有利于减少服务人员的工作量时，经理强调说："这首先是为了方便同学们就餐，减少了工作人员的工作量，也是事实。这项举措对谁都有好处，可以说是合理的、可行的，所以我们一定会坚持把这项举措实施下去。"

笔者认为，就餐已毕，伸出你的双手就可以为我们营造一份温馨的环境，为大家留下一份清爽的心情。愿我们朝夕相处的餐厅因为有你的付出而变得更加洁净。

（选自《雁阵》第 21 期）

为生命奔跑的人

马潇颖

还不到一点时，一位头发花白、穿着半旧的卡的人敲门而入，脸上漾着大写的笑意。礼貌地将此君引到范教官办公室，没想到范教官笑着说我“笨”，原来他正是我期待已久的“天涯旅人”，我呆了：他并不高大，而且他的头发……才三十八岁的人呀！一身和气，哪有丝毫的拒人傲气？少校以笑意的“大写”到“特写”暗示我不必紧张，大家会心一笑，那间背阳的屋也一下子暖了起来。

没想到少校那样健谈，一路上的酸、甜、苦、辣在他看来都是“财富”。他谈到了曾被人以“扰乱治安”为名礼送出境；被人认为是老乞丐而受尽白眼；谈到了探望病友时的潸然泪下；谈到了因只花了三块五饱饱地吃了顿午饭，找了个不错的旅馆只要了三块钱的欣喜；谈到了沿途的壮美山河、风土人情。他曾因捡了条毛茸茸的松鼠尾巴给女儿作礼物而乐半天，曾忘我地高唱《我爱五指山，我爱万泉河》（一次他四顾无人，在万泉河的源头痛快地洗了个自然浴）。他甚至还和狗“计较”，一条狗追着他狂吠，他就说狗嫌他“蓬头垢面”，可冷汗过后还不忘窃骂一声“狗眼看人低”……罗素的那句“对偶然的事发生强烈兴趣的人，绝不会觉得人生苦闷”。若以隋少校做例子，便再典型不过了。近两个小时的采访，我常常因他的“趣事”而顾不得掩口。

他爽朗的笑声并不能掩盖一年来的艰辛，可他并不愿多提这些，他说：“与天斗，与地斗，其乐无穷。”他要把“一天当几天”过，“能走就不躺在病床上”，他告诉自己“我渴求为人民利益而死”，“终生为他人着想的人永远活在人民心中”。

陆幼青坐下来，以《死亡日记》向人们揭示死亡带来的种种微妙的心理反应，也许很真实，可多少有些消极。我更欣赏隋少校以积极和乐观挑战死亡。他向生命提交了一份优秀的答卷，而我想他的答案将是我或更多人的首选参考。

4 月 1 日

今天是周日，却起了个大早。昨晚梦见了少校，梦见他仰望国旗的专注的眼神和庄严肃穆的军礼，梦见他早生的华发，还有那坚毅的背影……伴着初升的太阳，他已经出发，脚下是一段新的生命。少校，一路顺风，四天后，我们在保定等您。

4 月 4 日

下午有电话通知，说少校提前到达保定。我一下子跳起来，不知是惊讶还是狂喜，走了四天了，少校你还好吗？急不可耐地和其他青年志愿者到 107 国道上迎接少校。那军绿出现了，走近了，看着少校满脸的风尘，蹒跚的步履，鼻子就酸。少校激动地与身边的每一位同学握手道谢，他曾说他的生命词典里不需要“泪水”，但今天我分明看见他眼里有东西在闪。

簇拥着“英雄”（他自己并不喜欢别人那么称呼）向前走，白发苍苍的隋妈妈正守候在家门口，张望着，等着接自己最疼爱的“老”儿子。接下来的一幕我将终生难忘：一看到年迈的母亲，已是很疲愈虚弱的少校尽力地跑过去，一下子就跪在了母亲面前。那一刻，时间凝滞了，慈母、游子的泪让我真正体味了“儿行千里母担忧”。

4月5日

好事多磨。不但气温下降很多，还有大风。“千磨万击还坚劲，任尔东西南北风”，不管它。9点从南院门口出发，跟着隋少校到人民影院、总督署广场等地宣传义务捐献骨髓。短短的一个半小时，大家共发放倡议书近两千份，得到了“隋领导”的嘉奖——特写的、温厚的微笑。知足矣！可是，活动快结束时，一个人把传单扫了两眼就扔掉了，我跑去捡了起来，那位胖先生反表讥讽：“这么卖力，给了你多少钱？告诉他们，我就是捐也要到台湾去捐，人家技术好，我放心!”我笑了，拍拍传单上的土：“爱心不需报酬，而且大陆骨髓移植的成功率和安全系数是世界顶级的。”胖先生抛来一堆不解的眼神后，一扭一扭地走了。少校的“爱心之旅”就是要让更多的“胖先生”收回不解的目光，甚至伸出自己的手。

中午很紧张，仔细准备采访稿，希望下午的报告会能为少校打响第一炮。学习少校的自信，要成为出色的马前卒。

下午两点半，“‘爱心之旅’英雄人生报告会”在图书馆报告厅按时举行。当迈着坚毅步伐的少校走进会场时，热烈的掌声足足持续了三分钟，记录少校事迹的《真情旋律——对死亡说不》的录像片令大家泪眼蒙眬。

少校一直挂在脸上的平静的微笑使我心里很踏实。作为少校的一个“兵”，今天和“首长”的配合很好，通过尽量全面的问题，使到场的同学对捐献骨髓有了更深的了解：对生命价值的独到见解，待人接物的谦和，和他的勇敢、自信、坚强……这个绝症在身的人，以他强大的人格魅力使我们不得不重新审视自己的人生。是啊，捐骨髓可能会痛，但以我们的骨髓挽救千千万万个生命，痛又算得了什么?!

下午五点在南院篮球场举行了“为社会献爱心·义务捐献骨髓”大型签名会，长十二米的条幅被同学们围得水泄不通。大家郑重地写下了自己的名字和祝福。少校对我说：“这就是希望啊！接力棒传到你们的手中我放心。”一个多小时很快过去了，少校还在认真地给每位同学签名，鼓励大家勇敢地捐献骨髓。“事在人为，路是人走出来的，困难是人克服的”“有一分力就走下去”“爱心无价”……少校的留言宛如其人：实在、坚毅、温厚。

4 月 6 日

今天，少校的“爱心之舟”又起航了。八点半大家就自发地在五四路东口等待少校。他来了，坚毅依旧，笑意依旧。看到女孩子们挂在腮边的泪，他居然扮了个鬼脸儿：“小家伙儿们，你们都是我的兵，当兵的可不能轻易掉泪的哟!”政法学院党委书记宇文宏老师带给少校一首题为《小草》的诗，少校说他甘作小草，小草的绿就是生命。是啊，他就是小草，云压雾罩浑不怕，一身秀色悉数献给了需要幸福的生灵。

一路走，一路送，长长的队伍引得路人驻足停留，人们听说少校的事迹，无不点头赞许，一位阿姨还掏出一百元钱，硬要塞给少校，你可能不曾想到，少校从不接受捐赠，包括台湾骨髓库做出的无偿为他寻找骨髓的承诺。他所做的一切都是为了别人，为了我们能拥有自己的库存十万以上的骨髓资料库。

天下没有不散的筵席，少校迈着自信、坚毅的步子继续着他的“爱心之旅”，又将一路风尘、一路艰辛，留给我们一道绿色的背影，一片绿色的希望。放心朝前走吧，在您踏过的土地上，我们将沿着您的脚印走下去；“尊重生命，善待人生”，您的话，我们牢记在心。

少校，一路平安，7 月我们在河大等您。

（选自《雁阵》第 21 期）

雁 阵

李云龙

风
把仅有的完美灿烂季节破碎了
没有一个远征的队伍
能超越它们的整齐
雁阵
刺中我的感动
视线之外
一种浩瀚和博大
穿过城市和乡村的阴影
接近心脏
以一隅的现思
飞越局限
飞出一种高洁与纯粹
展示生存的方式
展示比骨骼更为坚硬的撑持

雁阵总是一言不发
昂扬的姿态和表情
吞吐毫无掩饰的个性
不仅代表秩序和方向
单纯与无形又浩大
协调为一种风景
天空的湛蓝
达到极致
留给天空的不仅仅是飞翔
毁灭和新生都是真的
你可听过雁阵的唳鸣
沿着这样的路
你知道它们能飞多远
一种浩浩荡荡的幸福
把陶醉的姿势
优雅的阵容
本质的天才
遥远的呼吸
美化
向你们致敬
不是游子
哪知飘零的滋味

（选自《雁阵》第 23 期）

我怎么能说，七月已经走远了呢？

陈则谦

那天
朋友
说了很多　伤感的话
我不习惯
说
六月没过　谁也不知道结果

那天
朋友
给我拍了很多照片
说
你笑笑吧
我不习惯　六月还没过

其实

后来　我们
只是挥了挥手
拥抱　然后
轻轻作别
七月
便随着我们的泪水
消失

我的确走了很久
才走出了森林
然而
我又怎么能说
我已经走远了呢

七月
终于被记忆锁住
我拾起
树木遗失的年轮上
渐渐长裂的名字
往事
忽然在心里
隐隐作痛

（选自《雁阵》第 24 期）

记在毕业时

——谨以此文献给即将毕业的朋友们

魏明恺

夜已阑珊，我们要散去了。虽然我坚信成长的过程就是不断舍弃、不断求新的过程，但舍弃仍旧是艰难的。星月沉沉，有风从肩头掠过。其实，我们就像是一阵风，许多年后，没有谁在意我们来去的方向，没有人留意我们的快乐忧伤。我们在这个学校中留下的痕迹早已淡去，也再没有人在这里喊起我们的名字。

日子一天天开始，又一天天结束，学生时代如一条婉转清澈的小溪，在它的尽头是汹涌澎湃的生活的海。在做小溪里的一滴水的时候，我希望自己拼命向前奔流，好成为大海中翻卷的浪花。可是，当我真的奔到了溪的尽头，才发现我是多么留恋我的宁静清纯的校园。时间能给许多问题详尽的答案。比如说去年我还无从体会毕业生的心情，今年，今天，我就懂了。在我们毕业之时，才深切地体味到他们那种忧郁、苍凉、悔恨与渴望等诸多因素交织在一起的心绪。借书证要交上去时，我们才想到有好多该看的书没看，以后很难有这样便利的条件和良好的氛围，于是谆谆告诫师弟师妹，一如当年师兄师姐告诫我们；再也不用去教室占座了，心里却空荡荡的；再不必为了一份排骨而时时注意下课的铃声了，却提不起吃饭的兴趣；有对走入社会的憧憬，却又不想失去校园的宁静生活……在毕业典礼上接过盼望已久的学位证，高兴之余也不无忧伤地回忆起四年前在新生入学仪式上的签名，好快，一生中最青春、最潇洒、最本真、最灿烂、最恣意的四年就这么过去了。

又快要六月了。无数学子将奔赴高考的战场，去争取他们梦寐以求的大学生活。想象着又将有多少生命从此在大学校园里葳蕤，我的心中充满了祝福和惆怅。属于我们的那个季节已经过去了，这是规律。明天我再睁开眼睛，将永不能回到昨天的清晨里去。我当然知道，人的一生要经历几个不同的阶段，在每个阶段都有不同的环境、不同的朋友、不同的情感，大学只是一个过程，而且是匆匆的。昨天它还是我的，今天就不是了。以后我也没办法重回到今天的世界里来了，“凡美丽的终将逝去，如急湍”，我不可能一生只停留在一个地方。但是，我无法掩饰我满怀的留恋不舍啊。还不知道前面的路是不是很清楚，也不知道自己能不能走得很平安，反正想停也停不住了。只得向前，未有终点。我希望大家都快乐，希望今天难舍难分的兄弟姐妹、手足朋友，明天不要变成各自营营役役的陌路。

假如我们都牢记那话：“不再相见，并不等于分离；不再音讯，也并不等于忘记。”那么，我又何必太悲伤？“说了世上一无牵挂为何有悲喜；说了朋友相交如水为何重别离；说了少年笑看将来为何常回忆；说了青春一去无悔为何还哭泣？”校园里的小饭馆天天客满。室友、老乡、社团，散伙饭的理由只有一个：毕业了。校园里的每一片树叶都是离人的眼泪，校园民谣唱得心里酸酸的。每次聚会，总会有女生流泪，男生呕吐。岁月毕竟在生命中刻下了很多东西，尽管我们一时不能尽悟，怀念总会有的。正如下了自习的时候，一个人走在校园里，昏暗的路灯把孤零零的影子拉得忽长忽短，这种情绪就格外分明。

已经很难在自修教室里坐上半个小时，已经很难起早贪黑地背着大书包匆匆赶赶，已经不可能再拿起至今还看不懂的专业课书籍去大啃特啃了，也不会等待着校园爱情的烂漫诞生。尽管大家还是如常地为毕业设计、论文答辩忙碌着，可谁的心里都清楚，有一种伤感随着那一天的逼近而越酿越浓烈，恰如一轮又一轮毕业宴会上的酒。回想四年来交织着百感的一幕幕，恍如昨日，大学之路却已走到了尽头。我更愿意把这曲终人散的终点当作希望的起点，我极不愿沉重，可心情却不由地沉重。

我们出生在一个很浮华的年代，有的是迷茫的硝烟和朦胧的忧伤，曾经以为我们年轻，有好多的时间和空闲，我们的无忧年华可以永远激荡下去。可是现在，我发现我们好像再也回不去了，那无暇亦无邪的纯真的韶光，即使你愿意用一千万去换取时光倒流，但已逝的大学校园生活、飞扬奔放的四年青春，是不能重温的，只能凭空追忆菁菁校园如水的年华，轻唱“那白衣飘飘的年代”。面对人生之初的选择，那份期冀、惶恐和内心深处说不出的彷徨与焦灼，真是一种锐利的痛。我们的理想在哪里，我们的未来又在哪里？表面上我们洋溢着对生活的渴望，可是，当我们义无反顾地走出象牙塔，而近乎勇敢地奔向前程时，又有谁是真正地满心明亮与欢喜？前面等待我们的是什么，我们不知道。挫折，在可以预见的将来是不可以避免的。但我们不能退缩，不能踯躅。明天是个不可逃避的东西，我们没有退路。我们仍然年轻，我们还可以激情万丈。生活是实实在在的，每一个人都很普通、很平凡。梦想就像天空里可以远飞的风筝，追求过高也难免于飘零。可是，我们还要固执地守住它，因为我们不清楚，除了梦想，我们究竟还有什么。幻想一下吧，做人不要太现实，否则你的灵魂太容易随这个混乱的时代飘零。我们应该明白，峰回路转，两岸的风景在变，可水仍是水，生命的舟楫，最终还是握在掌舵人的手里。多少支歌唱过，多少首诗写过，又有多少人经历过。不必惶恐，也不必惊讶，生命总是会给我们答案的。

别离的时候，抱着简单的行囊说，好像落了什么东西，又想不起来是什么。也许，这种隐隐的失落会陪伴我很长一段时间。我的这一段青春，这些同路人，我们携手创造的一个时代，这些我最珍贵的，我怎么也带不走了，它永远地留在了丁香园里。

在很长一段时间内，陪伴我的只有枕边一本厚厚的相册，以及身边还残存的寝室的气息；但那些给予我温暖鼓励的笑脸只能出现在回忆中了，哪顾得上我还无法习惯无法适应没有他们、没有那一切的生活。最后的狂欢绝对是在做努力的掩饰，让我醉，让我睡，梦醒了却还是被分离击溃。我没有像女生们那样留恋地死拉着兄弟们的袖子，我悄悄地躲开每一个毕业的兄弟的告别现场，我没办法让自己不脆弱。分手就像牌局中注定的离散。兄弟们剩下了我，独自奋斗三年，我仿佛看到了自己三年后流泪的背影。当我们在最后的夜晚尽情买醉，我轻易地到达能看见他们流泪的距离，我的眼睛却湿润了……一切都已过去，一切又都还在我心里。不论我走得多么远，多么累，我都不会忘记这一切，我执着热爱过的一切。

幸好，我不是宿命论者，我不相信人生是一种命运。我们的青春是我们自己的青春，无论如何它都是由我们自己谱写、涂抹刻画的。青春是美丽的，也像流星一样的短暂。但这并不重要，重要的是珍惜自己的青春，珍惜那些已经有过的和还没有到来的美丽。那些曾经飞扬的文字，那些曾经激荡的心灵，那些曾经爱恋的故事，那些曾经难忘的记忆，那些曾经的曾经，那些永远的永远……会一直留在我们的记忆中，温暖我们已经走过的，或者正在走的旅程。

那好吧，就在这里，再见！

我的大学时代，打完这段文字，喝完这杯咖啡，请允许我和你告别。

（选自《雁阵》第 36 期）

飞　翔

——致徐志摩

宫　真

你说你是天空的使者
笑声点亮四面风
你说你想飞
飞到尽头
一睹昔日的云彩

那一刻
我知道——
飞翔的美丽

而你却随着那声爆响
像一颗流星划过弧线
消失在了天际
当朝露辉映彩衣

一颗无法沉沦的心在
空中徘徊
我知道——
天空还留着——
你飞翔过的痕迹
划破了长长的思念

一切事物
都将悄然逝去
宁谧如斯
一切沉重的伤口
都在风中沉默无语

我去康桥
等着你悄悄地来
在康桥
让光阴千百次地轮回
我终于知道——
飞翔是你的霓彩
也是你彩虹般的梦
让我永远握着笔
拥着梦，随你
飞——翔——

（选自《雁阵》第36期）

总在花开花落间

——顺平桃花节游记

盘宇章

今年 4 月 10 日，正是农历三月初一。我有幸与朋友相约到山里踏青。此旅之山，正是尧帝的故里——伊祁山。“山不在高，有仙则名。”此番游玩又添几许朝圣的心情。

风息是温润的，山体现出微微的雾岚。山包裹在风籁里，隐现在云彩巅。极目远眺是一片新绿，浓淡深浅好似谁倾倒了水彩，那绚丽的颜色便肆意渗透开去，写意的笔法挥舞出了收放自如的意兴。

本意是来访桃花，寻着“人面桃花相映红”的凄美传说而来。到了山上，才知来得不巧，桃花已残。那褐色的枝干上，却也有点点粉色，若仕女额上的朱砂，但我们游兴已无。

“人间四月芳菲尽，山寺桃花始盛开。”眼前景象不禁让人生疑，莫非古人也欺今人乎？朋友抱怨：“桃花不知何处去，空余人面愁东风。”我亦有几分惆怅。末了，我淡然一笑：“候不得花开，能守着花落，未尝不是另一番情致。”

“桃之夭夭，灼灼其华。”桃花自古便是多情，开时妩媚，落时凄美。

正值山间水库开闸缓解春旱，山谷中自成一条人工溪流，溪水潺潺。那飘零的残花，御风而舞，点点飞红入水，正是易安居士笔下的“花自飘零水自流”。此番情境，比花开时节还多几分逸兴。凋谢，本是花族生命中的循环与无奈，但这落花流水，偏又漾起了另一种喧闹。

我想：自然的哲学，总在花开花落间。

避开人群，我与朋友绕上一条偏径。所谓曲径通幽，我想说的就是此刻了，万物都在发散着清新的生命气息，清晨那一刻特有的静谧使一切在瞬间轻松明快起来。

我们寻一块山石，相倚而坐，旁无杂人，山之幽静，尽在此处。山风朗朗，轻拂心田，顿觉芜繁杂念，尽数散去，飘飘乎如遗世独立，羽化登仙。

远观山下，大有纵观全局之势。莽原春色，尽收眼底。豪迈之情，莫可名状。忽而又觉宇宙之大，而生“寄蜉蝣于天地，渺沧海之一粟”之感。

二人久久无语，任凭情感摆脱意识自由流动，享受那份宁静与澎湃的交汇。

山水之妙，存乎一心。醉翁与客饮宴琅琊，寓山之乐；东坡与客泛舟赤壁，寓水之乐。其乐与余何异？

忽而幽香飘来，乱我心神。

起身寻香，蜿蜒处，一抹平和的粉红色悄然出现在我眼前。静静的一株杜鹃花，悠闲地享受与我们一样的宁静。没有蜂蝶和游人的拜访，杜鹃微笑着拒绝尘世那份喧嚣，只是在这美丽的绿林间淡泊地与清风做伴。我停下脚步，许久，与杜鹃静静相对。那一瞬间，我的心已与自然深深融为一体，我成了花丛中的一朵，绿叶中的一片，晨光中的一束……

幽幽的馨香沁人心脾，早春的惊喜在我心底苏醒。悄然绽放的她，在我眼中，有一种坦然相对的从容，并不因为桃花而失去颜色。

我渴望用手指触摸那柔软的花瓣，却又不舍得庸俗了她。她到底是误入凡尘的精灵，还是世间的另一种极致？纤巧的花朵和碧绿的叶间流动着一层浅绿清白的花晕。仅是一株花，却足以让我感受到生命的庄严。

就这样相对了许久，直到我与朋友都开始有些嫉妒她了。我的嫉妒，是因为终要回到尘世，不能像这花儿一样长久地享受这份自然之宁静；朋友的嫉妒，是因为我长久地沉醉于这花儿，反倒把她冷落了。与朋友相视一笑，为各自的多愁善感一笑。在她的眸子里，同样有一股感慨而欣喜的泉流在涌动。生命的哲学，总在花开花落间。

那种对生命消逝的抗争，宛如桃花之谢；那种对世间名利的淡泊，宛如杜鹃之红。不都同样可爱吗？做人亦然，喧闹中的凋谢和寂静中的绽放，我都喜欢。

想起冰心的一句话："心灵的灯，在寂静中光明，在热闹中熄灭。"

乘兴而来，尽兴而返。回归路途上，朋友唱起了徐怀钰的《踏浪》，"山上的山花开哟……"而我则吟诵《醉翁亭记》，"醉能同其乐，醒能述以文者，太守也。太守谓谁？庐陵欧阳修也。"

（选自《雁阵》第 36 期）

秋天，等待迎春花的绽放

田　鑫

最爱八教前春天时那一抹温幻的灿黄，每当春天来到时，她都如期绽放。可是她的花期又那样短暂，常使人无端善感多愁，在没有她的季节里痴痴地妄想。

母亲是爱迎春花的，当她还是一个天真少女时，那漫山遍野的清黄常引起她对远方的父亲的思念和对未来幸福的遐想。每一朵花，就是一张笑脸，开在地上，也开在天上，开在父亲少年老成古铜色的皮肤，也开在母亲烂漫无邪柔软的心房。等待是漫长的，重逢又何等苦涩。就在一个漫天下着冷雨的夜里，当父亲背着逃婚的恶名义无反顾地走出家门，趟过冰冷的河水，翻过陡峭的山梁，来到母亲家的门前苦苦哀求时；当母亲被反锁于屋中，泪水因无声而变得混浊，游弋在母亲眼中，也如血痕印在父亲心上时，迎春花凋谢了。在冷雨的淫威中，她只能将自己的纯真与柔美委身于那滚滚的混浊，流向未知的泥泞，湮没于那看不见未来、看不见远方的暗夜的无声无响……

多少年后，我挽着已入中年、渐显老态的父亲母亲上山踏青。

看着漫山遍野含苞待放的迎春花，他们不禁回头望了望那来时的山路——崎岖、不平、荆棘丛生。父亲笑了，母亲的眼中则噙满了泪水。“天气总是变化无常，一路走来你受苦了。”父亲轻捋着母亲前额的一缕发丝。一路走来我们爬上了山腰，一路走来父亲的青丝褪为了白发，母亲曾经如花的笑靥现在也开始绽放伤感，“还好，有你，还有儿子。”母亲淡淡地说道，并像父亲那样轻捋着我的鬓角……霎时间，所有的花因泪水的漫溢而竞相开放。

原来幸福不仅仅是苦尽甘来的感慨，也不仅仅是相伴相依的一生情缘，复杂的心绪凝结为一个历经风雨沧桑的回望，温暖而又凄清，迷惘得叫人沉醉……

常常想，若是生活也像迎春花一样该有多好，恬静、淡雅，散发着春天的馨香，散发着四季的希望。唱一支喜爱的歌，在秋日冷月的霜白与春日迎春的暖黄之间穿梭一缕悠悠的北欧极光，旋舞翻转扶摇直上。于无人无语，除明月照而无影，除迎春发而无香的清夜里，穿梭繁星之间，抚慰颠倒梦想。春天苦短，偶尔路过那丛已经开败的心爱，真想驻足凝视，遐想下一个春天她再次绽放的柔媚与清爽，遐想下一个春天那淡淡优雅的清香，遐想那时的我。但，我不能，忙碌的脚步总是无情地碾压幻想的空间。毕竟，在人群里，爱慕虚幻是何等荒唐。于是步履匆匆，神色凝重，只能用快速步行带过的体风轻抚那已然憔悴的枯叶，向她低诉我那无尽的悲怜。不料，却将她们残忍的刮落——灵魂面前，活脱脱一个尴尬的异类。

于大浪中淘沙拣金，于黑暗中祈祷光明，或许这本来就是生活的原汁原味，需要我们去真真切切地体会。不会哀怨，无所谓愤懑，回望那丛迎春花，或许她早已将那特有的香气散入了爱花人的血液：只要心中恬静，性灵就会淡雅；只要灵魂还在散发馨香，生活就会永远充满希望。

生命的感悟绵绵长长，有时就像北面遥望故乡的目光——如江水般波涛荡漾。在寂寞的夜里它乘着暖暖的南风，飞回那有苍山与烈酒，鲜花与骏马的遒劲塞北。异地求学，远在故乡以远。心爱的人不在身边，母亲的呢喃在梦中也越走越远。或许我只能寄托那随风逝去的目光闪烁，伴着燕山清寒的月光，混着迎春特有的香气，飘入那熟悉的窗棂，飞进塞满思念的梦里，一遍遍亲吻爱我与我爱的人。然后，或许他们醒了，或许他们知道我已经来过，或许他们知道我正在远处的某个地方迎接着不同的日出与日落，繁星与明月，或许他们知道我正在异地他乡经历着相同的欢欣与悲苦，幸福与孤独——我知道他们知道。如果说爱是一个不等式，付出永远大于得到，那么思念无疑将这个充满着辛酸的不等结果无限放大，膨胀于天地充塞了空间上的距离遥远，让心与心没有隔碍地触摸，化解忧思湮灭愁苦。于是，距离让乡愁充满了无限的诗意，在思念的故事里成了一个优美的遐想。

我想这就像等待迎春花的盛开，虽然在没有她的季节里我们只能痴痴地妄想，但正是这妄想让夏的酷热成为爱的热情，让秋的萧瑟成为心的清静，让冬的严寒成为寂寞的坚守，一切只为了一个现实的梦。

那么，就让我等待吧，等待着回望的幸福，等待着梦想的生活，等待着重逢的故乡。就像在没有迎春花的季节里，等待着她的开放……

（选自《雁阵》第37期）

英雄悲

路小燕

王室的身躯在泪中浸　　泛起的是万念的尘
它投袂而起的是千年的精
要创一个中华的魂　　空白的城
争着烧着太阳的辉
捏起一丝光线也是剑
它剑杀冲天砍一个勇
崛起的王
深闺空空
王骑马跨过了大漠
千野的淫风化成了视线
给它一张撑天弓
射一个她遗落马上
笑　　它的悲
王室的身躯在笑中润
惊起的是百姓的杆

千里的寻
只在马下
它铸成一个商朝的悲
只在一霎

（选自《雁阵》第37期）

爱　伤

夕　雨

第一次感受西西所在的城市，这里的一切对我来说都如此陌生。沐浴着新的阳光，呼吸新鲜的空气，还有那阵阵微风，一张张陌生的像隔了几世纪的面孔。我瘦小的身躯穿梭在人群中，大概没有人会注意到我这个闯入者。

两年不见西西，当目光与她相遇时，那双清澈如湖水的眼睛还是如此安静，只是似乎又多了一些我捕捉不到的东西，人也比以前瘦了好多。

站在西西家门口等她回来时，天阴沉沉的，冷风吹到我的身体上让我不禁打了好几个冷战。

西西见到我时并没有感到意外。大概是看我有些发抖，她没说什么就带我进了屋，热了一杯牛奶给我，又剥了一根火腿，我发现都是我以前最爱吃的牌子。随后，她打开电脑，然后屋里就洋溢着王菲那首“Eyes on Me”。她和朋友在网上有一句没一句地聊着，还和她的朋友说有多想我。傻瓜，我不就在这儿吗？喝了一口热牛奶，我感觉一股暖流从心里涌起，然后就赤着脚在房里走来走去，去感觉西西触过的每一个地方。慢慢地我安静下来，静静地靠在西西身边。桌上的相框里有一张西西和一个男孩子的合影，西西笑得很开心，我的心有点儿痛。

不知什么时候眼皮有些打架，睁开眼睛，发现自己正趴在床上，这种睡相西西看到了一定不肯嫁我。我的脸大概红了，还好她没有看到。她整个人极其放松地躺在床上，几乎占据了整个床位，睡得像个孩子，偶尔挤几下眉头，不知梦到了什么。夜深了，雨滴拍打窗子的声音打破了夜的寂静。我没有再睡，我不想弃此刻的美好于不顾而把自己再次置身于毫无预测的梦境中，而此刻也像一个梦境，只是如此真实，真实到我能感觉到她的呼吸在我脸上游走。

第二天，西西吃过早餐后去学校了，而我仍慵懒地躺在舒适的大床上。下颌抵在软软的床垫上，我开始回忆。初次见到西西是高一，那时她很文静，偶尔有大胆的“坏”男生逗她，她只是不语，样子蛮可爱的。一年的时间我们几乎不曾说过几句话，我是那种不会主动和她那种女孩子搭讪的男生。不用说，我和她的关系以后也仅会如此而已。但是对音乐同样的热爱却改变了我们毫无瓜葛的命运。那次在音像店，我们的手几乎同时伸向了那张 CD。她好像第一次被男生碰了手指，那一刻，我被她狠狠地瞪着，如果眼神可以杀人，我相信，那时那刻我已经死掉千百回了。我无计可施，任由她毫不客气地把 CD 抢走。再后来她想要找一个对唱的搭档，竟然来找我。我没有理由拒绝她，于是我们常混在一起摧残几乎全班同学。

居然又睡着了，西西已经回来了，今天她凶神恶煞般地在桌上展开作业，却望着桌上的照片呆坐了一个小时。我一直都没有说什么，一支一支地抽着烟，后来我感觉眼睛有点儿模糊，烟熏的，还是我哭了？我知道我不能流泪，一滴都不可以。

我要拯救这个落魄女子！

终于决定要跟踪西西。那天她去了图书馆，音像店，还被一个时尚的小男生跟着问东问西，却满脸毫不在乎的表情。那个男生很帅气，比她家镜框里的那个帅气很多。我听不清男孩那快速震动着的嘴在说什么，只是在看到西西那面无表情的脸时，心又一次隐约感到痛。

回到家时，西西没有在意我走在她后面。那天她带朋友回到家，朋友劝她找个男朋友，我也这样想。她却望着镜框里长得很傻的男孩说："爱一次就够了。"那一刻我突然明白，原来我一直都错了。是啊，爱一次就够了，我早已在不知不觉中把自己的感情挥霍一空，却还想得到些什么，这可能吗？虽然我宁愿就这样守在这里，一无所有地守在这里，然而我不敢告诉任何人，因为我没有这个勇气。

西西终于不让我吸烟了，我看她眼里一闪一闪的泪光，感觉有点儿不能呼吸。她看着我，拍拍身边的空位示意我过去，于是我坐在她身旁，她捏了捏我的脸，像以前那样可爱的样子，可是没法掩饰一脸的悲伤。我知道她喜欢我，正如我喜欢她一样，可是她不可能爱上我，不会和我相守一生，哪怕我流泪，一直流个不停。我又靠近了一点，很放肆地把她搂在怀里，我要感觉西西的存在，我就想这样抱着她，就算她的心此刻不在我这儿，可至少我知道自己在想什么。

西西的嘴角微微上翘了一下，仿佛是在微笑。不知道在她记忆里有没有我们一起度过的开心日子。她是想起了我们公园里依偎着谈论理想的将来，还是手牵着手登上那个我们常去的小山顶我采花给她的日子。记得那时我们是快乐的，那是一种让所有的人都羡慕的快乐。天啊，我又想起以前的事情了，想那时候我会为她买到喜欢吃的冰淇淋跑遍大半个城市，想那时候我骑车带她满城兜风。想她用那双温情的眼睛久久地看着我不说一句话。后来，我们分开了，为了一些无关痛痒的问题，却不是因为感情，走的时候她甚至一句话也没有，哪怕骂我几句。原来她忘记我可以是这么简单的事。而我……去了不同的城市再也没有她的消息。其实想知道她的号码是很容易的事情，找到她也不难，只是我不能放下最后的尊严，也缺乏勇气，更明白一个人的此情不渝不代表两个人的天长地久。也许她对我的感情早在我们分开的那一刻便消失在这空气中。一年，两年，常常以为自己可以放下她，却又不断地想起，直到今天我来到了这里。

我真以为再也见不到她了。月光照进了房内，我还是不想睡……

看着西西熟睡的面庞，我想把她抱得更紧，也想吻她，只是有些力不从心。我如此迷恋着她却又只能眼睁睁地看她从我眼前离开，然后默默地祝福她，不敢说一句话。窗外的星星也有些模糊了，我稍稍仰起头，不让泪水流下。

我又跟踪了西西，要知道今天是上次那个小男孩约她。好像叫颖吧，一个很女性化的名字。他们一会儿去健身房，一会儿又去了餐厅，跟踪起来实在不简单。看够了颖对西西的暧昧，我嫉妒得要死却不能冲上去，我怕所有的人把我当成一只疯了的怪物。即使不是这样，我也不能伤害西西。吃完饭那个不怕得胃病的颖居然喊着要去玩赛车，我知道这下他死定了。果然，西西的脸色一沉，留颖一个人站在那里，头也不回地走了。

回到家里，我故意把那个相框狠狠地摔在地上，她不知道我多么希望她能忘了那个男孩。镜框落下去摔个粉碎，照片上都是玻璃的碎片。西西进来时，我正竭力地扯烂那张照片。她很凶地看着我，眼泪一滴一滴地落下来，我闭上眼睛等着她把我打个半死，却看见她无可奈何地慢慢蹲下，颤抖地捡起照片的碎片，我不敢看她眼里的液体。我偷偷地拿了相片的一角，然后深深地望着蹲在地板上的她。想告诉她为什么就不能面对现实，却什么也说不出来。泪水蒙住了我的眼睛，这一次，我再也控制不了，眼泪流了下来。我真想留下来，陪她一起伤心，一起快乐，只有我一个人静静地陪她，不再让任何人伤害她。但我知道我不能的，我得走了。在另外的一个城市，我还有好多事要做。

原来我们浪费了两年的时间，一直都是错的。是的，一直摆在她房里的照片上的男孩就是我。

我带着那张照片的一角，走了很远很远，回到了属于我的地方。

有一天，我梦见一个背上长着一对白色翅膀的人，我在她的面前求了九百九十九次。于是他将我变成一只猫带到西西身旁，却不许我流泪。

（选自《雁阵》第 39 期）

树

沈静元

树木是圣物，我想是的。

当我用心为上帝的花瓶打扮而得到赞扬时，当我不小心打翻了上帝的花瓶而受到责难时，我都会向树倾诉。这时，树都会在清风中沙沙作响，用它的平静和沉着感染我，教我学会平和。

每每此时，一种莫名的感动就会涌上我的心头——我喜欢这种感动。我会任这种感动“放肆”地充盈我全身的每个细胞，直到眼泪划过嘴角。那时，我才明白：哭，并不都是因为痛，还有一种更容易让人落泪的东西——感动。而这些，全都是树给予我的。

对树的这种尊敬和依赖之情不知何时开始扎根于我的心中。只知道自己喜欢树，崇拜树，自己会把树视为朋友，视为亲人，甚至恋人。很高兴，令我尊敬的作家铁凝对树也有类似的看法。她写道：“我仰望着它——一棵丰满、巨大的板栗树。初次感觉到一棵树可以如此沉着和端庄，如此清新和安详，你必须尊敬它。”是的，树特有的气质和凛然的自尊，使你不得不对它肃然起敬。

瑞士作家赫尔曼也曾这样称赞树：“全世界在它们的树梢上喧

器，它们的根深扎在无垠的大地之中，唯独它们不会消失，而是以它们全部的生命力去追求成为独一无二的自我。”“再没有比一棵美的、粗大的树更神圣、更堪称楷模的了。”树的那种执着和神圣是具有这种震撼力的。

于是，我便常常在想：如果一个人在他的一生中能遇到树一样的知己或者爱人，那他应该算是世界上最幸福的人了吧！

记得看韩剧《蓝色生死恋》时，女主人公——一个令人心疼的角色——崔恩熙说她的愿望是下辈子做一棵树——那样就不会换地方；不管别人怎么对它，她都坚定不移地保护它，照顾它。觉得这是一种浪漫的想法，我喜欢这种浪漫，于是便也浪漫地为自己许下了一个浪漫的愿望：这辈子遇到一个树一样的人——这样我们就可互相倾诉、互相聆听彼此的心声了，就像女诗人舒婷诗中的木棉和橡树一样：“根，紧握在地下；叶，相触在云里。每一阵风过，我们都互相致意，但没有人，听懂我们的言语。”那该是很美的场景吧！

对树，我有太多太多的话要讲。但我又深深地明白：对树，是不需要过多的言语的。所以，对树的祝福也并不一定要说出来，只要心中有最为虔诚的祝福。我相信是这样的，因为树告诉我它的力量是信任。

（选自《雁阵》第 39 期）

我爱人间四月天

李 阳

萧索单调的冬季里，总是在盼望春天。盼望她的草长莺飞，丝绦拂堤；盼望她的千树琼花，碧波涟漪；盼望她的兰馨蕙草，润物如酥；盼望她的春色满园，落红如雨。

北方的春天向来是短暂的，就像是一个羞涩而又步履匆匆的少女，还没来得及让人们看清她美丽的容颜，就急急离去，把位置让给热情似火的夏天。春像一种声音，不断地扩展开去，直至在空间里消失了为止；也像一阵风，在大地上吹过，我们看不见她本身，却觉察到她所引起的变化。她像麦田上空一阵轻吹的风，也像流云投下来的飞影，她又像充塞着宇宙的生命。你接触到她，却只能接触到一部分。而当你以为正面对她时，她却悄悄地走了。

从古至今，人们描述着春，勾画着春，赞美着春，一千个人眼里就有一千个春天。而我独爱四月里的春。四月，是一年之中最美好的月份，她远离了春雨霏霏，她已经不冷了，却也还没开始炎热。四月，风的速度和水的温度都恰到好处，空气里始终飘散着淡淡的花与青草的甜香。蜂蝶在花间飞舞，鸟儿在树上歌唱，首首都是迎春曲，赞美着春天的明媚，歌唱春天给大地带来的希望。

如今，春天即在眼前了，一伸手便可触摸到她湿润的发梢，感受到她温暖的呼吸，她到底是怎样的呢？

春是万物复苏。“竹外桃花三两枝，春江水暖鸭先知。”鸭子入水了，岸上桃花点点枝头春意盎然。“几处早莺争暖树，谁家新燕啄春泥。”燕子回家了，呢喃着搭着新窝，鸟鸣山涧，春回大地，花也粲然，燕也欣然。

春是悠然自得。“春水碧于天，隔船听雨眠。”春水粼粼烟雨蒙蒙的江波之上，人儿优哉游哉地在画舫里听雨而眠，雨也怡然，风也缱绻，是何等惬意，而“有约不来过夜半，闲敲棋子落灯花”又是何等悠闲。

春是情意切切。“夜月一帘幽梦，春风十里柔情。”似是月光如水的夜里，独对绣帘而做的清幽美梦，又似是十里春风扬州路上的一片柔情。

春是一纸写意宣墨。“日出江花红胜火，春来江水绿如蓝”。嫣红如火的江花点缀着碧蓝的江水，水流云在，春日的阳光淡淡洒在江面上，一抹微红粼粼而起，让人见了，都想拿起水墨画笔，把这幅美景临摹带回家。春又是一卷工笔勾勒。“一树春风千万枝，嫩于金色软于丝。”春风轻柔，杨柳垂丝皆画，不知是谁的纤纤素手，将这千条万条的柳丝染上了青翠、嫩黄。“碧玉妆成一树高，万条垂下绿丝绦。”春风像剪刀一样裁出了万条丝绦，又将刚长出来的嫩绿的柳叶点染上去。

春，暖人心脾，“沾衣欲湿杏花雨，吹面不寒杨柳风”。

春，沁凉润透，“天街小雨润如酥，草色遥看近却无”。

春，酒里飘香，“借问酒家何处有，牧童遥指杏花村”。

春，稍纵即逝，“林花谢了春红，太匆匆”。

春，魂牵梦绕，“春归何处？寂寞无行路。若有人知春去处，唤取归来同住”。

呵，四月里的春天，她太绚烂，有没有这样一支笔，能画出柔媚欲滴的春色？她太短暂，有没有这样一扇窗，能留住一纵即逝的春光？

一季季的春来了又去，去了又回。在这如诗如画的春光里，用我们的双手书写，用我们的双脚前行，愿我们都能写出飘扬的节律，踏出锦绣的画意。

（选自《雁阵》第 39 期）

流　沙

鲍园园

回头想想，自己似乎一直步履匆匆，错过擦身而过的风景；一直埋头寻找，却忘记抬头看那朗朗星空。

也许是以前课业太多以至无暇顾及空中飘飞的七彩印记，忽略了风中舞摆的纤纤杨柳，看不到他人脸上绽放的温柔的花朵。而现在业余时间突然被放大，却发现自己再也看不清镶在神秘夜空上的那轮圆月。真是很后悔，当初未能好好利用被人羡慕至极的 5.2 的眼睛，把这多彩的世界摄入那小小的镜头——随着快门声的起伏，把热情的红、温暖的橙、淡雅的黄、清新的绿、活力的青、深邃的蓝、高雅的紫统统映射入大脑，细细品味神奇大自然散发的魅力。

人，真是奇怪的动物，往往失去了才懂得珍惜，感叹着“早知如此，何必当初”的无奈。细想想，我们错过或失去的又何止是清晰的世界。从指缝间悄悄流走的是否还有被我们遗忘在某个角落里的亲情、友情……看看通讯录上，那些密密麻麻的数字早已布满灰尘，暗自流泪叹息。

还记得初出家门的自己，拿起话筒时，眼角泛着的泪花渐渐淹没早已设防的心灵。终究抵挡不住那轻声的问候，心理防线被彻底冲垮，泪水如决堤的洪水泛滥，一滴滴砸在冰冷的心坎上。尽管相隔遥远，但依然能感受到从听筒中淌出的汩汩暖流。而这种关爱曾被自己肆意践踏，无情地抛进深深的太平洋。无数个没有星星的夜晚，从噩梦中醒来，抱着湿漉漉的枕头痛哭，那可怕的一幕狠狠揪住我的心，把我甩进万劫不复的深渊。父母携伴走进那个未知的世界，不顾身后声嘶力竭的他们最最疼爱的宝贝。每当清醒后，我都暗自庆幸这仅仅是一个可怕的梦，然而心情却久久不能平复，真的不敢想象如果这一天的到来，我将如何承受。于是我暗暗告诫自己尽最大的努力不让双亲伤心，尽可能多做家务。尽管他们不需要，但我依然不想在此事上留下遗憾。因为那种遗憾将是致命的，无法挽回的，所以学会慢慢收起自己骄傲而固执的心成为我的必修课。

亲情是我永远难以割舍的情感，而友情是我信念的永恒源泉。

也许我惧怕心灵的孤独，所以才会小心翼翼地呵护着每一棵用真诚培养起来的友谊之树。然而，有时似乎自己越是小心，两颗心的距离就越远。

外面又起风了。那一片片树叶调皮地翻滚着，似乎挑逗着我纷乱的思绪。也许是求学的路途艰难，身心疲惫的我们缺少彼此的沟通；也许是结识了新朋而占用了与旧友的谈心时间；也许是自己无心的失语，把我们推向了南北两极；也许……

尽管我的身边依然有那么多可以交心的朋友，但我还是有种遗憾：本来滚烫如火的两颗心却再也燃不起一点激情。也许我不够洒脱，还不能够完全释怀，但我仍然愿意保留住曾经有过的默契。

呼啸的风虽吹落了一树的华美，却也吹起了一片苍劲。

（选自《雁阵》第 39 期）

信笔涂鸦

马　超

难以启齿！难以起笔！

心情郁闷，思绪混乱，大脑中丝丝缕缕“剪不断，理还乱”。

心情不好，就懒得做任何事、说任何话，总习惯蓬头垢面地拿起笔写下一些没有头绪一切随心而动的东西，让笔尖去流浪，让保守的灵魂享受片刻的自由，头发散乱，衣衫不整地疯子般发狂地奔跑、号叫，不用去顾忌世俗的眼光、迂腐的教条，而去做一个世人认为“有病”的人。

人们都看过《射雕英雄传》，其中我最欣赏的角色不是郭靖，也不是黄蓉，而是黄蓉的父亲——黄老邪，这个“邪”字是我最喜欢的，它曾一度成为我人生的座右铭和奋斗目标。在我的意识里，所谓“邪”，就是不必顾忌繁文缛节，不像世俗之人那样趋之若鹜，不屑于在世人面前对自己不合常理的行为做任何解释。

正如盗亦有道，邪亦有正，在道德的高度上，他并不比那些世人低，反而比起那些满口仁义道德，却总是做些肮脏龌龊的事的所谓的名门正派来，如果用“更加高尚”来形容有失妥当的话，起码可以说“更加高”。尤其他生活的那个桃花岛，在我看来那简直就是个世外桃源，可能有的人会觉得孤独寂寞，但那种清新脱俗的宁静是无与伦比的。尽管黄蓉如同父亲一开始是如何一身邪气、与众不同，可在世俗中待久了也终于由有棱有角的不普通的石头变成了圆溜溜的普通的石头，失去了那份个性与非同寻常。

不信吗？不信你可以看一下《射雕》之续——《神雕侠侣》，看完《神雕》中的黄蓉，再与《射雕》中的黄蓉一对比，你就可能百分之七八十地相信我的想法了。早期的黄蓉，十五六岁，古灵精怪，冰雪聪明，骨子里透着一股邪气，却是邪中有正。虽久居桃花岛，初涉江湖，却可明辨是非，分清善恶，可见这多半是其父黄老邪的功劳。

再说后期的黄蓉，三十多岁，已成为一个有夫有子的妇人，她身上的邪气还有吗？我认为是几乎消失殆尽，她唯一多的是几分私心与袒护，用一句农村的话来说，就是“护犊子”。作为一个妻子，丈夫郭靖走进了死胡同，一味愚忠，报效已是朽木不可雕的南宋政权，而她也失去理智，除了支持还是支持，不想想这是否还有意义。当然我是用我的、现代的观点，也就是用刚学的马克思主义辩证地看待这个问题，但在那个年代，那样做大概是最正确的选择。

其实，这样的变化也不会有失常理，我只是觉得世俗的力量太大了，让我想起一个成语“众口铄金，积毁销骨”，虽然不太贴切。我也只是在郁闷的时候，才躲在一个角落里，偷偷地用笔杆子，这个被鲁迅先生称为匕首的东西来享受片刻的自由与冲动。

哎！再补上两句。虽说“邪”也不是谁都可以做到“邪”，称为“邪”的。黄老邪那也是江湖上五大高手之一，谁见了，就算是听到这个名字，也会吓出一身冷汗。那些不齿与之为伍、骂声相向的人见了真人不还是乖乖地低下头，从胯下爬过吗？说那些虚伪的话，假充英雄似的大话，一动真格的就腿软，岂不是狗屁不如！不好意思，太激动了。

还有那么一些人，表面上嘘寒问暖，你好我好，人一走就唾沫星子乱飞；明明关系没那么铁，却假装如何好，一起做这，一起做那，其实由一点小事就可以看出关系究竟如何；没有信任，却假装很了解，很知己，人活着，尤其是这样戴着面具活着真的好累！

其实这些想法并不是我突发奇想，它已经在我脑海里潜伏很久了。还有我对“朋友”的看法，我认为朋友不是表面上的，也不是口头上的，而是心里头的；朋友不是交来的，不是说你想和谁交朋友就可以的，那样顶多也只是表面上的朋友。朋友是一种遇见，是一种缘分，是一种志趣相投、心有灵犀、相见恨晚的感觉。就像恋人之间那样可以一见钟情，朋友也可以一见如故。一曲《高山流水》成为千古绝唱，不仅仅因为它音调有多美，更因为那段动人的故事，那份真挚的友谊。

最近看的一部电视剧，看了几集，勾起了我很多想法。名字很凄美，叫作《天若有情》。“天若有情天亦老”，一听便知道是一部悲凉的爱情剧，向神祈祷，男女主人公能够不顾一切走进美满的殿堂。

“问世间情为何物，直叫人生死相许”，这一问问了千古，无人能解。多少痴男怨女倾其一生，有的圆满了，有的残缺了，如同天上会变脸的月亮。爱一个人并没有错，我一直这样认为。我是个悲观主义者，一向不太相信爱情之路是平坦的；我又是一个懦弱的人，但不希望主人公懦弱，只希望他们摆脱世俗的偏见，勇敢地面对自己的感情；我还是一个崇尚美满的人，而不是一个残酷的人，不忍心拆散那幸福。

随着年龄的增长，阅历的增加，渐渐对那些少男少女喜欢的青春偶像剧失去了兴趣。其实生平只看过两本言情小说，还是在初中，以后几乎没碰过。有时看到同学看，也想凑凑热闹，可总是看不下去，无奈！可能是渐渐成熟了？发现这类小说的确很幼稚，在这个情欲泛滥的社会，我们是不是应该排斥一点，理性一点呢？

排斥那些叽叽歪歪的没有眼泪硬要挤出两滴来的无病呻吟的言情剧，毫无内涵，超级泡沫，骗骗上中学的小女孩还行！

这样的排斥曾遭到过室友的反对，并一语道破我的“本质”——妒忌。我缩一下脖子，伸伸手，做了一个很无奈的动作，尽管头两次我还试图去辩解一下。

就算看《天若有情》，也是在一个既偶然又必然的机会看的。12月24日晚，是一个不普通的晚上，也是全校园狂欢的一个晚上。它就是圣诞节前夕平安夜。

首先，这是一个自西方传入的洋节，在早就有“外来的和尚会念经”这句名言的中国，在“崇洋媚外”的现代人心目中，这是值得庆祝的；其次，今年的英语四级考试安排在这一“盛大节日”之前，让许多为考试“奋斗”已久的战友们在走下考场之后可以尽情释放一下。这个“秘密”，或者可以说今年圣诞节为何如此之火的原因，是我在圣诞节过后一天才发现的，还一时阿Q般得意，并兴奋地告知室友；最后，也是最重要的一点，许多的校园情侣可以趁这个机会光明正大地狂欢一次，为自己的爱情之火再加几根柴火，为爱情的房屋再添几块砖瓦。

好像跑得太远了，其实挺感谢《天若有情》挺身而出，救了一些不知所措的人，这也是几个室友的感受。你一定知道我那夜怎么过了吧？包括我在内的占宿舍半数的光棍，窝在宿舍看电视，还时不时地发表些评论。

我同情女主人公，有时也赞同她的一些观点，她敢爱敢恨，却被“正常人”视为“有心理疾病”的“怪胎”。那她究竟命运如何呢？该如何对待她呢？我不敢说出心里话，因为我已领教了室友的“群起而攻之”。

我终于明白，是众人掌握了真理，而不是真理掌握了众人。我不得不服，我服了。

肚子开始愤怒了，半天过去了，我也该祭祭我的五脏庙了。“人是铁，饭是钢，一顿不吃饿得慌”，只听得室友开始讨论吃什么饭，这是一个每天至少讨论三次的问题，但讨论来讨论去，都得不出一个结论。

吃饱喝足，开始提起笔，可思绪好像断了线一般，一时接不起来了，待鄙人思考一番。

哎！不行了，灵感像断了线的风筝，飞得无影无踪。可能是由于晚饭没吃好，脑子有点儿短路。

书上说，双鱼座的人喜欢想象，我倒认为是喜欢瞎想，瞎想之后就写下来，这几乎成为我进入大学一年多之中排解郁闷的唯一妙药。还别不信，上次偶然在河大网页上看到一位同僚，啊，错了，应该是同窗的一篇文字也有类似的感受。看来我还算正常吧！

曾经想过当作家，可肚子里的墨水不够多，也自知没有那个天赋与能力。有了自知之明，也就开始破罐子破摔。但有时还是忍不住笔随心动、信笔涂鸦，虚张声势地写上几篇“大作”。虽然经常贻笑大方，但内心还是窃喜；虽然只是滥竽充数，但“自欺欺人”这种“优良传统”有时还是需要“发扬”一下的。

就此搁笔吧！再写下去，我这个滥竽充数的读书人就该露馅了，被人笑掉大牙可就不好了！

（选自《雁阵》第 39 期）

箫声依旧

臧婧杰

多年来，总感觉内心深处有个幽幽谷，那里响着让自己魂牵梦萦的箫声——悠扬、飘逸。

每次独坐到深夜，那箫声便会在耳畔响起。初始，朦朦胧胧，既而会响彻整个身心。悠扬的箫声中，慢慢思考时光辗过的痕迹，听着那箫声，再想自己，每次都会有一种说不清的悔意与负罪感萦绕在心头，或许也本不为什么，只为听箫时那一身的狼狈与沾了风霜的心灵，不够清丽的淡雅，不合生命原本的基调与色彩。

想着自己的庸俗，自己的滑稽，自己的幼稚，以及那偶尔捕捉到的一丝成就感，总会觉得很可笑，可笑得像个玩偶有时被欲望摆布着。更多的时刻则为着别人更是为着自己的希冀在茫茫人海中摸爬滚打。

慢了，那箫声变得清淡，心也慢慢恢复平静，在一番思考之后，得出孰是孰非。于是闭上眼尝试心如止水的感觉，只任那箫声在身旁飘荡。

当心灵脱去岁月的斑斑污迹，与箫声共鸣时，我又感觉到了自己的存在，真想永远坐在这谷中，聆听这飘逸的箫声，但下一段路，我还要继续行走。

掬一捧谷中清泉，洗去风尘。仰起年轻的脸，我自信："我不会走和昨天一样的岔路，不会染和昨天一样的风尘。"

因为身心疲惫时，心灵深处的幽幽谷中——箫声依旧。

（选自《雁阵》第 39 期）

展武者英姿，扬精武精神

李　阳

在河大影院看完《霍元甲》之后，我觉得这是一部少见的提升了武侠片境界的好片，所以发表一下个人浅见。

影片以擂台为线索，开场即是霍元甲同英国拳王、比利时皇家教头、欧洲击剑冠军、日本高手四个外国人的比试，或大刀，或缨枪，或长剑。大刀当然刀刀夺命，缨枪也是枪枪出彩，长剑更是寒光闪闪，剑剑生辉，刚柔并济、虚实结合的搏击让观者非常过瘾的同时又心惊胆战，冷汗连连。每场比武时间都不长，动作设计却扎实、耐看、细致。

此后，一波波精彩的武打轮番来袭。高台击落赵健一场戏，气势非凡，特别展现了霍元甲的年轻气盛和“阴狠凶悍”，高耸擂台的设计灵感想必是来自传统梅花桩。各式各样的武行打擂，一次次成为霍元甲的走秀，由一对一到一拥而上，无不酣畅淋漓。到了用力最猛的酒楼手刃秦爷一场戏，紧张气氛营造得最为成功，没有花哨的特技，全凭演员实实在在的一拳一脚，朴实无华的风格总是让我想起看过的 80 年代那些武打片，温暖、亲切。剧情发展到与大力士奥比音对决，霍元甲要求不签生死状，改而以武会友，一代宗师轮廓渐渐清晰起来。这场比武，借用了不少表演性极强的美国摔跤的动作。比如，经常可以看到霍元甲借拳台上的拳绳反弹攻击对手，四两拨千斤，这是暗合“借力打力”。霍元甲的腾挪转飞如行云流水，令对手猝不及防，充分展示了中华武术的博大精深。每一场比武都与众不同。

影片中的大大小小的擂台出现了无数次。有父亲落败后他第一次与别人较量的擂台，有高达数十米的梅花桩擂台，有拳击用的搏击擂台，还有酒楼及戏院中的比试台。在不同的擂台上，他的对手各异，旁边的观众不同，他的招式也不同，然而，他的心态却是大体相同的。

电影中数次出现这样的镜头：一个乞丐跟在霍元甲的旁边问：“霍元甲，你嘛时候是津门第一呀?”霍元甲笑着反问他：“你说呢?”乞丐说：“就在今天！就在今天!”正是有了乞丐和那些声称拜他为师却拿着他的钱在外大吃大喝的人们的追捧，使本就年轻气盛的霍元甲更被“津门第一”的表象所迷惑。霍元甲开始的胜利，无疑为他后来的失落埋下伏笔。从母亲与女儿被仇家杀死，秦爷义子的自杀，到流落他乡，遇见盲女月慈。在遇到盲女前，他比武的心态是为了成为津门第一高手，是为“争”名而来，是为个人的私心而来。而受盲女感化后，他上擂台的心态是为了“不争”，是为救人而来，为使命而来。在影片中，月慈说：“头发长了容易打结，洗洗就顺了，就像人一样，要常常洗洗自己。”那清清的河水，洗净了他的头发，也洗净了他的心灵，不再为津门第一的虚名所蒙蔽；和农人们一起插秧时吹过山谷的轻柔的春风，吹过他的面颊，也吹走了他身上的戾气。他开始领悟到武术的真谛并非仅是争得第一的虚名。

由争到不争，霍元甲经历了由有到无的境界，他实现了对自我的超越，由对自我的“利”到了对大众的爱”。这个繁写的“愛”，强调了要用心，要用行动去爱父母，朋友，甚至敌人。

最后的打戏，霍元甲与东洋武士田中安野的战斗很有东方味道。先是三节棍与日本刀比拼，最令人叫绝的是霍元甲“空手套白狼”，将双方武器对换。而后的赤手比赛，因为霍元甲被日本人下毒，打斗中不停喷黑血，明知生命无多，依然走上擂台继续比武。最后还不让徒弟们报仇，因为“那只会带来更多仇恨”。从感情上而论，霍元甲“自强不息”的精神令人唏嘘，连安野都被感动，承认自己输了。

影片把田中安野描写成一个有武德的武术家是很好的，既是尊重对手，也是尊重了自己。就像人们说的那样，要想知道一个人的身价，就去看他的对手。霍元甲是宗师，所以，他的对手都是入流的角色。下三烂的人，不配做他的对手。

《霍元甲》力图证明一件事，那就是中国的习武之人不都是以命搏命的莽夫。在与四国勇士的擂台赛中，霍元甲不仅靠自己的高强本领，更是靠自己的高尚人格，赢得了对手的尊敬。这是影片对胜利意义的描述，也是这个电影最经典的地方。它感动了我，因为它所描述的胜利，不是像以往的爱国电影那样是用中华武术战胜了外国的低端搏击，而是一种精神层面上获得的胜利。我们中国人，赢得的不只是械斗的胜利，而是我们敌人心理上的一种尊重，我想这样的胜利才是真正摘掉“东亚病夫”帽子的胜利。我觉得这是电影真正的亮点，告诉我们自强不息才是真正的道理，不是单纯靠争斗去获得胜利，而是靠修养自身的品质去赢得别人发自内心的尊重。对我来讲，霍元甲是一个真正的英雄。毫无疑问，在尊重生命的态度上，《霍元甲》比起动不动就手刃强敌以快意恩仇的传统武打电影已经有了不小的进步。

无疑，四十二岁的李连杰来演四十二岁的霍元甲实在是再合适不过的人选了，二者此时都有了非常相似的人生阅历：霍元甲已历经了失母丧女之痛，又在盲女的感怀下领悟到了“武者，止戈”的武术精髓；此时的李连杰也历经了事业的沉浮，以及在东南亚海难中的死里逃生和地震中的劫后余生，更知道了家庭和亲情的可贵，明确了武术不是为了用来打打杀杀，而是用来强身健体，用来帮助别人，用来与厄运抗争，用来扼住命运的喉咙的。

影片体现的一个主题就是精武精神，影片成功地将精武精神展示了出来。因为霍元甲与精武精神是不可分的。我们从霍元甲的成长经历可以看到精武精神的形成。从儿时因为体弱而被父亲一度禁武，再到一次次地走上擂台，从此时的霍元甲身上我们找不到精武的精神，看到的只是一个为了虚名，为了荣耀而一次次走上擂台的无知青年。与秦爷的“拆楼大战”，让霍元甲有所感悟，最后在山村避难的几年，让霍元甲真正明白了武术的真谛。在山村所表现出来的宁静与擂台之上的厮杀形成了鲜明的对比。在与西洋大力士一战，霍元甲不是为致对方于死地而战，而是说了一句“以武会友”，让对方折服。也就是这一战，让霍元甲一战成名。最后与日本武士在擂台之上没有打出最后致命的一拳，与此前霍元甲的父亲没有打出最后一拳相照应，这就是精武精神。霍元甲的精武精神表现达到了巅峰，也最好地体现了我们中国人的仁义之心。

仁义之心，这最宝贵的东西，是在东瀛和西洋这些暂时在国力上强于我们的国家中没有也学不到的，这恰恰是我们中华民族优良传统的一部分。在“哈韩”“哈日”盛行的今天，韩国和日本正嘲笑着我们中华摒弃传统文化，感谢此片让许多人寻到了我们中华强国富民的坚定决心。

（选自《雁阵》第 39 期）

山河依旧，爱也依旧

王　莹

坐在午后温暖的阳光下写一些自己喜欢的文字，让往昔顺着墙角爬上画满方格的稿纸，是一件惬意的事。

春暖花开的日子，心情总是会变得格外明媚。桌上茶香弥漫，沁人心脾，在一片雾蒙蒙的恍惚中，有我那装满爱的金灿灿的童年……

我生在西北，长在西北，也爱西北的那个群山包裹中的无名小镇。从有记忆起，那些巍峨的青山就令我十分敬仰。他们矗立在那里千百年了，俯瞰着沧海桑田、世事变迁。童年的大部分记忆里都有它们的影子。

春天是山的复活节。当暖风吹过时，山就恢复了它的青葱翠绿。树木开始发芽，长叶，一层层地覆满山的表面。山坡上的草地像一块绒毯，平整柔顺。上面星星点点地开着五颜六色的野花，还隐隐可见一条清亮的小溪流过。在这里漫步，就像走入画中一样。虫子们贴着草皮飞着，跳着，还有又扁又长的蚂蚱，一蹦三尺高。我和小伙伴们经常逮蚂蚱，然后用狗尾巴草的秆儿把它们穿起来。等穿完五六根草秆儿，就举着它们跑到山谷附近的农民伯伯家去喂鸡。逮蚂蚱的游戏通常很累人，跟着它们又蹦又跳，一会儿就跑不动了。坐在青石上，拔几根狗尾巴草来编成小动物的形状，编得越多越好，攥在手里满满的一把。或是折下些长满绿叶的枝条，绞在一起，编成环状，再插一些野花在上面，就成了一个花冠。戴在头上，俨然一副山主人的样子，引得松鼠都探出头来看。

夏天就更好了。一场雨过后，山谷被雨水冲刷一遍，像新上了油彩的画，到处都油得发亮。这个季节，我们最向往的是山顶的日落。在我们眼中，日落是一天中最美的时刻。山顶上很开阔，我们常坐在山顶的草地上，静静地，望着远方。山峰一座挨着一座，连绵不断地伸向远方，犹如大海的波浪。山间，夕阳的面容疲惫而忧伤。它温暖的余晖轻抚着我们，缓缓告别着地平线。它终于等到了爱它的孩子们，把镀满金色的光芒洒在他们身上。草地也被金光镀了一层，挺起了笔直的小腰杆。近处的山脊微显淡黄，像是在诉说着落日的忧伤。“夕阳无限好，只是近黄昏。”那片淡黄渐渐向后退去，退去……最终，落日用它的画笔完成了它滑过人间的最后一抹，恋恋不舍地走了。大地用它的沉默描述着这一庄严的时刻，草木亦无声。当远山渐渐地成了连成一片的墨绿色，轮廓也开始模糊时，我们会躺在草里望着天边红彤彤的火烧云，和夕阳做最后的告别。这正是一个日月交替的时刻。风擦着草皮奔跑着，送来泥土的清香，也吹动了我们细软的头发。那时，除了我们，也许没有人为了落日而悲伤。这种悲伤的情绪和着一种清爽的舒服之感渐渐麻痹了我的神经，朦胧了我的眼睛……

一觉醒来，天都黑了。天空很干净，像一块深蓝色的玻璃。星星们都搬着自己的小板凳出来开会了。她们欢快地讨论着，顽皮地眨着眼睛。我们站起来，跟着月光散步，不远处的河滩上亮起星星点点的光芒。一只、两只、三只……数不清的萤火虫像一盏盏小灯，把我们引向河边。我们会拿出随身带着的一个半透明小布袋，张开袋口，以超过它们飞行的速度奔跑，再猛地扎住袋口，往往能一下捉到四五只，拿在手里闪闪发亮。上天赐给我们的夏日礼物还真美妙呢！

那时，也许是我的名字里也有一个“莹”字的原因吧，我坚定地认为萤火虫是属于我一个人的。我喜欢看着它们飞，跟着它们跑。有一次，我把捉来的萤火虫和我的宝贝玩具一起锁在小箱子里，晚上睡不着觉，我甚至还在思考用什么东西来喂养它们。可是第二天早上，它们全死了。我欲哭无泪，伤心了许久。爸妈知道后哭笑不得。我自己偷偷地把它们埋在了我家楼下。我想那个小小的冢，应该已经不在了吧。

是啊，不在了，十二年了，物是人非了。

花盛开，树青白。

云散开，风无奈。

心裂开，月苍白。

谁离开，谁回来。

原想这一次远游，就能忘记你秀美的双眸。

谁曾想，到头来，

山河依旧，爱也依旧。

（选自《雁阵》第 40 期）

渠清如许，活水为源

——“图书漂流”，饮水思源

张晓光

我把上苍的乞求/装在漂流瓶里/夙愿浪迹的地方/有天空蔚蓝的影子

短短的一首小诗就把漂流瓶——这一古老并充满奇幻色彩的物品呈现在了我们面前。它曾作为一种通信工具活跃在爱尔兰岛上，而现在放出漂流瓶成为欧洲人乃至世界人热衷的一种活动，在它上面凝聚了人们发自内心渴望与人交流的心愿。随着现代通信事业的迅猛发展，漂流瓶逐渐退出了我们的视线，然而另一种新型的漂流则在全世界大范围地传播开来，成为一种流行时尚，这就是“图书漂流”。

“图书漂流”最初的构想源于20世纪60年代的欧洲。书友将自己不再阅读的书贴上特定的标签投放到公共场所，无偿地提供给拾取到的人阅读。拾取到的人可以从中寻找感兴趣的知识与内容，读完之后再以相同的方式投入到周围环境，如此循环流动。它是一种开放性地自取自读、读后再漂的图书自然流动模式。在图书漂流活动中，文化与知识像是一条无形的河流，悄悄蔓延到各个角落。在这项活动中，每个人既是文化的接受者，又是文明的传播者，书的价值也在漂流中得到了最大的体现。

在中国，“图书漂流”也受到越来越多人的关注。以“共享知识，共享文明”为主题，重庆麦迪亚漂流站，深圳木青亭漂流站相继成立。2005 年 7 月，在美丽的海滨城市大连，“悦读·大连”大型书展暨“图书漂流”活动成功举行。而天大、南开等高校也掀起了师生总动员的图书漂流活动。一本本图书，凝结着智慧与汗水，传递在每个读者的手中。它们让原本枯燥的读书活动变得趣味盎然。于是，某个冬日的午后，我们可以静静坐在靠窗的椅子上，让温和的阳光泻满那一页页纸张，继而展开重重的幻想：曾经是怎样的一个人读过这本书后才写下了这么深刻的感悟，又是怎样的一种情感才孕育了这么美妙的语句。会不会有一个和我一样多愁善感的人会面对这感动的情节潸然泪下，是不是也有一个她在这文字构建的唯美意境中流连忘返。于是我们用笔轻轻记下这一奇妙的心情，让它随着图书一起去漂流，去偶遇另一个冥冥中在等待的人，而所有的这一切，由图书漂流所创造的一切，又岂是简简单单一本书所能给予的？

现在，图书漂流活动也来到了我们河大的校园，由生命科学院学生会组织的河北大学图书漂流活动也在紧锣密鼓地筹备当中，这充满游戏情节和神秘色彩的活动即将在我们身边拉开序幕。在这次活动中，也许你就会与某本苦苦寻觅的图书不期而遇，也许你就会遇到那本彻底改变你人生命运的灵魂巨著，也许你将与某个书友缔造一段美丽的友谊，也许你的灵感之光将被某句睿智的话语点燃。随着图书一起漂流的还有记载着我们日志、趣闻和笔记的漂流卡片。

“分享智慧，提高信任，传播文化，交流思想”的主题将在图书漂流中得以贯彻。

图书漂流，传播的是知识，留住的是文明。它让智慧流动起来，让知识资源可以自由地循环。图书漂流，让我们有机会走进他人的世界，也让他人可以感受我们的情感，在彼此的交流中成为不必谋面的朋友。想一想在这个世界上，有一个人与我有着共同的思想，那么我们还有什么理由去孤单。我们阅读的不仅仅是一本书，更是一条传递知识的纽带，一座沟通友谊的桥梁。

正如一朵花的绽放美丽不了整个春天，一泓水的飞溅跌宕不成雄伟瀑布，让图书漂流起来需要你我的共同努力。或许它曾是让你受益的一本寓言，那么请不要吝惜，让它去启迪更多的人；或许它曾是带给你诸多欢乐的一本幽默集，那么请你慷慨地将这份欢乐也馈赠给其他人。我相信每一个图书漂流活动的参与者都会对你由衷地感激。

读书漂流活动不仅仅传递着情感，展现着智慧，在某一方面更是对我们大学生道德底线的一种严峻考验，自觉不自觉中总会有部分图书从我们视野中完全消失，永远停下了漂流的脚步。面对其他高校图书漂流活动的失败，我们不禁忧心忡忡，活动的成败取决于学生的自我约束程度。如果因为个人的喜好而将图书永远珍藏起来，那么无论对活动的组织策划者，还是对活动的参与响应者来说都是一种莫大的伤害。因为图书的大量流失而草草地结束活动，那是我们最不忍心看到的结果，里面将会包含多少的失望。“我是一本漂流书，我不属于任何人，欢迎你阅读我，也希望你帮助我继续流浪。”漂流卡片上的话时刻提醒我们，只有漂流着的图书，才会愈加美丽。作为此次活动的大力支持者，让我们疾呼，在分享精神的同时，一起共享公共意识，那就是知识共享、诚实守信。

漫步海边，湛蓝的天空辉映着广阔无际的大海，阵阵的波涛不时拍着沙滩。潮起潮落中，不时有美丽的贝壳被推上海岸，一个小小的玻璃瓶在阳光的照耀下闪闪发光。轻轻拧开瓶塞，拂去沙尘，在泛黄的信纸中感受那份来自远方人的心情，该是怎样的喜悦与惊讶。

当记忆尘封多年，渐渐落满岁月的灰尘，忽然一本书传递到手中，古香的纸张上赫然印着的竟是自己年轻时的笔迹，那种跨越时空的重逢该是怎样的一种感动。那时的情感还是那样的幼稚，弯曲的笔迹里映射出的是少年时五彩纯真的梦。轻轻抹去眼角的泪珠，心似乎也跟着露出年轻的笑容。大概这就是图书漂流所带来的时光逆转吧。

在这秋高气爽的日子里，让我们一起放飞漂流的梦想，让那一个个五彩斑斓的故事化为真真切切的生活。也许只要虔诚地去相信，不懈地去努力，我们就可以缔造另一个图书漂流的神话。

（选自《雁阵》第 41 期）

旅途随感

雨　欣

盼星星盼月亮，终于盼到了返校的日子，我驮着一堆笨重的行李早早地等候在火车站。每次离家，我都有种愧疚感：掠夺了爸妈将近半个月的工资，十足一个讨债鬼。同时我又确信了这样一个真理：奇迹无处不在，瘦小的我能将那样一堆行李顺利送达目的地而且中途没有遗漏不能不说是一种奇迹。

十三亿人口的泱泱大国不曾给我带来多大的震撼，但在嘈杂的候车大厅，我深知地球母亲的不易——偌大一个候车厅竟被挤得水泄不通。尽管早有学者先知先觉，提出控制人口的伟大建议，但人们似乎对“英雄母亲”这一光荣称号更加倾心，结果导致了如今中国的“人才济济”。

等车大军中，学生是主力。也难怪，赶上学生入学高峰。近几年，大学生的数目像被注射了激素一样疯长。大学毕业生就业如此困难却丝毫不减大家上大学的高涨热情，从新生们喜悦的神情便可窥见他们对大学生活的无限憧憬。他们畅谈抱负理想，带着满腹才华准备豪情挥洒，想想自己也曾是不折不扣的一员，而现在已由一名理想主义者成功转型为现实主义者。老生们经过几年大学生活的滋润，已是多了一份老练与成熟，言语中不经意间流露出对社会的关切，对自己前途的担忧，而考研与就业则是他们逢见必谈的话题。

……

“旅客们请注意，驶往××的××次列车现在开始检票!”播音员话音一落，人们便蜂拥向检票口。天啊，一场恶战即将上演。我费尽九牛二虎之力，挤上了火车，正盘算着找个座位却发现自己如此幼稚，那火爆场面想双脚站稳都是一种奢望。我被夹在拥挤的人群中，早已找不到前进的方向。大家前胸贴后背，相互传递着令人作呕的汗臭的气息，行李在上空飞来飘去，整个车厢被塞得满满当当，我的“钉子精神”也丧失了用武之地。我绝望了：漫漫长夜，何处是光明。火车开动了，一些身强体壮的青年仍在奋力地拼搏，而我已不再做无谓的挣扎。乘务员关上车门匆匆走进工作室，悠闲地读报喝茶，根本不理会我们这些可怜的人。

“下一站是北京，应该有很多人下车吧?”一句猜测的话顿时给人们带来了希望，“大家再坚持会儿吧!”……

可没想到的是，随着火车慢慢驶进北京站，我看到的是更加拥挤的人群，上车的竟比下车的多，于是车厢里又是一番排山倒海。

我低头看看表，已是晚上10点多了，若在平时，我应该正美滋滋地看着精彩的电视剧吧，可现在却不得不愣愣地站着听乘客们的闲谈。

一些疲惫不堪的乘客已顾不上君子风度了，硬是从有座的乘客那儿挤了个角落，还有一些干脆坐在行李上，根本不管行李主人是谁，大家极尽所能，把能利用的空间都利用了。

“借过，过道的乘客让一让!”屋漏偏逢连夜雨，售货员阿姨的尽职尽责可把我们害苦了，刚刚安顿好的乘客极不情愿地缓缓站起，露出一脸的无奈。从来只注意货车上的食品种类非常齐全，不曾想原来是货车出奇地大。

货车过去没多会儿，又走来几个打开水的，随后紧跟着上厕所的……乘客们的活动频繁不断，过道上的人们不得不起起坐坐，几名乘客终于憋不住胸中的怒气，爆发了："没事的同志能不能老实待着，你们不累，我还累呢！""怎么没事，你以为我们愿意挤啊？"……一阵唏嘘，怨声四起。当然，车上亦不乏心态坦然者。瞧，瘫坐在角落里的那位阿姨正打着鼾呢，车上的吵闹声如同沸腾的开水一般，但却丝毫没有惊了她的美梦，实乃境界。

午夜一过，车厢里安静了许多，我也不知不觉睡着了。

当我再睁开眼时，看见周围乘客都在忙着整理行李，我忙问："叔叔，这是到哪儿了？""小姑娘，到保定了。""是吗，到保定啦！"我心中窃喜，满身的疲惫一扫而光，迫不及待地做出冲下火车状。那时我突然发现车厢里的埋怨声已被笑声所取代，几个年轻人甚至哼起了小曲儿。

"前方车站保定车站，停车两分。"

走下火车，我看到了东方初升的太阳，呼吸着室外清新的空气，心情无比舒畅。我想我又有了无穷的力量，该整装待发了。漫漫人生路，犹如艰辛的旅途。为了争得一席之地，大家疲于奔命，但到达终点时，大家心里留下的只是喜悦，艰辛的付出终于得以回报。通往理想的路总是坎坷的，但不体味这段艰难又何知胜利的果实如此甘甜？我不禁感叹：旅途人生，人生旅途。

（选自《雁阵》第41期）

声音 倾诉

马景彪

昙花：

如果等待是为了韦陀，如果思念是为了遗忘，

我只能选择用长长的寂寞把美丽隐藏，

所以我用半滴眼泪梳妆，

所以我在夜里舒展花瓣，

独自芬芳！

香榭兰：

我挑起一串宫灯，诱惑你来看我的美丽，

可你也看到我脚下的阴影，

所以我躲到你的视线之外，

倾吐一缕芬芳……

我看到你的眼睛，

你却看不到我的心情！

菊花：

我任每一瓣花丝张扬，
每枚舒展的瓣尖传来的细微感受都收藏在心里，
你把我的花瓣拨开，
你说我没有心，
只是你不知道我不曾伸展的就是我的心！

富贵海棠：

我努力地把不对称长成一对美丽，
希望能引起你的注意，
我把红绿组成强烈的色彩对比，
我把希望等待成泪水，
可惜你不曾留心！

（选自《雁阵》第 41 期）

泪

浅　羽

很庆幸，自己是个女孩子，不用信守“男儿有泪不轻弹”的坚韧。很喜欢眼泪滑落的感觉，是淡淡的苦涩，还是微微的感动？总之喜欢这种感觉。

总觉得泪是那么简单，而又有那么说不清的思绪。喜欢看停在叶子上的露珠，喜欢垂落于屋檐下的雨帘，喜欢散落在天空的星星，闪烁出内心最美丽的哀愁。

短短的四个月，四个月前的我还可以以高三学生——这个学校最老一辈的身份笑谈高一、高二“那群小孩儿”的稚嫩。现在我们这些“小孩”也站在新的环境里，像一触即散的水珠，显得迷茫而无助。仍旧喜欢谈论高中里开心的事，只是笑过之后总有一种想哭的冲动。在这里我们怎么也佯装不出成熟的样子，远离了家人的呵护，告别了可爱的朋友，才发现原来伤感就如此轻易地滑落在我身边。并不喜欢渴求别人安慰的眼泪，那让我觉得懦弱。也许很少有人愿意把坚强和眼泪相提并论，但是我习惯这样认为。喜欢陪着最好的朋友安静地坐着，开心地说笑，畅快地哭泣。哭过以后站起来继续坚强地走自己的路。我常想眼泪是有某种魔力的，以最平淡却又最炫美的方式带走了忧伤。

也许人本身就是很矛盾的吧，偶尔自己也会呆呆地想这些不着边际的问题。停留在自己的世界里有时候是种享受，可以不去理会人与人的争夺，不去思考真与假的存在，不去烦恼现在与未来。但是没有人能停留在自己的世界里，我也很平凡地遵守着这个定律。既然不能对什么都置身事外，既然总要回到现实，更多时候我选择了主动，主动地面对，勇敢地战胜，自信地前进。走出自己世界的时候，也会被温暖湿了眼睛。不经意会被秋冬的阳光照得微红了眼眶，抬起头来看着天，思绪飘到哪儿从来都是理不出头绪的，只是觉得这样被温暖着很舒服，很开心，很感动。喜欢清晨站在毓秀园里，清新的空气，说不清远还是近的声音伴随着空气一起飘来，让人觉得静而不冷清。拿着晨读的英语课本，眼睛却总抑制不住地去看树上舞落的叶子，整片落下像一场盛大而凄惨的告别仪式。伸出手去接住，然后静静地出神，这时总是从内心某个很安静的角落响起阿桑的歌。不清楚此时是谁在微笑，又是谁在哭泣，也不清楚自己是感动还是忧愁。

思考和文字是可以让人变得平静的。自己并不是一个多愁善感的人，经常在路人迷茫的眼神中继续肆无忌惮地大笑，也无数次被说成是个幸福的人。只是生活很多时候快乐总不能独立存在着，记得高中的时候狂热地迷恋郭敬明的书，害怕快乐是某种灾难的开始，害怕相聚只是人生中短暂的相遇。所以我宁愿让快乐、感动、忧伤一起凝在眼泪中，滑落在我内心深处，浇灌着将要成熟的心灵。

等待着幸福的相遇，等待着岁月的苍老，等待着无情的消逝，只是用前进去等待或许更符合用眼泪滋润的青春吧！

（选自《雁阵》第 42 期）

记忆的风掠过

张 炎

生活就像一场足球赛，你冲锋陷阵，未必能够成功射门。但若是被动应付，就永远难有一球定乾坤的壮举。

生活是一座奇特的熔炉，一边在造就成材的钢，一边在淘汰无用的渣。

生活是一堆燃烧的篝火，从点燃的一刹那开始，就要你不断地添加干柴，以保持火焰旺而不灭。

——题记

也不知哪位哲人说过一句话“生活就像工作”，我觉得很有道理。进入河北大学社团联合会工作已经是第二个年头了，在这里我认识了很多人，接触到很多事，这里是真正让我成长的地方。匆忙中一年的时光已偷偷溜走，只有那份持久的感动还伴着我。每当夜深人静时，我总小心翼翼地整理出那份感动，安慰我那寂寞的灵魂。

初入社联——态度决定一切

还记得当怀着激动的心情初到河大的时候，我也和众多同学一样，觉得一切事物都是新鲜的。走在校园里，看到各种各样的社团活动，便深深被这种校园文化吸引了，当时我就立志要成为他们中的一员。最终，我选择了社团联合会。在我参加有生以来第一次面试的时候，我用米卢的一句“态度决定一切”阐述了自己的拙见。做社联工作凭的是一股热情和一种态度，热情会随时间的流逝而淡化，而好的态度则会升华成一种责任感。或许老师就是看重我这点，我有幸进入了这个后来让我受益终身的集体。

起初，我的工作热情也空前高涨，想在这里大干一场。可没过多久，单调的工作就使我有了厌倦的感觉。那年，给我印象最深的两个活动就是“移动杯”驻保才艺大赛和社团文化交流节。从活动前期宣传到后期的总结，我们不停地忙碌着，可成果并没有得到所有人的认可，我深深体会到办一次大型校级活动的辛苦。看到部长们疲惫的身影，看到同学们陆续退出，我曾不止一次地问过自己，我能坚持下来吗？

当我摇摆不定的时候，一位兄长的话给我指明了方向：“一个人可以没有事业心，但不能没有责任心。”就是当初闲聊时的这一句话让我坚持了一年。自那时之后，我就再没有动摇过。在那以后的一系列活动中，我更加感受到作为一名社联人不仅要有积极向上的工作态度，更要有一种全局观念。现在没事就来社联看看已经成了我的一种习惯。我发现只有把社联工作当成一份事业去精心经营，才能有所收获。可以说刚开始时的工作确实有些单调乏味，可这又何尝不是一种锻炼？在这个张扬自我个性的时代，这些好的品质更显出它的可贵。现在回忆起来，好多办活动的经验，更重要的是好多份珍贵的友谊都是在那时收获的，这将是我一生的财富。

我和我的理想

如果仔细观察，你就会发现：每棵苹果树上大概有五百个苹果，每个苹果里平均有十粒种子。通过简单的乘法，我们可以这样的结论：一棵苹果树有大约五千粒种子。但为什么苹果树的数量增加没有那么快呢？

原因很简单，并不是所有的种子都会生根发芽，它们中的大部分会因为种种原因而半路夭折。生活也是如此，我们要想获得成功，实现理想就必须经历多次的尝试，这就是“种子法则”。

参加二十次面试，你才有可能得到一份工作；组织四十次面试，你才有可能找到一个满意的雇员；跟五十人逐个洽谈后，你才有可能拉到一份赞助；交友过百，你才有可能找到一个知心好友。

其实到了大一后半学期的时候，文体部维持下来的另一个重要因素就是感情。最先想到的就是我的部长，在我们心里早就把他们当成我们的大哥大姐。他们也像照顾弟弟妹妹一样照顾我们。工作时，他们总是干在最前面；在学习和生活上，他们教我们如何去解决学习和生活中的各种问题。我曾问过他们为什么对我们这么好，他们告诉我说：“只因为我们的部长对我们也是这么好。这就是社联的传统。”每当我看到同学拿着自己社团的活动策划来社联审批的时候，一种敬佩感油然而生。看到自己的同龄人都在为自己的理想不断努力着，我觉得自己也是他们中的一员。著名央视节目主持人白岩松在做客《艺术人生》的时候曾说过这样一句话：“现在已经不是一个谈理想的年代。”或许当我到了不惑之年的时候，也会有像他那样的人生感悟。可我们还年轻，还有好多事在等待着我们……

我要带着我的理想上路，披荆斩棘，风雨无阻。

在路上

忘记前路的美丽风景，我们仍须拼搏，因为在茫茫的未知旅途中，我们才刚刚上路……

将感动折叠放进我的背包，从此便忘记了什么是孤单，我的人生路上不是一个人……

衔着那份珍贵，憧憬我的理想，即便漫长的人生不断延伸我的疲惫，在前进的道路上我们还要不断摸索，即使前路布满荆棘，也绝不能退缩。

（选自《雁阵》第 42 期）

墙壁文化

张赛赛

走进大学校园，仿佛一切都是新的，蓝的天，绿的树，以及洋溢着自由的学术氛围。一次次在我心中留下了一丝震撼，一丝希望及梦想。大学这一梦想的天堂，召唤着在通向文化殿堂的道路上的朝圣者，召唤着我，我激动地说："我来了。"

来到校园，来到教室，我们突然被墙上的文字吸引。那是一首英文诗："over and over，it is very easy，it is collected by me，sing a song with，belong to me forever，go everywhere."（背离了理想，谁人都可以，仍然自由自我，仍然自唱我歌，走遍千里）以及一首泰戈尔的诗《世界上最遥远的距离》。开始我还在笑，大学里的乱涂乱画竟如此严重。刚想批判一番，自己的心却奇怪地悲伤起来，结果谁也不说一句话。"是谁来到这里，留下如此的诗篇？是谁如此悲伤？"我不停地在想，诗中充满生的迷茫和放浪，而在放浪中又有着一份自我安慰的无奈。而我当时就处在这样一种不同类但同质的迷茫之中，我们像丢了梦的孩子，没了方向。也许有人会嘲笑我的多愁善感，但当时整个大一完全处在一种迷茫之中。这件事就这样过去了，而今我们没有了迷茫，重获了梦想，但是墙壁上的文字却一直印在脑海，那文字也向我展现了一个新的世界！

从此，每到一处我便首先去看墙壁，同学有时笑我看什么，有花吗？我说，不是花，是文化。

墙壁上的文字分为三类：名言警语、个人随想及考试答案。按其效果来说，又分为庄重与诙谐两种。对于小抄来说，我不想做任何说明。一次在墙上，我看到“要忘记他，墙作证”及“年龄是不是男女之间的问题”。于是在脑海中渐渐就浮现出一颗受伤的心，迷惘的双眼，为了爱，在滴血的笔尖上，写下了滴滴心酸。不知什么时候，在墙壁上，出现了回答：“经历何必忘记！感情到了，年龄不是问题！”站在这些话面前，在今天网络发达、博客遍地开花的时代，我敢说在网络之前，在贴吧出现之前，除了报纸杂志之外，有意地答读者问专栏以外，这可以算是一种较早的、自发的文化交流方式吧。什么是文化？文化是时代的巨潮在沙滩拍打下激起的浪花，以及石壁上留下的斑痕。我不知道那些受伤的心在看到这些话后，是否内心会有一丝颤抖。但是，我知道，他或她的心里至少多了一丝温暖！墙壁在这里发挥了一种传递信息的作用，在从前，在现在，在未来！

而后，在墙壁上我看到了一首诗：“你我皆尘埃，何须论尘埃，尘埃论尘埃，何时论明白？”这不禁让我想起了神秀与慧能的诗：“菩提本无树，明镜亦非台。本来无一物，何处染尘埃。”神秀反对无尘说，而慧能恰好相反。自此，尘埃之争便延续了千年！而这里没有喧嚣，没有争吵，我看到的不是一字之争的文章官司，不是为一句指责就骂得面红耳赤的失态与不雅，现在的文人丢了文人的素养，丢了文人的尊严。在这里，我看到的只有深刻的思考与思想的碰撞，以及文化的包容。文化自一出生时就与民主相连，排斥其他文化与文明而得到的“文化”，早已变质，它的结果注定不是文化而是专制！

尘埃，佛理说：“空即是色，色即是空。眼中无一物，四方是全身。”尘埃之论，不管论得如何，不只让人看到了这里的几首诗，更让我感到了，在当今浮躁喧嚣的社会，在历史高速车道上跌跌撞撞的社会，还有一群人，不是盲目地追随，而是在前进时没有忘记停下来思考；不只是仰望着苍穹，还在回首着过去的足迹；在日趋以金钱、利益来电镀的外表下，至少还存在着这样一群人，在关注着人生、人性。这些人，至少在大学生中的这些人，我们可以暂称之为“民间思想者”或“民间思考家”。而这些人组成的思想群，或民间思想部落，却在有意无意间成为文化的传递者、创造者，并承担起传播文化的使命！我在想这包括怎样的人呢？

每每走在路上，我会不经意间去注视那擦身而过人的双眼，我在想，也许每一颗心都是文化部落跳动的灵魂！

于是，心中功利的大学不见了，而成为一面镜子，一条连绵到远方、无尽的地平线，给人一种希望与遐想，以及历史的沧桑，人性的光芒，存在于山的那头，地平线的那边！

可是有人会说，那些文字污了墙，破坏了大学的形象。有人却坚决反对，说这是思想。他们到底是垃圾还是文化？我们知道，古今中外名人所到之处，都会留下墨宝。王勃的《滕王阁序》在佩玉鸣銮中响奏了千年；范仲淹的《岳阳楼记》在心忧天下的感叹中回荡在人间；欧阳修的《醉翁亭记》在赣南的山水间流淌着文人的惆怅。而英国大诗人拜伦也曾在古希腊的废墟中留下自己的诗篇。我们应该怎么看，怎么办？我陷入了沉思。

但我知道，有颠覆才会有进步，文化也好，体制也好，都是如此。鲁迅说：“悲剧是将美好的事物撕碎给人看。”在历史长河中，前代文化何尝不是在被后人撕碎，一次次上演着悲剧，但整个文明却相反在庆贺着进步的喜剧！社会在维持着这样一个真理：进步！毁弃的圆明园不必再去修复，倒去的雷峰塔我们也可不再追溯。过时的东西，即使是文化我们也必须忍痛放弃，而非放在博物馆里，这是一种固执的无奈，让它回到它该去的地方。我们说，没有东西可以永垂不朽，包括文化。文化要想永垂不朽，那就必须成为流动的，而非静止的。想到这里，我说，这批“民间思想者”“思考家”，也许不会有所成就，这些文字也许会有一天被抹去，但是毕竟他们曾在思想的长河中激荡，哪怕一丁点儿的浪花，因为它是自己产生的，那就让它自生自灭吧。

因为在月亮落下时，太阳正在升起！

（选自《雁阵》第42期）

水　红

何凤丽

一

水在你的唇吻之间流淌，于是，那淡淡的红便点染了整幅江山。

是谁，用山歌把水染绿？

是谁，用微笑令山花铺红？

是谁，用纤指梳理时光的脉络，让它丝绸般滑落在我的心头？

碧云满天，黄叶遍地。秋风啊，你何不催促那雁儿，携去我的相思，待到春来，再携回她的音讯？

二

被水浸泡着的江南，淡淡地飘着清冷。而你，便是江边的一株梅树，用水一般的红点亮了阴郁的气氛。然而，活泼了江南，却冷落了我。

不是我的故意，你留下的水晶碎了，洒了一地晶莹的泪。于是，我用那些碎片蘸着一些来自我体内的红色液体书写相思。然而，同样的水红，没了你，就没了味道——那样的黯淡啊！

一江之隔，那边是春天，这里却是严冬。

三

飘雪了，那是上天派来埋葬我的精灵吧？那么，就换一身水红的衣裳吧——圆我一个遥远的梦。

还记得那些水红的日子吗？

那时的天是水红的，淡淡地飘着水红的云；那时的你是水红的，挂着浅浅的水红的微笑；那时我的心情也是水红的，有着浅浅的幸福。

于是，我们在水红的包裹下，过着无忧无虑的快乐日子。

是上天嫉妒我们的快乐吗？你竟然走得如此之快，留下一个面无表情的我！

呆呆地立在那里，只记得你曾静静地和我说些淡淡的话，然后就是默默地整理我送你的小东西。记得你把我送你的暖炉还给了我。还说，以后没人给我织手套了，要我别冻坏了手。那时的我呀！你说要我送你回江南，却迟迟也不动身。傻傻的我呀，简单地以为你想家了，只是催促，有时竟催出你的清泪，我却毫无意识。每次催你，你只是默默地，偶尔还说快了快了。那时的我呀！

那一天终于来了——我携着你的骨灰，机械般地，来到了江南。

这才是你的归宿呀——水浸泡着的江南，水红的江南，养出水红色你的江南！

你终于可以过你要的日子了。

四

江南有三秋桂子有十里荷花，江南有烟柳画桥，有风帘翠幕，有参差十万人家，但，最是木兰船上泛舟的你啊，我的水红的姑娘！

——江南好，风景旧曾谙。日出江花红胜火，春来江水绿如蓝。能不忆江南？

曾记江南有如虹的长桥，有如空的碧水，曾记江南有一双舞燕有万点飞花有满地斜阳，但，最是驿边桥下低语的你啊，我的水红的姑娘！

——江南忆，最忆是杭州。山寺月中寻桂子，郡亭枕上看潮头。何日更重游？

凌波不过横塘路，但目送，芳尘去。锦瑟华年谁与度？月桥花院，琐窗朱户，只有春知处。

飞云冉冉蘅皋暮，彩笔新题断肠句。试问闲愁都几许？一川烟草，满城风絮，梅子黄时雨。

五

你拥有了江南的好，只是，为什么要留下孤零零的我，独守相思？

终于可以和你在一起了，我的水红姑娘！让这洁白的雪作我的墓穴吧！也许，明年我们可以共同开出水红的梅花。

（选自《雁阵》第 42 期）

傻人幸福

晴　天

在这个冬日的午后，阳光是温柔的，穿过密封的玻璃窗轻轻地洒在面前的书本上，暖着眼睛，暖着精神。我习惯享受这种幸福，听着收音机里不知名的音乐，懒懒地趴在这片温暖中，什么思想都没有。室友笑我："这样平凡的生活居然也配用幸福这个词，岂不有点儿太夸张。"我自嘲，这应该叫傻人幸福吧！不是有句话是"一个人的欲望越少，就越容易得到幸福"吗？就是这样满足，这样容易体味到幸福。

寒风呼呼地扫着遍地的黄叶，气温骤降了十几度，朋友发来这样一条短信："天远嵩山下，冷越伴清笛。佳节日渐近，依稀离乡情。小酌寄忧思，心愁无所倚。感怀泪沾襟，贸然归故里。"我知道有人牵挂是幸福。

夕阳的红晕浸染了整个公园，光秃秃的核桃树下，一对老人相依而坐，偶尔老先生扬起粗糙厚重的手轻轻地梳理一下老奶奶被风吹乱的白发。他们没有言语，但一生未松开的一双手依然紧紧牵着，他们嘴角的微笑告诉我：一生相守是幸福。

父亲挤在校门口外的家长等候区连连向校内张望，孩子蹦蹦跳跳地冲到父亲面前。父亲一边问孩子冷不冷，一边不停地搓着孩子冻红的小手，然后敞开大衣把孩子裹紧抱起，匆匆消失在回家的人群中。看到大衣里的孩子手中的棒棒糖，我品尝到甜甜的幸福。幸福就是如此简单。家的幸福，温暖的茅草屋比冷清的别墅重要；恋人的幸福，终生的承诺比钻石戒指珍贵；朋友的幸福，真心的关怀比物质的给予更有意义。

哲学家叔本华说："健康的乞丐比有病的国王更幸福。"愿在现代社会中所有被蒙蔽的心从利益、金钱、地位中解脱出来，用感恩的心去感受周围人的关怀，用真诚的眼睛看世界的多彩，用满足的心体会人生的幸福感觉。愿每个人都能拥有一份属于自己的"傻人幸福"。

（选自《雁阵》第42期）

孤单不寂寞

许　蕾

“看雨，看书，看电视；发呆，发愣，发神经。”同学发来的短信让我很是惊诧，无奈后的坦白竟是如此触动人心。不记得哪个女孩儿曾经唱过“一个人孤单太久，就会忘记很多东西……”，听的时候我满心惆怅，一脸忧伤，因为外面正下着雨，而我本人是极其讨厌下雨的天气的。可是唱这首歌的女孩儿却像海棠花似的微笑，微笑又微笑。莫名其妙的 MV 也是开满了鲜艳的花儿，让人实在怀疑这首歌到底是选错了演唱者还是选错了音乐的背景。

我不寂寞。时间，音乐，文字，色彩，流动的风和梦，或者还有其他，都让我的生活充满了漂亮又新奇的景象。譬如，八月十五的晚上，我在偌大的广场中央居然发现了一只猫，它是只白色的小猫，像生病的样子，它的眼睛是挂着泪珠的，我看见了。发现它的时候，它没有怕也没有逃，可当我走开时，它也忽地跑开了。回来之后我告诉了我的他，他说：“它想家了。”其实那个晚上，我的眼睛也是挂着泪珠的，因为我也想家了。

一个人的时候，我都会睡觉或者听歌，或者看些简单的书。

9 点。“喂喂……在干吗呢?”“在睡觉。”

14 点。“喂喂……在干吗呢?”“在睡觉。”

23 点。“喂喂……在干吗呢?”“在床上看电视。”

“哎呀，变乖了，不睡觉啦?”“呵呵！刚睡醒了啦!”无声……

睡觉的时候我都会像猫一样老老实实地蜷着身子，拥抱着彩色的或怀旧的梦，每一次醒来，都给我美妙的还原和意外的惊喜。比如说我会梦到满山的野花，在远远的山上开了，天上有软软又暖暖的小绵羊……

每次我和别人介绍自己时，都会告诉他们我喜欢看书。闲的时候喜欢看简单又流畅的书，例如散文或者诗歌；而忙的时候，我就更偏向于看国内外的名著，主要是长篇小说。最近比较闲，所以读了几首小诗。特别聪明的人才可以写出简洁又震撼人心的诗。比如，近代诗人保罗·赛南有过这样的诗句：

“过去，现在，未来。我们都是，无。

那无之玫瑰，无所属之玫瑰，开放着。”

读过后沁人心脾，口有余香，真的，满心的幸福。生如玫瑰，谓之余生。

没有回家，没有朋友玩儿，也没有他陪，所以我觉得还蛮孤单的。这种孤单深入骨髓，孤单到我竟爱上了石器碰撞而发出的清脆响声。那是我左手腕上的貔貅与右手腕上的玉镯。而我尤其喜欢夜晚时它们发出的声音，叮叮，叮叮，像妖精那样迷人。我离不开这些石器带给我的快乐，就像每天离不开音乐一样。王菲《香奈儿》的独一无二，《再见萤火虫》的漂亮坚持，Roses“Don't Cry”的精致幸福，Annit“You're Beautiful”的美丽倾心，Nightwish“Sleeping Sun”的自然守望，都让我醉心。音乐的世界，虽然有孤单，但却让我这样一个孤单的人不感到寂寞，像花儿张开双眼一样光亮。

“有飞机在飞耶，我看到了……”我拿着手机边走边自言自语，而电话的另一端是“对不起，您拨打的电话暂时无法接通，请稍候再拨”。我有好多可爱而又单纯的想法想要告诉他，可他没在这里。他现在在哪里，我不知道。朋友的朋友，来了一群又一群，可我的朋友却没有来到我身边，我知道他们也有他们所思念的朋友。妈妈在家里面，上周打电话时就开始生病，而到现在也还没有恢复健康。家乡的雨应该下得比这里大得多，地里的庄稼还没有收获，等天晴了，妈妈生着病也不会闲着的，到地里去掰玉米，装袋，背玉米，还要做饭，照顾两个可爱又淘气的小侄子……

我很孤单，但我不寂寞。

有些东西带给我虚无的畅快，比如音乐和文字。而那些突如其来的思念是最让我慌乱不已的，比如说，我想回家了。

在这个时节，估计大雁又要南飞了吧，而我，却已决定留守在这里了，因为，即便会孤单，我亦不会感染上寂寞。我想，这或许是源于爱吧，爱生活，爱家人，爱他，爱朋友……孤单，不寂寞。

（选自《雁阵》第 45 期）

五月天

三　石

北纬四十度左右的暖温带，一年中气候最宜人的时节便是五月。五月的天和风细雨，阳光明媚，连空气似乎都变得软软的，那么舒坦，那么醉人，一切的一切都是那么刚刚好，好得让人心醉，所以温暖的五月天便是我幸福的代名词。

爱让我们不孤单

听着 S. H. E 那优美的和声似乎真的看到紫藤花的盛开，一瞬间忽然有种强烈的要过春天的感觉，于是逆着射进来的那细细柔柔的光线去寻找屋外那片温暖的光源，坐在七教三层的教室里刚好能看到它那灿烂的脸庞，那暖人的光泻在桂园一扇扇明亮的窗子上，让人从心底里感到平静。那座红色的斑驳的楼上有一扇窗是属于我们的，闭上眼，站在外面我也能正确地指出它的位置，因为我感觉得到它的气息。一年来无数次地远观它，走进它，更一步步地融入它。

关于家，每个人都有着那么多的美好和感激。我们来自不同的地方，操着只有各自才能听懂的方言。本以为一个人飘零到这陌生的城市一定会孤单寂寞，本以为在这样一个上课听讲、下课东奔西跑的校园里很难找到自己的朋友。或许真的是上天的怜惜让不善言谈的我有幸结识了五个那么优秀的女孩：温柔安静的 Blue，懂事幽默的 Air，刻苦努力的千寻，干练聪慧的 CC，善良真实的大点。与她们相处，真像是品读诗书，惬意、舒畅，更受益匪浅。

那阵子卧谈会像是吃夜宵一样频繁，虽然困得眼泪汪汪却也都幸福得不亦乐乎。冷风嗖嗖的冬日，终于考完微积分的我们高举着冰棍在宿舍狂欢。没课的晚上大家聚在宿舍里开玩笑，欣赏 air 的狂人表演，直到笑得没了力气。我们拥有那些只有我们才能理解的“奇异词语”，那些只有我们才能读懂的心里秘密，在这里我们可以毫无顾忌地哭，可以很没形象地笑，更可以尽情地追逐打闹……

也许生活的意义就是这样：有一群彼此照应的朋友，在相聚的时候大笑，在分开的时候挂念，在别人面前有彼此才知道的“典故”和笑话，在无聊的时候可以找到发短信的人。即便有一天终究要散落天涯，可曾经生命交汇过，曾万丈光芒过，曾经为彼此的委屈伤心过，那我们就可以在挥手的时候忍住伤心，灿烂地微笑……

这样的幸福，值得我们用一生去守候。

暗恋桃花源

来保定结交的第一个朋友是 Blue，她是一个感觉上就是朋友的人。与她牵手走在保定那些古老厚重的胡同时总会有种幻想：也许前世我们就已相识，也许前世的我们也曾牵手走过这片古老的地方。时光轮回，我们依旧幸福。她是个宛若行云、静如流水的女孩儿。一年的相处让我总认为自己是很了解她的人，可如今才发现她永远像是湖中的那块孤岛，而我是那永远靠不近岸的小舟，只能在她周围静静地欣赏、品味。当我们忙着谈论八卦新闻，互相开玩笑的时候，她总是捧着书躺在床上静静地欣赏。那一本本厚得我们从不愿触及的书，那个我们一推门就能看到的姿势，似乎从认识她那天起就没有变过，似乎外界再多的喧嚣、热闹都与她无关。记得她曾告诉我，她想要的是桃花源里的生活。

关于桃花源里的生活，我也曾无数次地幻想过，闭上眼总会有一条静静流淌的河出现在我的脑海中，河流右岸群山之中一条隐蔽的小径通向那边一片空旷的田野，群山环抱中我的家就在那紧紧相依的两棵树旁，没有灯火辉煌，没有觥筹交错，没有钩心斗角，没有落井下石……

而于她，桃花源则是更深一层的幽静。没有我所想的巍巍青山清清溪流，她要的只是一种空旷与静寂，而不拘于形式。

华灯初上的街上，揣着这样梦想的两个女孩儿依旧在幸福地谈笑风生，不因此刻的喧闹而郁闷，更不会因为梦想的遥远而苦恼，因为我们知道心之所向不在乎远近，不在乎能否实现，只要我们怀有梦，我们依旧可以幸福前行。

天使才能带来幸福

每天早上六点会准时收到保定天气预报告诉我气温降了要注意多穿衣服，天下雾了，出门过马路要小心，不定期地还会收到督促我学习教我如何过四级的短信，所有的这些，来自一个安静的男孩儿，而我则是那个接受的客体。一个感觉被人关心很幸福但只是接受不能回应的客体。曾不止一次地想过如果我心里没有他，我会不会接受现在这份感情？每次假想过后都会不住地嘲笑自己，因为根本没有如果，爱上一个人很不容易，而忘记一个人则更难。朋友曾告诉过我："忘记一个人最少要用比爱他长五倍的时间。"那我忘记他需要多少年？我不想也不敢去计算，因为直到今日我的爱还不曾断过。

知道他在那么冷的天气里等了我四个小时，我还是只能给他限时半小时，并在那半个小时里滔滔不绝地讲着我杜撰的我与男朋友现在的幸福生活。知道他想跟我说话，我也只能戴上耳机去听歌，用 MP3 里传来的那些对爱情坚定执着的歌声来冻结我的心灵。

知道自己有点儿傻，但我从来没想过要去后悔。因为我知道每个人都有一个一直守护着她的天使，天使如果觉得她的生活太过悲哀，心情太过难过，就会化身成她身边的某一个人安静地出现在她的生命里，陪她度过一小段快乐的时光，然后再不动声色地离开，于是她的人生就有了幸福的回忆。

我知道他就是我的天使，是我渴望与之一同走过人生旅程的天使，有他的日子，我是最幸福的女孩儿；没有他的日子有和他在一起的回忆，我依旧是最幸福的女孩儿。

幸福在途中

站在大二的中点，有一种不知该用什么词来形容的心情。听着大一的新生们叫我们姐姐，看着镜子中那已与去年不同了的眼神，不只是成熟了，也是沧桑了。走在那一段熟悉的路上，看着落叶在身后覆盖了我的脚印，我想也许我什么也没有留下，也什么都带不走。梦想似乎就站在面前向我招手，而当我伸手去接近时它却又忽地飘走了，越来越远，直到我看不清它的模样，真有种"昨夜西风凋碧树，独上高楼，望尽天涯路"的感慨，也许在追逐梦想的路上，我走得太急，一心想要登上那绚丽的云端，却忘记了去体味沿途那优美的风景。也许像汪国真诗中所说的那样，现在我是幸福的。我不去想是否能够成功，既然选择了远方，便只顾风雨兼程；我不去想是否能够赢得爱情，既然钟情于玫瑰，就勇敢地吐露真诚；我不去想身后是否会袭来冷雨寒风，既然目标是地平线，留给世界的只能是背影；我不去想未来是平坦还是泥泞，只要热爱生命，一切，都在意料之中。

放弃了急功近利的心情，追逐梦想的旅途中我依然还是那个在海边逐浪拾贝的幸福女孩儿。

（选自《雁阵》第46期）

幸福·流转

果 果

一个人年少时的成长，很像竹子的生长过程，长大长高的路途中有着拔节的痛苦与幸福。所有的成长和经历都是一种幸福的磨炼。

Young和我——青色

答应做Young的女朋友的时候一直在想这么做到底对不对。可在做了他的女朋友之后又一直在想我们可以在一起多长时间。我一直比较有忧患意识，但不可否认他对我的影响很大。他的手很大很暖，并且，他高出我一头。这就是我想要的幸福吧，我这样想。这真的是属于我的幸福吗？又随意这样问自己。

只有我知道他虽然是足球队队长，可他爱的是篮球，尽管在我看来足球要比篮球漂亮。

我一直很满足，满足他可以牵着我的手过马路，满足他陪我看电影的时候会给我买一大袋乖乖炼乳脆果，然后拿着它直到我吃完。

过生日的那天晚上他送给我一枚满是碎钻的戒指，不大，却让我看了整整一夜。我还记得那夜没有月亮，但漫天的星星却也细光点点，一如氤氲灯光下的那枚戒指——静止在我的手心，任碎钻熠熠。

我知道我比较粗心，所以我用细链子穿起来系在脖子上随身携带。

这些事情我没有对任何人说，因为Young对我的好，只想一个人细细珍藏。

可是现在，这些都已经是过去式了。他对我的好也只是回忆。对我说“再见”的时候，他身边站了一个很漂亮的女孩子，挑染着金黄的头发，张扬出来的美丽令人目眩。那是足球队啦啦队长Sunshine。Young说他一进球，她都是最高兴的。而我只会站在篮球场外看他投进一个又一个三分，然后拿给他他最爱的鲜榨汁。既然不爱足球那进球又有什么好高兴的——我并没有对他这么说，和不爱的人在一起永远不会有什么真正的幸福。他说Sunshine会把他对她的好嚷得让所有人知道。他说我从来没有说过爱他，而Sunshine在表白时说“我爱你”。

我什么也没说，只是点点头，静静地离去。没有告诉他在我的包里有一条织给他做生日礼物的围巾，更没有告诉他，上面的花纹是“一生有你”。

看着那个漂亮的Sunshine带着他送的手链兴高采烈地叫着去给中场休息的他送百事可乐，我摸摸脖子上的钻戒想到书包里的鲜榨汁已经没有用了。

从操场往回返，看到他们很亲密地走在前面，于是开始迈不开步子，慌不择路，我拐进图书馆。

我一直比较有忧患意识。

说好和他分手的时候，我在想他会不会一如既往地爱篮球，因为我曾在他生日时送他一个篮球。而和他分手以后就开始想以后还会不会有人做鲜榨汁给他喝，只是忘记了去担忧自己应该怎么忘记他。

三人行——蓝色

答应和他见个面是二十三天之后。说“答应”其实是一直等到分手的第二十三天他才打电话给我，我当即一个“好的”，对方就变成了“嘟”音。

当晚他和他的Sunshine都在，我们去了一家名为“三人行”的餐馆。回去时我们只是走路，纯粹地走路，彼此心照不宣。在东南的天空里有人放焰火，毕毕剥剥。我在想和Young放焰火的那个深秋之夜，随即又想Young此时在想什么。回忆是他给的，仅存的幸福却又在转瞬间幻化为疑惑与哀痛。

幸福往往不是无休无止的拥有，而是从容地不惧怕失去吧。这样想，就深吸一口气既而呼出所有积郁以及积郁背后的回忆。“冷吗?”他熟悉的关切问候似乎发自这个冬夜之外。侧脸看到他紧紧拥着他的她，我在这种沉寂的行走中打战。

路边的饰品店飘来那首《爱情转移》，“把一个人的温暖转移到另一个的胸膛，让上次犯的错反省出梦想……”一切才刚刚发生，也刚刚结束，又刚刚开始……不知不觉间泪流满面，再也做不到刚分手时那样的坚强。

到了一个教学楼门口，我说你们先回去吧，我上一会儿自习。Young“哦”了一声。我转过脸不让他看见我的眼泪。他没回头我没扭头，只听见他们的脚步好轻，好快，好远。

我一直比较有忧患意识。

在自习室想他为什么叫我出来吃饭，为什么Sunshine没有兴高采烈地为他点百事可乐，为什么她没戴他送的手链。“从容得不惧失去”该是多么优雅的姿态！为什么没能成功地摆出这姿态以藐视他们饭间相视而笑的默契？“回忆是抓不到的月光握紧就变黑暗，当虚假的背影消失于晴朗……”我的意识开始失守，回忆开始泛滥。伤感是幸福的遗产，反省却让伤口更清晰可见，在各种交织的混乱的“想”中做困兽之斗，然后软弱得如新生的孩童……

一个人的成长到底有多痛？生命绵长如蚕丝，如蜗牛爬行后的轨迹，在阳光下闪着细细的银亮。所谓幸福的绿光只在最灰暗的时刻盈盈晃晃，照亮了一段路却照不出方向。

Sam 和我——橙色

答应回到前男友 Sam 身边的时候一直在想这么做到底对不对。可在回到他身边之后又一直在想我们可以在一起多长时间。然而，当初和 Sam 分手时就从没想过这样做到底对不对，因为那时我遇见了 Young。可是回到 Sam 身边又是为了什么？把一个人的伤痛交给另一颗心去疗养，让这一次的幸福去覆盖前一次的记忆，这样做对 Sam 公平吗？这样做到底对不对？Sam 说蚕丝制的内衣更保暖，我只是默默收下他递来的枣红色的蚕丝保暖内衣，不曾告诉他在我胸前挂着的是枚小小碎钻的戒指。他拥着我去吃曾经深爱的土豆粉，暖暖的热气在升腾。望着面前条形的土豆粉想起环状乖乖炼乳脆果，我呆了。

幸福是什么形状？从前的条形，后来的环状，还是再后来的条形？Sam 说我离开他的日子，他一直一个人来这里吃土豆粉，对面空出位子，告诉自己她还会回来。

Sam 给的幸福令我产生负罪感而不是幸福感。那么，我是 Sam 的幸福吗？那么，Young 给的幸福还在吗？我一直在这样想，这样问。

迟疑之间，陷入种种事件的回环，过去的又回来反复纠结，流转的又出来赠予幸福……

我一直比较有忧患意识。

假使知道最初的最初和 Sam 不会长久却为什么要和 Young 在一起？假使知道和 Young 不会长久又为什么重回 Sam 身边……不可理喻的疑惑，不可解脱。

最后的最后，混乱的思绪中冲出清晰的决定。一个星期后我再次对 Sam 提出了分手。我告诉他这次不是因为 Young，告诉他吃土豆粉不要放太多辣椒，而忘记了去想这样做到底对不对。

我和 Young——紫色

拒绝做 Young 的女朋友的时候也没有想这么做到底对不对。可在拒绝做他女朋友之后又一直在想多久之后我们还能再相见。

晴朗朗的阳光在他的脸上凝成酱紫。我和 Sunshine 完了，做我女朋友吧，我还是更喜欢篮球。他说起来有条不紊。

阳光直射我的眼，静静地在谛听。

谛听呵，阳光谛听了整个下午，应该什么也没听到。

因为我什么也没说。那个一贯的“好的”就在腹部积沉着，却怎么也唤不醒力气去吐出来，一如曾经，一如去年那个午后当听到同样的要求一样毫不思索地吐出来。

我——白色

新生的孩童是幸福的，因为她没有回忆，忘记了前世的伤口。这是一个初始的肯定，对生命义无反顾地肯定。

什么时候再见面，再见面还给他戒指，一枚满是小小碎钻的戒指。

（选自《雁阵》第 46 期）

留得残荷听雨声

张艳芳

又是一年深秋时。

都说“秋风秋雨愁煞人”，真是的。一场秋雨过后，转悠在尽是秋色的校园里，看着满地枯萎的小草和不时飘落的黄叶，心里竟也像古人一般愁肠百结起来。正在暗自惆怅感叹的时候，不经意间注意到了那片荷池，猛然间又记起了关于荷的往事。

从小到大看了太多关于荷的文章，荷花高洁淡雅的形象便一直在心中挥之不去。总想有朝一日能一睹“芳容”，但却一直未能如愿。

但没想到在大学校园闲逛的时候竟发现了那片荷池，喜悦之情自不必说。然而，短暂的喜悦过后却是一阵失落：荷花盛开之际正值学校暑假之时，而当时已值十月，荷花早已凋谢，只剩一池枯败的残荷，无力地漂浮在秋日的冷水中——一派颓废的景象。荷花早已不在，徒留荷叶奈何，何况又是残荷！

心情沮丧地回到宿舍，便一直对这件事“耿耿于怀”。去上课时，也总是远远地绕过荷池而行。

这种情况一直持续到那句诗的出现。记得那天偶然翻阅《红楼梦》，读到了宝玉因为荇叶渚中的败荷碍事想让下人拔去一段。当时黛玉不希望宝玉把残荷拔去，便劝他道："我最不喜欢李义山的诗，只喜他这一句'留得残荷听雨声'，偏你们又不留着残荷了。"只记得当时读到这儿我便愣住了。"留得残荷听雨声"，多美的意境啊！也猛然间醒悟到原来残荷也是有用的，也是如此之美的。

古时有喜欢芭蕉之人，常常在门前植两三株，每逢下雨时便伏在窗前静静聆听雨打芭蕉之声，以之为天籁之音，然而岂不知夜听雨打残荷又别有一番韵味。是的，我以为听"雨打残荷"须得晚上，因为在夜晚，有很多东西与白天不同，有时夜晚甚至会将某种情境推向极致。况且在凉如水的秋夜里，外出的人是很少的，更何况又秋雨绵绵。

试想，在秋雨潇潇、万籁俱寂的夜晚，独自一人坐在荷池旁，静静地聆听秋雨击打在残荷之上发出的嘀嗒嘀嗒的声音，脑子里什么也不想。时间在这一刻仿佛也凝固住了。而偶尔路过的行人的脚步声，只会衬得这静寂愈加地浓郁。也许在平时，夜晚的瑟瑟秋风、绵绵秋雨会让人生出许多悲伤和无奈。然而在这样的晚上，你只会静静地聆听、聆听。此时的残荷，也不再像白天那样颓废，而更像一位睿智的老者，在静静地沉思、沉思……

"雨打残荷"之境如此美好，让人无限向往，可惜我只在白天见过。而夜晚的美景我却因种种原因错过了，心中一直遗憾。本想今秋加以弥补，然而天不遂人愿，荷池不知何故被填封了，残剩的荷叶也全被拔了出来。

夜听"雨打残荷"难道只能在梦中吗？

（选自《雁阵》第46期）

是“小资”还是“无资”

说　说

周末一群同学聚会，吃完饭我向老板要发票，可是他不愿意给。怕交税嘛，这我们都知道，于是我说“那您打个折吧”，老板听了更是不愿意。站在那足足向我诉了三分钟的苦。面对那张圆滑的脸我都无奈了，懒得跟他辩解。付完款老板对我来了句：“你们都是资产阶级，就别为难我们这群小老百姓了。”

一句话让我一时语塞，难受得无话可说。

我们是资产阶级吗？可如果不是怎么有人这么说呢？河大周围的饭店是最有权力这么评论的。凭什么？就凭那一群群挤破门进去吃饭的学生，一沓沓的营业额和越来越多的服务员……每次去吃饭从不会遇到门庭冷落的场面。“小资”也许在他们脑中早就已经形成了吧！

看看河大周围的饭店，虽说民以食为天，可是那些饭店的作用早就超过“食”了吧。那些虽说质量不太好却需要提前预订的雅间早已成为同学们经常游荡的地方。生日要请客，交了女朋友要请客，同学来了要请客……请客的理由可以说是多不胜数。而相比之下聚餐的次数更是有过之而无不及了。什么圣诞节、万圣节、感恩节、中秋节，无论是中是西，大家都糊里糊涂地先吃过再说，而最不能让人理解的是光棍节，一群人（多数是还孤零零单身的）还得围两桌吃一顿。大家一起解解闷，顺便互相交流一下过去的经历，相互学习、相互帮助一下，以确保明年桌上少些凄苦的脸庞。记不得是哪位仁兄曾说过来到大学记得最多的就要算是节日了。无论是什么节日那短信可没少过，当然饭就更不能不吃了，否则怎对得起身边那一群群的饭店啊，所以总结下来就是有事要请客，没事也要请客；过节要聚餐，不过节创造“节日”也要聚餐。所以也难怪别人都误以为我们是小资啊！

曾听一位老师愤慨地讲过，曾经的曾经，当他还在河大和我们一样读大学时，我们学校周围乃至附近都是一家家的书摊和书店，而且曾经的“百草园”就是一个很好的卖书的场所。但如今你是不能遨游于知识的海洋，只能畅享于美食的世界了。

回头再看看我们那些少得可怜的精神食粮吧：南北院各一个袖珍型报亭，道路两旁屈指可数的那两家报刊店。讲到稍大型的书店那更是少得不能再少了，几百米内没有超过五家。就这么稀少的书店还因为经营惨淡于今年关闭了一家。我们的“穷”早已对书店敬而远之了，怎么还能被称为“小资”呢？真是个奇怪的现象。

转身看看校园中的种种，也许我们会陷入更深的迷茫中。那穿着各种名牌衣服的帅哥美女数不胜数，而烫发、染发就更不用算了。一眼望去有几个是自然形成飘逸长发的？而那些四处可见的展板、条幅上也无非都是些美容、美发的名品商厦广告。如果不是有利可图，那些精明的商家又怎么会舍得出资！

事实似乎真是矛盾得让人费解，一边被人定成“小资”，一边却“无资”到从未游览过书店。也许真要用那首老歌来做结：“这到底是为什么？为什么！”

写这篇文章只是因为前文那老板的一句话，那句话让我重新审视了自己到底在大学中该怎样生活，该如何学习，也希望这个问题能为更多的人关注，能对我们的生活有所帮助。

（选自《雁阵》第46期）

如果有缘

薛　洁

佛说：大千世界如恒河之沙，一花一人又是一个世界。

水　缘

因为年轻，所以不必担心房价涨了，股票跌了；也因为年轻，可以谈今天的青春，明天的梦想，大路上的脚步也就自然铿锵有力。

年轻的心是未拧紧的水龙头，紧促而细密的心事来不及修饰边幅就赶紧成滴成串地流出来，毫无顾忌地欢快着："滴答！滴答！"像一头焦急的小兽，左冲右突，在通往美好的途中，对每一朵可能采到的花儿都要跑过去啃一番，最终只剩下精疲力竭，回头只看见一路混乱的印痕，想要得到的味道在这焦躁的狂奔中反被一一混淆、淡忘。直到岁月更用力地把水龙头拧紧时，才能听到积蓄了力量的圆润的声响，水花四溅，响彻心脾，也从那时才明白何为掷地有声的沉稳。那就别把年轻的沉浮与莽撞全握在你的笔尖：贴在你的眉心上，也不要给明天再多的琐碎而无力的诺言。力量需要积蓄，梦想也要有重心，应该这样细心雕刻年轻的容颜。在时光拭过的一瞬，短暂的光华，也是从容。

云　缘

日子领着日子，在无定的风中流逝。

于是被风撞开了看云的心情。

小时候看云，不过是像棉花糖，像长颈鹿，后来又好似天兵天将，千军万马，老师的眼镜，模拟的试卷……不久前一个暖暖的日子里，风轻云淡，心情不错，起了个大早跑去喊妈妈：“妈，我用车子带你出去玩儿吧。”简单的想法，简单的语言，成长的声音却把我吓了一跳。总渴望自己的翅膀更加坚实，能在父母的双翼下也给他们我已经学会的温暖。

鸟的天空是云做的，如果再来比喻，我想云是心做的。

风　缘

起风处或阔然的大海或狭隘的石隙，风的姿态始终游刃有余。

灵魂里蛰伏一缕清风的人是幸福的。

冬日里满城白菜的气息，

傍晚户户饭菜飘香的时刻，

下车时父母深夜里等待的声影。

风过处，那些平凡的幸福的味道，那些熟悉的感恩的气息，你是否还记得。

原来痛苦不过是欲望的产物，我们有必要和生活达成某种默契，在自己一次次矫情地烦恼时，去温习风的境界，再来发现自己究竟是如何咬牙切齿地狰狞。

风过心也过，对着大海练习胸怀，直面落日学习气度。人生亦有风骨。

纸　缘

如果相识，想把生活的神意说给你听；若不曾相识，也愿分享。只是借了笔的执着，托了纸的机缘，一并让你知道。

（选自《雁阵》第46期）

总是离人泪

张菊杰

“因为梦见你离开，我从睡梦中醒来。”只见枕边未干的泪痕，却再也看不到你温暖的笑容。

岁月割裂了记忆，所有的回忆都定格成一幅幅画面。我们在鳞次栉比的青砖瓦房中穿行，将脚印与记忆一同嵌在那蒙尘的街道里。我们站在沙滩上，望着海平面上的旭日一点一点地东升，所有的辉煌与灿烂在刹那间倾泻。为什么那时的景色总是那样美，美到让人不敢回忆。我们在林间呆坐，看着金色的阳光在绿叶间游走，跳跃，闪烁。任虫鸣鸟叫填补我们沉默的空白。把最温暖的话语藏在心底，直到所有的不曾说变成来不及说。我们一同将梦想写在雪地上，希望那一片晶莹会给予我们的梦想蜕变成现实的力量。可是，当梦想的面纱被风拂去，我们看到的是现实冷峻的面庞。所有的努力都化为了乌有。所有的梦想都随那片雪水在阳光下消失得无影无踪。

那时的我们真的是太年幼，连欢聚的时光都不懂得贪恋。总以为来日方长，分别是太过遥远的故事。

“流光最易把人抛，红了樱桃，绿了芭蕉”，分别来得如此静悄悄，猝不及防。不知道，你我掌心纠缠的曲线何时开始脱节。只知道，一转身，你我已隔万水千山。你是否还记得我曾和你说过，“一种相思，两处闲愁”是世间最凄美的景致。如今，你是否也同我一样渴望这份唯美。你是否也怕，怕只有自己一个人在怀念。

春去了，秋又来，叶子簌簌落下，如同我们凋零的日子。风干了记忆，雨湿了思念。雨水在阳光下闪着晶莹，不懂我心里眼中流淌的是怎样的悲伤。原来，美好的日子是焰火的模样，如此短暂。

回忆中的幸福如同一把利刃，泛着冷艳耀眼的白光，划过我的心。将昨与今分割得如此明了，留下思念的伤痛。

曾经影印在记忆那古老的墙壁上，岁月涂抹着白灰，遮盖了那喜与悲。于是，很久以后有人唱起：“谁在用琵琶弹奏一曲东风破，岁月在墙上剥落，看见小时候……”

“碧云天，黄花地，西风紧，北雁南飞。晓来谁染霜林醉？总是离人泪”。万水千山之外的你，可听得懂那些潸然而下的泪滴落时的声声叹息……

（选自《雁阵》第 48 期）

一个人漫步

刘志新

在这个有些清冷、有些苍凉的季节，一个人，双手揣着衣兜，莫名地，就喜欢上了漫步的感觉。

路的两旁，通常是一些经年的老树，在寒冷的冬日把灰白的枝丫固执地斜插入天际。路上有时有三两的行人，天上偶尔会飞过几只白鸽。老树、行人、飞鸟，就如同一幅画一般，带着清淡的天空铺就的底色，成了我漫步的背景。

漫步的时间，通常是在下午，临近黄昏的天色，透着薄薄的红，像是美丽女子的面颊。在或宽或窄的路上，拖着长长的影子，身后的阳光暖暖地照着，让我忍不住觉得自己找到了安详的极致。

有时，也会在晚上。夜色爬满了天，爬满了地，掩去了白日的喧嚣与不断地搭建造成的不和谐，又让一盏盏灯在浓重的黑暗里开出一朵朵温暖的花，整个世界一下子变得好美。抬头，望见头顶或明或暗的星，或弯或圆的月，心一下子就因突然到来的喜悦而充盈了起来。在夜晚清凉的空气中，忍不住对着头顶的天空轻轻笑起来，觉得以前所有的辛苦都有了坚持下去的理由。

偌大的校园，每天都有故事上演。

那天，一个人走着，就发现了那美丽的一幕。一对异国夫妇推着一辆小小的婴儿车在校园中安静地散步。他们有着西方人俊美的五官分明的脸，以及古典的希腊式端庄高挺的鼻。那个小小的婴儿安静地睡着，粉嫩纯净的小脸像柔柔的春水一般惹人怜爱。

有些东西，真的是亘古不变的。

我一下子就走不动了，固执地认为自己窥探了“执子之手，与子偕老”的美丽童话。它不由分说地触到了我心里最柔软的一块，让我想起了那个一直念着的人，以及那个我亲手放飞的童话般的梦想。那一刻，我简直想要跟上去，去追寻美到极致的幸福。

一个人漫步，感觉自己就像在舞台的角落。不断路过别人的故事，竟也迷上了体会别人的感受，不知不觉，就想到了自己。

“枯藤老树昏鸦，小桥流水人家，古道西风瘦马。夕阳西下，断肠人在天涯。”走在冬日的路上，望着头顶灰白的天及天下沧桑的老树，觉得自己就像是天涯的浪人，在异乡的土地上追寻着支点，不断地努力。“有谁孤单，却不期盼一个要好的伴。”来保定很久了，心是浮的。偶尔静下心来，便总有一丝孤单萦绕心头。孤单可以是酒，放得愈久，反而愈浓郁，慢慢品尝，也可以成为享受。于是慢慢发现，还有一个美丽的校园值得欣赏，还有一份独处的心境值得品味。

心沉静下来时，常会忍不住想起从前。有人说当一个人喜欢怀旧的感觉时，过去的一切都会变得美好起来。过往的日子，有过欢笑，有过悲伤，有过各种剪不断理还乱的烦恼。张爱玲说：“长的是痛苦，短的是人生。”可时过境迁的今天，对我来说，以往所有的痛苦都不复存在，留在我心里的，只有美好。

天气好的时候，天也会蓝得透明清脆，云也会白得轻盈柔曼。

走在这样的蓝天白云之下，常常地，我会不自觉地微微笑起来，觉得自己已融入了这自然的灵性、天地的美好之中。长长地舒了一口气，我想春天大概就快来了吧。那时，漫步的路上还会有另一番美丽。

（选自《雁阵》第48期）

流浪香格里拉

郭　伟

覆盖着银色冰雪的巍峨群山下，披着棕色袈裟的僧侣举行着古老而神秘的仪式，将朝圣者的灵魂带进了远古的纯真中。

在香格里拉，一位藏族阿妈的双眸就可以让你产生对这片土地的热爱，可以让你产生参透生命的欲望，还可以让你想起柳永，回味他那“镇相随，莫抛躲，针线闲拈伴伊坐”的点点柔情。在不知不觉中，你的心已为她而翩翩起伏，被她触动——在你不经意间。

比花朵还要温暖甜蜜的空气萦绕在香格里拉，枝繁叶茂的棕榈树成群成片地生长在香格里拉。风吹叶的沙沙声让我沉醉，丢掉市井的热闹繁华，我在逃避现实的想象中升腾，穿过高楼与闹市流浪到香格里拉。

没有霓虹灯的疯狂闪烁，没有行人的重重脚步，只有香烟在神祠中袅袅升起，只有挂在长长绳子上写满祝福的丝幡。我后悔没有带着那把古老的木吉他，不能让“Hotel California”那轻快的音符和那深沉的情感在这里一同随着香烟上升。

香格里拉，每次回忆它，心便不再平静。它是我走过的“加州旅馆”，在我失意时给我一个栖息的地方，在黑暗来临时给我一点烛光，在天亮时给我指明了方向。

如果你是“便做春江都是泪，流不尽，许多愁”的词人，我劝你去旅行，到香格里拉。

坐在厚厚的羊毛毯上烤火，看那茶叶在水中翻来翻去，看着阿妈缓缓转动刻满虔诚的佛珠，你再多的愁绪也会化作缕缕茶香，飘散后，留给你的是愈益温厚的心。

一片宁静触动了那颗快节奏的心。生活在连心中都充斥着紧张节奏的城市中，来到香格里拉恍然觉得地球在这里放慢了旋转。现代化的缺失增加了我对它的向往。

每个人都费尽心力去寻找属于自己的天堂，哪怕只剩下散碎的影子。

同学是一个摄影爱好者，因为香格里拉而去了云南大学。每次传回相片，都能感受到他的匠心独运。看到那曾游览过的地方，心中就会绽放出层层涟漪，像浮萍一样变得不再宁静。从那张张定格的相片中，我甚至可以听到那湍急的流水，呼吸那清新的空气，感受那吹在脸上的风……

我想香格里拉是流浪者的天堂。杨慎被嘉靖皇帝流放到此，他却在这里参透人生，留给后人“滚滚长江东逝水……”的千古名句。

一个被叫作世外桃源的地方，一群与世无争的人，一个奇幻的地名，触动了一颗玄思的心，导致了一次精神的流浪。

（选自《雁阵》第50期）

爱到无力

——读《呼啸山庄》有感

陈家齐

如果可以，让我替他说一句，算是解释，“别怪他。”真的，他只是被爱牢牢套住，直到死去都没有找到挣脱的缺口。他恨了，恨得咬牙切齿，恨得疯狂绝望。有人说：“因为爱，所以恨。”我补充一句：“因为坚守了唯一的爱，忠贞不渝，才会不得不恨。”如果非得比较是爱多一点，还是恨更深，我赞成是爱。希思克利夫死了，恨如烟消散。他的爱呢？永恒了，刻骨铭心，荡气回肠。爱的语气太多了，希思克利夫选择了最痛苦的一种——恨。一个走上了爱情狭窄路的人，自始至终都无力地爱着，筋疲力尽。

曾经他是一个拥有者，在凯瑟琳没嫁给埃德加之前，尽管卑微，但希思克利夫的情感至少有栖息的角落。可是当这种爱赤裸裸地暴露在众人面前时，世俗的嘲弄给了他一记重重的耳光。凯瑟琳华丽的外表对他而言只是一种无情的提醒：他不配。凯瑟琳越不凡，越高贵，他就被刺得越痛。最后，是一个卑微者的自尊将情感的守护墙摧毁。因为爱情容不得半点鄙夷，他渴求平等。仰视得久了，总会疲惫。

他终究不是上天的宠儿，因为生活并没有给予他更多的慷慨和恩赐。凯瑟琳出嫁了，新郎不是他。对希思克利夫来说，不是凯瑟琳选择埃德加致使他失去，而是埃德加抢夺了原本属于他的爱，是世俗的冷漠无情攫取了他的精神家园。不，是摧毁，余下的废墟只会让他越发感到耻辱，越发竭力去恨。除了凯瑟琳的爱，埃德加还有那么多希思克利夫没有的东西：显赫的家世，宠他的家人……可希思克利夫呢？他不过是一个弃婴，寄人篱下，习惯了白眼，习惯了打骂。凯瑟琳是他的唯一，是全部。他没有得到过多的爱，你又如何要求他给予呢？一个能够让爱延续的人远比亲手毁灭爱的人幸福得多，所以希思克利夫注定痛苦。

三年的时光足以让一个绝望的人将恨满满地揽入怀中。当爱变成恨，他就将自己推进了痛苦的深渊。尤其是当凯瑟琳死去时，他的心也跟着死去，人间冷暖，早已察觉不到。每晚守在凯瑟琳坟前，足以证明他的爱情还活着。将所有人推向恐惧没有让他得到任何快乐。精神错乱中他只是以残忍的报复方式来为爱呐喊，直到累了，疲了。读到最后，只觉窒息，痛苦地呼吸着。越恨得不可思议，越闻得到希思克利夫痛苦地呻吟。所以当他死去，我顿感轻松，为所有人，包括希思克利夫。爱了，恨了，也痛了，他用爱的利箭刺痛所有人，似乎只为了演绎悲剧。如果可以，请给他一点点来自人间最真的爱。别用批评的语气，别用愤怒的表情，更别用粗俗的语言，这份厚重的感情容不得亵渎，他只是爱对了人，却选错了路……

“问世间情为何物，直教人生死相许”，有时爱情足以让我们吝啬，舍不得丢下点滴，竭力捍卫只求完整。可我们不懂：就如手中的一把沙，抓得愈紧，它愈从指间溜走。不如松开紧捏的拳头，任凭它自然地平淌，我们可以让自己幸福的。

（选自《雁阵》第53期）

雨落的季节

智冉冉

冬季的雨水绝望地敲击着地面，破碎了满目的伤痕……

认识你是在一个经常下雨的季节，温和的风还夹杂着枯萎的树叶，天气清凉地散发着倦意。这样的天气，我应该乖乖地躺在床上，安静地数着滴落的雨滴的。我是不喜欢雨天的，可以说得上讨厌，我讨厌潮湿的空气濡湿我的头发，讨厌没精打采的头发慵懒没有生命力地躺在我的脖子上。可是，我却深深地迷恋着江南，幻想着某个梅雨季节，我举着一把油纸伞，在破落的小巷上邂逅我期许已久的缘。我是不喜欢北方干燥的空气的，浑浊的空气吸附着头发，衣服发出噼里啪啦的静电声音，又吵，又闹。我喜欢晴天，夏季的晴天，头发条理清晰地垂下来，在阳光下，一切都开始变得澄澈清明。我喜欢阳光的照射，喜欢懒洋洋地躺在阳光下闭着眼睛，什么都不想的安详。

在这样意料之外的阴雨天气里，人们都显得有些匆忙。稀稀落落的几把花式雨伞招摇而过，就那么忽然之间我察觉了自己的无助与落寞。忽然想起在某个夜晚，我独自一个人在路上边走边数着天上的星星，忍住眼睛里盘旋已久的泪水：只是单纯地为考试成绩失落着，为明日的考试祈祷着……那个单纯的季节，仿佛已经走了好远……在那样单纯的季节里，我多少次依傍在窗口，安静地把自己细腻的情感融入这无尽的黑暗里；我多少次在明媚的阳光下，心情明朗地读着心仪的小说；我多少次在昏暗的烛光下，淡泊地听着自己喜欢的音乐发呆……没有仔细算过时间过了多久，没有刻意地记过曾经走过的风景，没有精心打算过自己茫然的前景。

就在我犹豫地扬起嘴角那抹隐约了好久的笑意时，悄悄地，看见你在雨中匆忙的身影，一身狼狈……猛然间清醒地意识到，原来我们都说好了，就在刚才。可是就在这短暂的时光里，我突然就莫名其妙地忘记了，是时间慢了半拍，还是记忆开始抢拍？短短瞬间仿若隔世之旅……我终于笑了，就做夏日的阳光，澄澈见底地笑了，透明着温暖的心境……

我们的交谈磕磕绊绊，我把玩着手中你递来的雨伞，细数着眼前雨滴的滴落声，惶恐而淡静地聆听空气里传来的一份隐隐约约的悸动，是什么时候我开始学会缄口，是什么时候我还可以这样控制不住自己流露出天然的本性？打开，撑起，合上，重复着机械的动作来掩饰自己早已暴露无遗的紧张。离开的那一刻，深深呼一口气，呼出来的却是简单的憧憬……

紧紧地握着你紫色的雨伞，小心越过脚下的雨迹。还可以清晰地回忆起我们的初次相遇是在开学的典礼上，你羞涩的模样只是简单地掠过我记忆的湖泊，仅仅一点点涟漪……我微微笑了，抑制不住眼角积蓄了好久的泪水。还可以很容易地想起，我们真正的第一次接触是在毓秀园那片洋溢着秋初清凉的土地上，我甚至还可以精确地计算出有几片并未枯萎的树叶从你的背后飘落。我第一次那么认真地去做一件事情，一件自己很感兴趣的事情，就那样被你们排斥着、搁浅着，我依旧笑着想要挽留，依旧笑着恋恋不舍地向后退，从来不知道如何去求助，如何去勉强，只是深切地感觉到自己身体里慢慢流淌着失望与绝望。

空气开始凝结出淡淡的悲伤。心情开始搜寻惯有的淡漠，习惯了一个人逞强，习惯了一个人去溶解难忘，习惯了以一种看破的口吻去伪装，去习惯……将眼泪流成浅浅的笑意，目视透明的阳光，告诉自己前面的路途还有希望。收不起的笑容依然挂在嘴边，抹不去的愁绪隐约在眉梢，低下头来任头发滑下遮掩着所谓的安静面孔，数着裙摆在风中旋转的次数，轻轻地合上手上的稿件，就这样平静地接受着失败，就这样用平静的面容来填补内心的无底之洞，暗自深吸青草的气息，明天应该还是晴天，这样我就可以坐在阳光下再睡一会儿了，就可以多休息一会儿了……

“我们还是回宿舍看看再说吧……”简单的一句话突然打破了持久的寂静，我抬起头来，看见一束阳光貌似无意地穿透了密集的树叶间隙，在久未修剪的草地上投下美丽的光斑。我凝视着你由于低着头而埋在阴影里看不清表情的面孔，呆立了良久，寻寻觅觅找不到合适的话语，慌慌张张忍住久未溢出的泪水。或许你还不知道，我从来没有享受过类似的感动……

雨水仿佛小了好多，收住了脚步显得不再那么慌张。在这样被岁月隔阂的秋季里，身边的人匆匆而过，是传说中的前世有缘，今生却记不起交替的面孔，不只是因为没有回首。仰望迷茫的天空，灰蒙蒙聚集着密布的水汽，随时都可以决堤，随时都可以奔涌而出。那个明媚的夜晚，我是真的醉了吗？可是记忆却还是如此清晰……你紧紧地跟在我身后，我千方百计地以一种自己现在都感觉愚蠢的方式证明自己的清醒。我发疯似的跑着，躲着，想躲开你们，我是真的不喜欢有人不相信我，可是你们就那么笃定我醉了，我只是想证明。是想证明吗？那又是想证明什么？又要证明给谁看？从前，我只是想要自己相信就可以了，我现在究竟在想要什么呢？

你说："智冉冉，我就是想送你回来，可以吗？"我知道你急了，可你知道我愣住吗？就在那一刻，就那么一瞬间我又习惯性地说服了自己冷静。那一夜，无风……

听着和谐的雨声，我安静地收起雨伞，漫无目的，沉思着空白。未来究竟还有多远，一片茫然……

有些人并不遥远，却很难走近；有些故事并不浪漫，却可以感动自己；有些故事并不惊天动地，却很难忘记。就在你牵起我的手的那一刻，你是否清楚我们彼此都等了很久，你的手在紧张地颤抖，所以，我知道……

偶尔凝望着你溶释在黑暗中精致的侧脸，依然会感觉到若隐若现的虚幻缥缈；清澈的月光轻拂冷落的积雪，仿佛矗立在这寒冷冰魄之外的梦境，若即若离。是来得突然，还是思维运转得太慢？太多的现实如同隔世的梦幻。将月光凝成眼底最深处的层层笑意，折射出路灯温暖的昏黄。冰冷的空气开始在指尖与指尖间搁浅，纷飞的积雪开始在眉睫溶化。

这样的冬季，是树叶凋落得太晚，还是冬雪飘落得过早？暗绿色被洁白覆盖，享受着从未有过的淡然。在这个多雨的季节里，那缕月光娇娆地释放着，那个夜晚奇异地明媚着，那份感动慢慢地延续着……

是否在梦里吟唱了千百回，才会在茫茫人海中寻觅到你也在等候的身影；是否在祈祷中行走了千万年，才会在这个落雨的季节里邂逅到你撑起的那把雨伞……

（选自《雁阵》第 54 期）

南墓与北墓

秦　冀

人类进入文明阶段后就有了坟墓，用以掩藏同伴的遗体。也许坟墓最初的意义就是让逝者安息，生者节哀吧。然而随着社会的进步，坟墓也不再是最初的坟墓了，它更重要的意义在于象征主人的身份和地位，让死者在另一个世界里过得更好，让他们的功绩与天地共存，与日月同光。于是，一切冢统称为坟墓就不能区别百姓和官员了；于是，就有了百姓之冢谓之坟，官员之冢谓之墓，帝王之冢谓之陵了。

苦日子都是一样的缺衣少食，税多役重；好日子则各有各的富丽堂皇，肉林酒池。于是坟都是一样的荒凉孤独，墓则各有各的雄伟华丽。统治者说：今生的苦难换来来世的幸福。所以人们不得不“安贫乐道”，用一个叫作“坟”的土堆来总结一生，然后慢慢地销声匿迹；统治者想：人生苦短但灵魂不灭，来世还可以继续享受今生的幸福。因此竭尽全力使自己的墓金碧辉煌，应有尽有，以追求生活的幸福不以生命的陨灭而消亡。逐渐地，墓原本安息逝者的意义淡化了，它更多地反映活人的生活状态、社会地位和理想追求。

于是，不同身份的人享受不同规格的墓，不同环境的人建造不同风格的墓。南方与北方地理环境的差别、生活习惯和社会风俗的差别就产生了南墓与北墓的差别。“江南才子江北将，咸阳塬上埋皇上。”北方的墓更多的是将军和帝王墓，它们保留着主人固有的性格，雄浑豪迈，富丽堂皇，封土高、地宫深、翁仲多，气势丝毫不减生前，给人一种震慑力。南方更多的是文官的墓，它们依山傍水、环境优美，似乎是一个隐遁山林的贤者，管他风云变幻，我自岿然不动，给人一种恬静祥和的感觉，在这里可以暂时忘记生和死。

北方朔风猎猎、黄沙滚滚，高大的封土和灰黄的色彩似乎是一个久经沙场的勇士在顽强地斗争，永不屈服，就像古希腊的雕塑《掷铁饼者》给人无尽的力量。南方莺歌燕舞，小桥流水，天然的封土覆盖着郁郁葱葱的植被，仿佛文人的书房或少女的闺阁，始终是一种恬静祥和，在这里可以忘记尘世的喧嚣。

北方的墓更像一位儒者在为他“齐家治国平天下”的豪情壮志奋斗不息，更能体现君子弘毅、建功立业的儒家的入世豪情。南方的墓则更像一个与世无争的道人，更能体现清静无为、乘物游心的道家的出世睿智。因此，北方的墓更注重物质的积累——封土高大，南方的墓更注重精神的超脱——环境优美；北方的墓似《论语》，教人举轻若重，承担重任，南方的墓似《老子》，教人举重若轻，乘物游心。如今，庞大的帝陵不再出现，坟与墓也没有了差别，它们又成了最初意义上的存在。但陵墓所承载的文化内涵并没有随之消失，而是经过否定的否定后升华到一个更高的境界：略去形式，返璞归真。死后的人们都是一样的平等，就像生不带来似的死也不带去，不同的，唯有生前的贡献。坟墓何必豪华，功德自在人心。与其耗费心思去修筑陵墓，不如默默地为社会贡献。作为社会的人的真正意义在于生前的贡献，不在死后的封土，口碑才是永远的丰碑。

古时陵墓今何在？荒冢一堆草没了。更多的陵墓最终会销声匿迹，有的则成为旅游胜地。人们在惊叹陵墓的美丽时有谁会想到它的主人修筑此物的本意，真正千古流芳的英雄在史册，在人心。

功在心，不在境。

（选自《雁阵》第 54 期）

黄　花

李　爽

清风又拂来，毓秀园花开。面对满园的春意，我想到的却是冬日积雪下那曾使我激动不已的黄花。

称它黄花，是因直至现在，我仍不知道它的名字，只记得当时，它栽种在盆中，瘦小的茎，纤弱的、金黄的花瓣，顶着三四寸厚的像棉被一样的雪。

雪总是容易让人想到美好、浪漫或是轻快、飘逸。而当时，我却视它为对生命的挑战。

黄花，那么清瘦的茎，怎能托得起这份沉重？那么微小的瓣，如何受得住湿寒的侵袭？然而，黄花却这样开着，挺拔、独立的茎撑着它的整个世界。

我爱黄花。看着它，我会感到自己的渺小。

看惯了童话的我，也常幻想自己撑一把花纸伞，于梅雨季节走在小巷的石板路上，邂逅某君，自觉有一番诗意。偶尔，又似乎自己在烛火的跳跃下，邀一二知己，或闲庭信步，或品茗论禅，静谧而又和谐。然而，当我再回到现实中才发现，在钢筋水泥的建筑间，刻意寻得的这份妄想的、片刻的宁静，是多么作态。为什么要愁眉似蹙，顾影自怜？为什么要附庸风雅，吟诗唱赋？即便与诗词描写的环境相符，也不过是现代人偶然间的暗合罢了，又有什么值得沉醉其中呢？

我常怀疑，人就是在这些千篇一律、臃肿又乏味的镜头前迷失了自己，却还要极兴奋地捡起这些零碎的电影片段加以回味和演绎。于是，人心开始变得脆弱敏感、哀伤和无力。四月飞絮时，脸上也会润色桃红；萧瑟秋风下，内心也感到无端地失落、愁苦……就在这样的几春几秋间，我们学会了抒发浅薄的、矫情的人生感悟，愈发地感到生活的空虚和无奈，在自己的小圈子里莫名其妙地痛苦和自顾自地怜惜。

看看这花，这黄花却不！挺立着便挺立着。无须祈求别人的关注，也不刻意避讳他人的目光。承受着雪的重压，瑟缩地发抖也不会自哀自悼；感受着光的滋养，张扬地绽放也不会傲慢、矜持。

这才是生活的真实和精彩。

黄花，展示自身的俊秀、挺拔，坚强地迎接凛冽的风，颤巍巍地顶着积雪，却还要让雪在阳光下闪出晶莹的光，在这闪耀的光下面，彰显金黄的、灿烂的真实的自我和生命的价值。

（选自《雁阵》第 55 期）

给错过的诗

高凯利

这一年的冬天特别冷，整个城市笼罩在阴湿的迷雾里，灰蒙蒙的天空，迟迟见不到阳光，让人感到莫名的沮丧，走在街上就常常有一种落泪的冲动……

我固执地以为，没有下雪的冬日是孤单的，就像和昔日的玩伴渐行渐远的我们。我们也是孤单的，生活在迷宫般的城市，总有种莫名的寂寞，你永远不知道你会错过些什么。各种关于追寻的巧合和错过，编织着城市丛林里的忧郁和柔弱。有的时候，我侧过脸，看着一直陪伴我的小北，会忍不住喃喃自语：“明明就在身边，思念却无处不在。”

于是，我自顾自地恋上了怀旧，我喜欢现在的我，我怀念过去的我们，怀念以前用澄澈的心情，用好几个美好的夜晚写成的那一封封未发出的信件，怀念以前和好友们嘻嘻哈哈的路边摊，怀念那些，你也许已不再记忆的。也许，我们应该坐下来，悠闲地喝杯下午茶，翻起昏黄的记忆，诉说未来的希望。说一说，多年之后的一个下午，我会去你家做客，我们还和以前一样手牵手、肩并肩坐在夕阳下闲聊，然后你体贴的先生会端过两杯刚磨好的咖啡，你乖巧的小女儿不停地跑来跑去，我们喝着咖啡，看着这一切宁静祥和的画面，笑而不语……

可是，这个城市没有草长莺飞的传说，它永远活在现实里面，快速的鼓点，匆忙的身影，麻木的眼神，以及逐渐被同化的我。生活在一个城市，喜欢一个人，又或者做一件事，时间久了，就会觉得厌烦，会想要逃离，也许不是厌倦了这座城市、这个人或者这件事，只是再也给不了自己坚持下去的勇气。走着走着就散了，回忆都淡了；看着看着就累了，星光也暗了。所以，我的亲们，我正在一点一点失去你们了吗？

假日，少不了的是同学聚会，我却每每以各种理由推脱。我说：我找不到坚强的理由去见他们，除了记忆的重播——像从书架抽出一册旧课本，翻几页又放回去，只是个动作而不是深沉阅读。我无法从生命内找到大背景，摆上他们，让自己渴望与他们相会，其实是渴望再次回到大背景。我们以为人跟人之间拥有某段相同的记忆就是感情的保证书，其实不然，如果记忆不能扎根于生命的大背景，则只是零散的资料。而在别人的轨迹里看到自己曾经那么认真那么虔诚可是却无比悲凉的足迹，想到自己一路这么千山万水地跋涉过来，我会忍不住哭泣。

江湖终究是一场华丽泡影，生灭荣枯转眼即为他人遗忘。孵出来的粒粒小梦，也不见得要运到市场求售，喊得声嘶力竭才算数。就像简桢所说：人世不断衍生悲欢故事，欢乐的末节带了钩，钩起悲伤的首章，而悲伤又成了另一篇欢乐故事的楔子。有了这些，使大雨中的人们懂得安分守己，与所系念的人更接近。人的有情必须放在无情的沧桑之中，才看得出晶亮。

含着泪，我一读再读，却不得不承认，青春是一本太仓促的书。

正如我们一样，明知是痛，可还是会颤抖着双手为青春做好嫁衣，眼睁睁地看着，泪也就渐渐模糊了眼眶，一滴一滴落在了伤口上。年华哗哗啦啦地扭转着，但是谁曾出现在谁的记忆里？这些只有自己知道。当某个人在某扇大门轰然关闭、心脏被击中的时候，卑微地痛哭流涕，像个贱人。不是无情，亦非薄幸，只缘人生，生命是终将荒芜的渡口，我们只是过客。

亲们，我总是忘记跟你们说声“谢谢”，谢谢你们一直陪着我，让我有好故事可以说。我知道，心里面有个人是件收藏，如此，才填补了生命的空白，太阳尚远，但仍有太阳。我知道，需等到风住尘香花已尽，才可以看到最后的风清月朗，花好月圆。无论你在哪里，待走完沧桑人世，我们终会相聚，浮花浪蕊的人生，哪是说断就能断的呢！

会不会有一天我突然惊醒，发现自己在高中的课堂上睡着了。现在经历的一切只不过是一场梦。阳光照在我的脸上，眼睛眯成一团。我告诉同桌，我做了个好长的梦，同桌骂我白痴，让我好好听课……

（选自《雁阵》第57期）

不变的执着

史利华

佛光穿过无边的苍凉
有一个声音幸福安详
清晨我挥动白云的翅膀
夜晚我匍匐在你的天堂
生灵顺从雅鲁藏布江流淌
时光在布达拉宫越拉越长
无边的草原放开怀抱
……
仰望雪域两茫茫
风光旖旎草色青青
随处都是我心灵的牧场
……
雪莲花盛开在我的心房

当云朵在天空漂浮，年轻的我们一心想要冲出守护的襁褓，去飞翔着寻找梦的归宿。那以美丽和神秘著称的西藏，仿佛是一个藏在心底真实而又缥缈的承诺。

想起儿时和伙伴们认真地玩着泥巴，想要把很多很多的幻想变成现实，仿佛塑造着未来的世界。懵懂的孩童，无邪的笑脸，凝视着纯净的天空，渴望着自由翱翔的明天。小小的种子，天真而美好的希望。听探险家说偶然才是人生的真正境遇，对于行者而言，他的路展开的都是这个世界的奇迹。于是，“行者”，在刻有稚气的心灵，成了一个神圣的词。梦想着有一天背上行囊，带上相机潇洒地做一个行者，去西藏。

当看到那张名为《大眼睛》的照片，西藏，不再只是一个美丽的地方，那里还有贫穷和渴望。当得知一位师兄要去援藏，才感觉到我们可以做的其实可以有很多，或许那是一片可以让我们发挥的天地，用自己的知识和力量去奉献，在别人的心灵世界留下一点自己的足迹，有什么事比这更有意义呢？

时间的沙漏，沉淀着过往。当即将走到二十岁的驿站，可以拒绝蛋糕，无法拒绝的却是成长。当我们不约而同地走进了大学。老师说保定是个很安逸的地方，尤其是保定的河大。然而在我们看到更多的是烟尘飞舞的城市里，人们都在为了自己的将来忙碌。在那些所谓“繁华”的地方，偶尔会有些漂浮不定的茫然。或许成长不是十全十美的礼物，年少却不觉得自己无知的感觉一点点逝去的时候会有一种无言的疼痛。当面对无情的指责，当用理智堆砌的一切占满思维，不知是不是那荒诞的梦便成了玩笑，除了留下一些不屑一顾的表情并无其他。所以，我努力在周围的实际中保持一些浪漫，留着那份潮湿和自由孕育着的最初的梦想天堂。我们像一个个渔者，在岁月岸边用从光阴那里借来的一点鱼饵，垂钓着各自的明天。

每个人都有一台自己的时光机，带你回到过去的叫作回忆，送你迈向未来的叫作梦想，让你完成回忆和梦想的叫作现在。喜欢每一个清晨，不论是今天和明天的未知还是昨天新鲜的阳光，抑或是淅沥的秋雨。雨中那来不及逃离的秋意和沁人心脾的凉爽会让浮躁的心平静下来。也许追梦的路必是坎途，希望我和我的朋友们，依然坚持那份心灵的宁静，坚定前行。人生没有如果，昨日已倏忽不现，来不及驻足。

我只是一个农人，有幸守着自己心中的一亩田……走进西藏，总有一天，那双“大眼睛”会闪烁着知识的光芒。

（选自《雁阵》第 57 期）

墙角的花

史洪波

四时更替，又是一年春好。暖风融融，催开一路豆蔻韶华，绽放又一季希望的花蕾。

三月芳菲，恰逢姹紫嫣红。墙角的花，你是否还在孤独地守望，静候生命最完美的邂逅？我知道此时的你一定蕴藉了满身的光华，在晨曦薄暮中舒展嫩绿色的水袖，让夕阳的余晖装点你腮边的微红。然而，一季一季的花开过后，是一次又一次希望的升腾与幻灭。徘徊在得失求弃的边缘，那是生命最无奈与悲凉的挣扎。我知道你不需要蜂围蝶阵，不需要腾腾烈烈的花开，不需要喧喧嚷嚷的溢美，只需要你生命中的那个唯一者，那个一千人中之一人，静静地走来。在流泻的光影中带着淡淡的感伤向你走来。然后静静地驻足在倾圮的墙角，那一刻生命仿佛被点亮了。于是那饱蘸的色彩，那氤氲的幽香，那微微的震颤，一切都有了存在的意义。

风过，雨疏。

风停，雨歇。

满地残红点点，怎一副血流成河。

散就散了吧，败就败了吧，倘若无那爱花、懂花、护花之人，这一抹嫣红赋予谁赏，这一缕芳魂竟为谁香？叹一声美人迟暮，红颜舜华怎抵得过凄风苦雨的下；诉一句生命须臾，纵使春华正浓，怎奈何内心凄妻凉凉的惨。下一个春好再不做那俗事傻事，只剪短了红袖，掩却了风流，换得半世逍遥。

高傲如你，清冷如你，在这墙角，花开花落，终其一生。

在你眼中，那满园春色不过尔尔。富贵如牡丹，美则美矣，只是那美失之含蓄。妖娆如桃花，娇则娇矣，只是那美太过轻佻，缺少了一份庄重典雅在其中。再看那赏花之人，喧喧闹闹的，沸沸扬扬的，只是一群附庸风雅、流连忘返的凡夫俗子罢了。于是，我失望了，绝望了。那一场邂逅终归只是镜花水月，空悲切。

你只是太过骄傲，放不下身段去与百花争艳。命运将你摆在了一个尴尬的位置：安于平静却又不甘于寂寞。韬光养晦却又渴望着那样一个人，爱你，懂你，护你。你的孤傲清高灼人眼目，你的冷落疏离拒人千里。于是人们绕路而行，又何必去碰得那一鼻子灰呢？你是那高台上起舞的清影，在自我构筑的牢笼中孤独着，寂寞着。你只是太过正经，容不得一丝玩笑。于是生活变得失质而平板，在一天天、一年年单调的重复中渐渐地失去光泽与弹性，渐渐地枯萎与凋零。其实又何必这么执拗呢？真正的严肃往往貌似玩世不恭，大悲者也总是以戏谑嘲弄人生。你可以骄傲，但你不可以高傲；你可以独立，但你不可以疏离。当骄傲变成高傲，当独立演化成疏离，你便会明白，再美的花，只一支，也成不了风景。

宝剑落地时，芳华弹指老。

诚然，你可以等待，但你又有多少青春可以蹉跎？你又有多少精力可供挥霍？命运的邂逅也许一生只得一次，错过了，就不再来。佛说人有三毒：贪、嗔、痴。太过于执拗，便会陷入生命的死胡同而不能自拔。为什么不换一种眼光看这个世界呢？你会看到百花竞艳那勃勃的生机，你会听到络绎不绝对生命的赞叹，你会感叹道原来生命从来不是那层层的负累。当你学会包容，当你懂得主动，你生命的花朵才开放得鲜活而美丽。

墙角的花，下一个春季愿你拥有最完美的邂逅。

（选自《雁阵》第 59 期）

怒放，生如夏花

陈　佳

在一片姹紫嫣红中，盛夏悄然来到，热情奔放的六月如期而至，六月，承载了太多的回忆，太多的故事，酸甜苦辣，种种滋味……

六月，高三，大学，梦想，人生。

去年的这个时候，我还在斑驳的日记里梳理着自己的梦想。我喜欢在晚上，倚着教室外走廊的栏杆，静静地仰望夜空，遐想，带着些许稚嫩的洒脱。还会趁着宝贵的十分钟，奔下五楼，去操场释放。每个夜，都会看着那些斑驳自然的树影，摇曳、婆娑。在那些青涩的年轮里，挥霍、张扬。

记得中指被笔杆压得红肿，连呼吸都是试卷的油印气息，堆砌起来的书，完全遮住了我们弱小的身影。半夜了，耳朵边还重复着范玮琪的那首《最初的梦想》，用轻快的节拍，默默地给自己加油。多少沮丧，多少孤独，多少默契，手还连在一起，没有到达那里，就不会半路返航。

高考过后，就像郭敬明写的一样，青春散场了。于是之前所有的不甘，都被隐藏了起来。重新微笑起航，开始一个崭新的旅程。

因为相信，只因为相信自己和别人一样，相信别人可以做到的，自己一样也可以。就这样坚定地相信，没有后悔，也没有怨言。因为不管曾经做过什么，那都是自己的选择。自己的选择，是不可以抱怨的，只能自己承担，所以决定好好地待下去，好好地生活，要“生如夏花之绚烂，死如秋叶之静美”。

夏花，在阳光最饱满的季节绽放，似精灵般奔驰、跳跃、飞翔。人生，也要在最美丽的季节起航，划出流星般绚烂的生命轨迹，才会在以后回想起来的时候，记得自己的天空中曾经出现过那么璀璨的一刻……正如朴树在他的歌曲《生如夏花》中所唱“惊鸿一般短暂/像夏花一样绚烂/我是这耀眼的瞬间/是划过天边的刹那火焰”。夏花、火焰、惊鸿一瞥，不一样的美丽，却是一样的短暂。青春如诗，岁月如歌，只有奋斗过，才不会留有遗憾。

只有在人生的长河里，充实地生活过、爱过，无声无息地奉献过，才能像绚烂的夏花、静美的秋叶一样，既拥有如火如荼的热情，也不失温婉安静的柔美。

花开、花落，是四季的轮回；日出、日落，是太阳的轨迹。那么，人生呢？我们可以像花儿一样一遍又一遍地感受世界的美好吗？花开花落，是四季的规律，人生易逝，也本是生命的无常。使生若夏花般灿烂，才能寻求一种让死若秋叶般静美的意境。如果我们的一生，从来不曾如夏花那般灿烂地开放过，没有经历过夏天的丰润繁盛的招展，那么当秋天来的时候，当它在秋风中翩翩飞舞着离开这个世界的时候，或许心中留下的就是怅然与失落。因为，它不曾精彩灿烂地走过四季。

就像人在生命的四季里，如果在春天，不勃勃生机；在夏天，不灿烂盛开；在秋天，不果实累累；那么，秋风起兮，寒风怒号，当他回归到大地、归根入土的那一刹那，是多么遗恨终生啊！春华才能秋实，如果没有经历一个精彩的人生过程，归去的时候，又怎么坦然自若，又怎么静美如秋叶？

人的一生，可以平凡，但绝不可以平庸。充实地活过，炙热地爱过，在生命要结束的时候，才能优雅地飞舞着，静静地离开。像花一样，在属于自己的季节里，绚烂地绽放。

生如夏花，尽情燃烧，哪怕只是耀眼的瞬间，覆水难收的岁月或许不为清越的风铃驻足，不为炽热的夏花惋叹，却为生命的无怨无悔喝彩！

（选自《雁阵》第59期）

想把我讲给你听

高翔宇

我九十岁了。

有人说，人活到一定年龄就不愿意庆祝生日了，因为那意味着自己又老了一岁；但再活得久了，到六十岁、七十岁时，却又要热热闹闹地庆祝一番，庆祝自己获得上天的垂爱，得以多了一些坐在摇椅上回顾往昔的空当。

折合成人的年龄，我已到耄耋之年，大概是一个鬓须皆白的老叟了吧，颤颤巍巍地拄着拐杖慢行，享受秋日暖暖的阳光。其实之于学校，我也算是充满历史气息。时间如朔风，我便如大漠中的大石。岁月积淀，虽相貌依旧，但骨头的缝隙里，却藏着风儿留给我的故事。

我想把这些故事讲给你听。

讲我与中共同年，书写中国崭新历史的那一页，用我的笔墨；

讲为我定名时的起起伏伏，“河北大学”这个名字，并不只是几笔横竖撇捺；

讲我增建学科，挥洒着无尽的意气风发；

讲我培育英才，展示着惹眼的英姿飒爽；

讲我知天命之年迁址保定，古城因我散发出文明的光亮；

讲我“文革”时期所遭所受，挫折过后是厚积薄发的实力；

讲我近年来的新发展、新动态，老当益壮，受之无愧！

还有我一年一更新的孩子们，你们创造的和正在创造的奇迹，我都记得；你们建立和即将建立的团体，我都在期待。

我的年纪大了，不能再像年轻时那般滔滔不绝，我只能在这薄薄的书页上，写下一直萦绕在我心头的故事，讲给你，也讲给我自己。

明慧如你，定不会厌烦我的追忆，对么？

那，就开始吧——

（选自《雁阵》第 60 期）

几许烟雨红尘梦

祝　曼

婆娑岁月，飘荡在青春落幕的旅程；破碎的时光，涂鸦给远方连天的水墨。一弯皎月，几许烟云，逝去的青春，勾勒出臆想的身影，那曾承载过我的梦；痕迹犹存，飘过几缕相思的哀愁……

梦醒了，我的青春结束了，再也回不去了。梦中曾经有过的雨下得丝丝心痛，身边的人渐渐远去，留下的唯有伤思的哀愁。冬恰似一个梦，落地无声的飘雪，纷飞在这凉意肆虐的世界，冰冻了我已久的心灵。

往事如烟，轻轻地飘走，最终消失在我青春的空间中，最终沉淀在我沉重的心里。记忆中，总有那么一些人，就像是七色彩虹糖，甜甜的在心头，抹也抹不走，纵然时间苍白，也无法让我对你们的思念减半。

就让我做一支睡莲，淡淡地绽放，温柔有关我们的前尘往事；那一缕缕馨香温暖你我的记忆，重温我们关爱彼此的过去。

还记得过去吗？我们曾一起走过那阴幽的走廊，口中还数着"一、二、三、四、五……"当时的四眼妹们，现在可以退去稚嫩的

“包装”，裸露内心的热诚了吧！可我情愿你们依旧是那淡淡的百合，做个淡静如水的女子；平静如水，温柔淡泊，守望着只属于自己的那份幸福。

我渐渐习惯冬的寒冷，又愈发怀念秋日的阳光，还记得我独坐窗台，披着阳光的外衣，就像你们在身边的温暖。冥想时，泪已到嘴角……是我太想念了吧，泪是苦的。

其实我想一直装作乐天派，给你们带来欢乐和未来。可我的青春就如同刚过去的秋天，留给我太多的遗憾。我的青春也恰似秋天，虽感伤他的离去，却感激在那些个美丽的日子遇见无数个“你”。友谊是我青春的主旋律，你们永远是主打歌曲。

回眸过去，像我们年轻的时候，那些称之为梦想的原动力。若是诗，哦，充满着梦幻与朦胧，摇曳的是我们未来的影子。想想十几岁的天空，一切甜蜜与忧愁。一直是个有梦的人，那么美的未来却总在梦中出现，然后哭着醒来。我似乎又在怀念过去那个娃娃时代，可以偏执地走自己的路，让别人去说。任性的年纪一去不复，是因为成长，给自己涂上太浓的妆，连自己都不认得了。

过去几年陷入青葱的岁月，品味着，到今天，到此时此刻，像一场雨，一场梦，来得突然，走得迅速。喜欢雨，丝丝沥沥打在脸上，是天空在陪我一起掉眼泪……我又想化身为林徽因笔下的一盏莲灯，静静地亮着，温馨我们的似水流年，那一束束亮光，闪烁在你我心扉，重纳我们为彼此心跳的过去……

还记得那天午后慵懒的阳光，梦幻的桌上
我亲手写下的一篇文章
记录着喜悦，也抹去了未曾露面的感伤
知道那只是暂时

可是要等到几年后的今天，才敢拿出来晒晾
肆意编织的美梦
是刻意隐藏的创伤

流走的那些时光
全留有我对未来相遇的遥想
那么美的季节，只希望丝丝沥沥的小雨
融化掉心中不死的忧伤
最好是在南方，油纸伞撑在头上
心跳压过雨声
看见你急急地跑来，雨水打在你的发上
……
就这样，两颗怦然跳动的心最终相撞

（选自《雁阵》第61期）

逝水流年，许了一世温暖给我

刘巧巧

一本旧书，书写一段历史；一首老歌，歌唱一段岁月；一方回忆，忆起年少又轻狂的曾经。

——题记

晚来风急，秋风惊起无数落叶；枯叶旋转，心中荡起阵阵涟漪。喜欢一个人独自走在校园中，看，夜阑珊；听，雨轻落。喜欢抬头凝望夜空的点点星光，任思绪飞，回眸逝水流年。

时光荏苒，转瞬间，又是多年以后；岁月流转，方寸间，已经沦为陈迹。然而每一段消逝的流年里总会留下些许走过的痕迹……

想念曾经的童年，想念花开的春天，想念和小伙伴玩耍时纯真的笑脸。我们在童话中长大，每个女孩都有一个小公主的梦。是否还记得，我们会趁爸爸妈妈不在家的时候，小心翼翼地试穿妈妈的连衣裙，偷偷地把小脚丫伸进妈妈的高跟鞋里，甚至会在镜子前扭来扭去，神气极了！是否还记得，每当我们迎着晨光和夕霞挎上小书包走在熟悉的路上，耳畔传来鸟儿悦耳的歌声时，我们听到的是整个世界的慰藉。是否还记得，每当除夕夜大院里花灯如昼，人影如潮，我们穿新衣戴新帽在热闹中忘情穿梭时，我们感受到的是整个世界的喜气洋洋……儿时的我们像花儿般尽情地怒放着生命，从不用担忧自己的前程，现在回忆起来都欣然有种非凡的超越感。

中学时代的我们，徘徊过多少忧伤，残留着多少单纯，迷茫过多少未来，洋溢着多少天真无邪。那时候，我们有点儿肆无忌惮，打着劳逸结合的旗号将“逸”发挥得淋漓尽致而“劳”却无疾而终。那时候，我们会和知心好友手拉手漫步于操场上，相互诉说着羞于表达的懵懂爱恋；那时候，我们也不得不为应付深恶痛绝的考试而通宵达旦，挑灯夜读；那时候，我也曾在一片雪白的丁香花海中找到一个八瓣丁香，却怜爱得舍不得摘下，只是双手合十，默默地许下一个愿望：我一定要嫁给心中那所梦寐以求的大学。那时的那时，我们痛过、笑过、努力过，甚至绝望过、堕落过，只是我们不曾失去过青春独一无二的朝气蓬勃，我们不曾放弃过为理想和梦想插上翅膀的风雨兼程。

时间不愿停住它的脚步，如今我已经走过大学的三分之二。我们即将告别一段纯真的青春、一段年少轻狂的岁月、一个充满幻想的时代。忘不掉橙色的大一，新鲜而灿烂，热烈而紧张，第一次加入社团的好奇，第一次考试的紧张，第一次获奖的激动……无数个第一次历历在目，仿佛又回到了起点；忘不掉绿色的大二，悄悄地写下一年的奋斗目标，始终在那个属于自己的角落里挥洒汗水，终于盼得一天青春拔节生长，梦想接近现实……没想到记忆再度被拾起时，才发现一切都走得那么匆忙，只不过每一个场景，每一个画面，每一个故事，都温暖如诗。如今我们面临各种选择，考研、出国，抑或工作，可是无论选择是对与错，当大学这唯美华丽的银屏垂垂落幕时，我们终将散落天涯，各奔东西。

她们都说，我是一个怀旧的孩子，喜欢翻看照片或听一首老歌，回忆着那些如诗的岁月。她们还说，我是一个安静的孩子，一个人微笑、哭泣，一个人独当一面。只有我自己知道，我用二十一载的春秋支起了欢乐、梦幻、希冀、理想，可我并没有支起一个真正强大的自己。我知道，从现在开始，我必须像一个苦行僧一样披荆斩棘，把绵绵的回忆化为顽强的生命力，弥补我那迷失的光阴。

在这个渐入初冬寒气逼人的夜晚，在这个荡漾着满满回忆的夜空下，我感受到了前所未有的温暖。我努力告诉自己，时间的流逝不是消失或变老，而是某些事情的尘封和心态的成熟。我们无法抓住时间，却可以在有限的生命里演绎多彩的人生。

回眸逝水流年，许了一世的温暖给我，看陌上花开，且行且吟。

（选自《雁阵》第 61 期）

Endless Summer

高翔宇

应该说，像欧洲杯这种体育方面的盛会，大多数女生应该不会过多关心的吧，比起熬夜看一群男人跑来跑去，或许会更多地关心新买的面膜能不能让皮肤更水嫩。

之前在网上看到一个给女生用男朋友和情敌的比喻讲解“越位”的笑话，自己看了半天还是云里雾里，也许是自己没有长负责体育那方面的大脑吧。

你可能会说，既然你什么都不懂，你还来说欧洲杯干吗呢？搜索关于欧洲杯的资料时看到了欧洲杯主题曲“Endless Summer”（《无尽的夏天》）的介绍，一时好奇便听了一下，突然想起“音乐没有国界”这句话，跃动的节奏让本来在高温的室内产生的烦躁瞬间变成了想要和人分享快乐的喜悦和热情，这应该就是音乐的魔力吧。

第一次听这首歌，感觉很适合在万人集会的宽阔的广场上，和自己并不认识但脸上都洋溢着友好而真心的笑容的陌生人一起随着音乐摇摆。因为之前并没有过多的关注，以上的画面都是我的想象，相信在开幕式上应该和我的描述没有太多出入吧。

然后又不知怎么地想到，如果和一群朋友看，即使大家都没什么兴趣，也会看得兴致盎然、津津有味吧。记得上高中的时候学习繁重，基本都没什么时间看电视、上网，因为课程原因，老师给放的《百家讲坛》，大家都能看得笑出声，我想，并不是因为内容搞笑，而是因为大家“一起”。

又到一年毕业季，网络上各种感怀毕业的文章、帖子、微博，各种或严肃或搞怪的毕业照，校园中各种面临分别的泪水和各种最后一次的放肆，宿舍楼下已经不知道连续多少天有学长们对着窗户喊话表白唱歌了，最后一次和相处四年的兄弟们挥洒一下自己可能快走到尾声的青春，虽然以后回想起来还会说自己当时年轻，但一定在回想时都是笑着的。

在这个夏天，球员和球迷在赛场挥洒自己的汗水和泪水，校园中，即将毕业的人们也在肆意地挥洒汗水和泪水。欧洲杯四年一次，大学生活也是四年。在或期待或不想面对的心情中迎来了各自的庆典，终究会在心中留下不可替代的印记。

欧洲杯，加油！

毕业生，珍重！

（选自《雁阵》第 63 期）

十八岁后，你向我撒娇

冯　媛

老爸，我们拉钩，十八岁后，你向我撒娇，好不好？

十八年，你筑给我一座城，不曾金碧辉煌，却攒进全部的幸福荧光，闪烁出照片中一段段的幻影，璀璨光芒，映出一段段过往，是甜蜜的撒娇，是幸福的感动，是不曾相让的争执……

为什么，你总是给我幸福的甜蜜，而我在有时候给了你不相让的对与错，最后却总是你说对不起？那是爱的包容。为什么，你能把我从四层的教室背下，和着汗水我看到了你的劳累，而我却不曾真正的背起你，抱着你，笑着甜蜜？那是爱的辛苦。为什么，六年，我的寄宿生活中，一直的一直，杵着你的身影，曝晒着你的翘首，没有风雨，没有阴晴，一直延续着那个约定？那是爱的坚守。为什么，你能在我的背后付出那么多，牵挂那么多，而我总是想象着你的舒心，依旧着我的乐呵，不曾想过家中的你会期盼着我的电话，不曾想过电话响过，你是那么的欢乐，而我是一如既往地撒娇，填满我内心的幸福？那是爱的惦念。为什么，你总是来看我，却还是打出那个给老师的电话，总是问不饱地重复着那几个问题？那是爱的相信。为什么，每次回家你总是要称一称我的体重？那个月的我轻了八斤，你看到这个竟然哭了，我心中高大坚强的父亲，有一天，为了我，哭了，那是爱的疼惜。

习惯了被爱的甜蜜，习惯了被爱的呵护，习惯了被爱的一切拥有，而有一天，我突然长大了，好想给你一辈子的习惯了的被爱，因为，你给我的，我还一直拥有，而我暂时没给你的是未来我对你的好，我还没有全部付出，所以十八岁后你向我撒娇是我给你的幸福承诺。十八岁后的我，是你的守护者。

还记得吗？我们总是一起被妈妈批评乱买垃圾食品，总是一起吃零食，还笑着彼此，开心地吃完，好像打了胜仗一样。我们从对方的嘴里咬另一半食物，开心地咀嚼，我们会互相笑笑，说“你好胖”，顿时脸蛋上的食物渣掉满一地。这时我们又免不了挨批，又悻悻地落荒而逃，躺到沙发上，静静地，等着那个声音的降临，还互相摸摸彼此圆滚滚的肚肚，开心地笑着彼此胖乎乎的脸，肥肥的身子。

还记得过去的你 shopping（购物）从不记价钱，从不砍价，而现在的你，却会计算着 money（钱），buy（买）着东西，是发扬中华民族勤俭节约的美德吗？可你买的东西越来越围绕着我，却从不计价钱，你告诉我说这是更年期，真的吗？那这个更年期是专门为我设立的吧，老爸？

你现在总说老了，可我总觉得你还是很年轻啊，会想你变得好没有斗志，懒洋洋，可我不曾想过，你会真的觉得累，却从不愿给我说，好朋友的我们也会有不告诉彼此的秘密。好女儿也会有不理解的附加，叠成累累的山头，压在你的心窝，却没有想过给你一个肩头，让你撒娇地靠一靠。

十八岁后的我，许下一生的诺言：

爸爸，我们拉钩，以后让我爱你多一点；
爸爸，我们盖章，以后我的肩头你来靠；
爸爸，我们复印，以后我的守候你来要；
爸爸，我们签名，以后你来向我撒娇。

（选自《雁阵》第 65 期）

离开是另一种旅行

——写给《雁阵》

杨 华

一直想写些文字，犹豫到现在。

前几天杂志社办活动，把那四十几本珍藏杂志交到学妹手中的时候，竟感到前所未有的沉重。临近期末了，有种错觉，是到了不得不失去什么的时候了，失落。

看到它第一眼的时候就爱上了，雁阵，离天空很近吧？那个我们只能仰望的地方。随后便是三年时光荏苒。岁月滑落到眼前，搅乱思绪，模糊了黑白。不断地提醒自己：不过是要离开，离开曾经那个温暖的开始。离开曾经疯狂的二十一二岁，离开操场尽头温柔的夕阳，离开这个把梦想蹂躏得体无完肤的校园，去开始另一段孤独的旅程。

清明去了野三坡，毫无计划，只是想遇见一些风景。沿途并不拥挤，可能是山里比较冷的缘故。天气还不算暖和，山是光秃秃的。站在山脚下仰望，陡峭的石阶确实令人不禁胆战，小伙伴们投来挑衅的目光，于是便一起颤颤巍巍地上路了。一路走着，时时能听见流水叮咚作响。想拍张风景照留作纪念，思来想去，还是喜欢那种仰望时一眼就能看尽的群山环绕的天空。来到回音壁，却异常静寂，没有人声吵闹，可能是怕说了什么被人听去了吧。鼓了鼓勇气，在众目睽睽之下对着天空大喊，当作是一种放肆的疯狂。

旅途不知不觉就到了尽头。看，就连旅行的结局也是离开。或者，离开，也是另一种旅行。

时常去走一些路，看一些风景，听一听自己的心。或者只是为了找寻某些人留下的痕迹，捡拾一些错过的心情。越来越不想让任何人成为自己的习惯，因为那样，便容易割舍，就连旅行也会变得简单，只要照顾好风景就可以了。

要离开了。离开一段过往，离开幼稚的自己，离开那些我喜欢着的人们，撇去所谓的眼光和不舍，去遇见另一种时光。慢慢地，接受化妆，喜欢高跟鞋，拒绝齐刘海，丢掉双肩包。喜欢安静的时候喝一点苦丁茶，细细品味，却发现喉咙深处分明是淡淡的甜。

开始向往更遥远的地方，假装那里有更强大的自己。朋友问："你甘心吗？"我答："但求无悔。"如果放弃短暂的安乐，可以遇见更美好的未来的话，那就出发。

群山绵延的尽头，铁轨，荒草和夕阳，蔓延……

（选自《雁阵》第66期）

因为你不是我

冯颖君

假如你喜欢我，我并不会欣喜若狂。因为你不是我，你怎么知道我有意无意掩饰的缺陷，它们每一个连我自己都嫌恶。假如你厌恶我，我并不会无地自容，因为你不是我，你拨不开偏见和误会的层层云雾来审视我，只有我知道，它们笼罩着的那颗心有多么真诚。

因为你不是我，我的喜怒哀乐，你又怎么会体味入骨。若你是路人，你或许会冷眼旁观，莫名其妙；若你是知己，你或许更多的是因我喜而乐，因我悲而伤，我的心绪你怎能尽懂？

因为你不是我，我站在南墙之外，带着伤疤的你拉我担心我撞破头；我停在三岔路口，你从那条弯路上跑来叮嘱我，怕我选择错。我像一棵树的幼苗，你像一个园丁，不断用力修剪我的枝杈，用绳固定我的生长方向，因为你想让我长得更高，更好。可是，你不是我，我的确信服你的忠告，可我也不怕撞在南墙，后悔比疼痛更让我痛苦；我当然羡慕你走出的成功，但我也要走一走那条弯路，教训比忠告更让我记忆深刻。你不是我，你怎知我在敬重你的同时又多么想要冲破你的束缚？

因为你不是我，弱水三千，我只愿取你瓢中之水，而你眼中心里，早已被她灌溉；满城风絮，我只想收藏一片落叶，可它早已为别人枯萎。寒风不懂花儿需要温暖，凛冽严冬，是它尽情表达的爱抚，却换来花儿的躲避；你也不懂我的落花有意，我的金石不开。

因为你不是我，你我再近也永远隔着两层肚皮，你看不到我的真心。你不会完完全全知道在那件事情的真相中我的想法。舞台上的聚光灯，它可以为了赢得你的喝彩把我捧得那么光鲜无暇；媒体的断章取义，它常常为了博取你的眼球把我唾骂得体无完肤。你不是我，众口可以铄金，何况你我之间又岂止一片悠悠之口相隔。你永远看不完整那件事情的真相，你永远对我心存怀疑和些许偏见，因为你，不是我。

可是这又怎么样呢？我们每个人都不是别人肚中的蛔虫。所以你我不断交流，又不断磨合，我们也只能这样来相处啊！我深深地感谢你的信任和善意，我也用真心去相信你，就像你包容我一样。我的父母前辈们，你们不是我，但我深深感谢你们对我无私的爱和殷切的期许；我的爱人，你不是我，但我仍然感谢你的出现，仍然铭记你带给我的快乐；我的观众，你不是我，但我依旧相信你没有恶意，你只是不小心被舆论利用……爱我的人，你不是我，但正因为你不是我，你却可以包容我的一切，不求回报地爱我，我因此深感幸运和可贵。

所有我遇见的人，我都用真心感谢你们，因为你们不是我，所以你们让我感受到了这世界的孤独，却又让孤独的我因有你们而感谢这世界。

（选自《雁阵》第 68 期）

目　送

曹玉茁

太奶奶的老屋在离爷爷家五里以外的麦场旁。老屋的确够老，是民国时候建的房子。房顶高高的，上面是一根根粗木桩，窗户用棒支着，开和关时都要听得满耳的吱呀。可外面的枣树却将季节轮回体现个彻底。尤其一场雨，浇得树叶油亮。

我是在这里看到她第一眼。那时她还很好，爱笑，爱说，爱用她的手慢慢摸我的头，也爱问一句，妞妞——想太奶吗？我不说话。她也只是笑，再到里屋给我拿吃的。当时我的确没想过一个人过日子的她，怎么能在这样老的房里成功地找到小孩儿的零食。

那些年回家，我都是一次变个模样，一次变个性格，可太奶奶却老是那一个样，头发稀疏花白，不瘦，手指却细，腿弯着也没妨碍她走路。只有一样，她眼泡愈发地泛白肿胀了，我才知道那是因为这一大家子。她大儿去世得太早，留下四个伯父。二伯父家表哥赌博输了钱，家里都给败光了，年年不回来，留下老婆孩子一个人在外做鞭炮生意。外面风言风语，好多人说是二娘之前做了很多不对的事，现世报就来了。听一次，太奶奶就哭一场，她不出声哭，只是抹眼泪，嘴咧着，难受的样子。我一去了，说太奶怎么哭了?”她立刻就止住哭，摸着我的头，笑起来，暖，“我家妞心疼太奶奶嘞。你以后要孝顺，知道吗?”我点点头。

听到我们一家很好是太奶奶最开心的时候。她一开心就笑起来，也是咧着嘴，露出半颗已发黄的门牙。太奶奶出生在最乱的那几年，她没有上过学，但是极力要我们上出学来。以前听妈说爸小时候死活不要上学了，从学校跑回地里，拿起锄头凿地，直到中午也不肯回家。太奶奶听说后拿着棍子追到地头上，看见太阳底下的父亲，又是恼又是疼，最后还是一棍子下去，将父亲打回到教室去。后来父亲全县第一考出来，太奶奶终于露出笑模样，逢人便说上一番。我回去，跟她说我的成绩，她听不懂，可还是瞪大眼望着我使劲听，她嘴上嘀嘀咕咕，仔细听才知道，是一串的“好好好”。

老屋的门老，窗老，炕老，连凹下去的门槛也都是年纪。可这样的地方反倒叫人看不见时间在走，因为前前后后的时间叠在一起太长，这一会儿就微不足道起来。我还和以前一样，只要一回老家就来老屋，每次都能看见灶台上摆着些剩饭，汤汁凝住，菜的颜色极暗了，还是摆在那。可我每次去吃的都不是这些。太奶奶叫我到老屋吃饭，我见她蒸包子，大大的一个，馅儿填满了里面所有的空间，她还给我做鲜蘑汤，我吃，她望我。半晌，又是用手摸我的头，“你要多吃，你太瘦，知道吗?”我没有走心，只是“嗯嗯”地应着，她又说：“要带回去几个太奶做的包子么?”我笑说不用，城里卖包子的不少。她点头，笑望，只是没露发黄的门牙。

升了学后，我很少回乡下，也就更少回老屋。等我再次见她时，她腿还弯着，但早不是之前利索的那样了，走路挪着步子，头发还是那样白，只是稀稀拉拉的，贴在额头上，露出不太白的头皮。我见到这样的她，心里一沉，“太奶，”我叫一声。当时我盼着有另一个太奶从另一边来，步伐快而有力。可是眼前的就是她，因为那个笑容我还认得，我心口生疼，像是被人捶打。她干活，抱着玉米到院子里靠着墙，一级一级地缓慢地走，我帮她，可心里想以后她一个人怎么过？这时我闻到她身上玉米柴草混杂的气味，夹着老屋的味，我的胃竟然一阵翻滚，难以控制的反胃感。这一趟临走的时候，妈妈给太奶奶口袋里塞些钱，太奶奶拿几张偷偷塞给我，我又坚决地推回去，掖到她口袋里，她抿了抿嘴，好像往肚子里咽什么。后来我在城里听说，四爷爷和六爷爷因为钱打起来；再后来我听说亲戚又少了几位，我渐渐习惯。过年的时候我回家去，要去老屋却不敢再次面对她，我怕她又变瘦几分，又常哭，我不知道怎么劝她好起来。但我还是走到老屋，这时候老屋已经一片冷气了，沉寂得直晃眼。我不敢和她有再多一些的对话，只是重复"太奶奶，身体健康，新年快乐"。她看起来很开心，我酝酿半天，说一句："太奶，我给你长脸争气，没什么怕的，你好好保重自己。"她表情很难看，像在笑，可更像是要哭。终于，她手摸我的头说："妞最争气。你好好学习，多吃饭，多吃肉。"我点头，可又怕起来，于是赶紧借故走掉。

那也是我最后一次看见太奶奶。

她走得很快，也很安静。只是前一天又有儿孙惹她伤心的事，她走到四奶奶家哭。四奶奶正和别家亲戚给儿子结婚做喜被，丧着脸说喜庆的事为何来扫兴？太奶奶被赶走了。半夜我被父亲的抽泣声吵醒，不知为什么，头一样想到的，就是太奶奶。

我又想到老屋的里里外外，永远泞着泥水的砖地，洗衣盆，旁边的肥皂还湿着。破旧的门窗，里面的灶台上摆着陈菜，昏暗的屋子，发黄的墙。我的太奶奶就是在这样的环境中离开，也要从这里归于泥土。

不知道我怕什么，总之就是怕。所以我不敢踏前一步，走到她的棺材旁。我心里内疚又悲痛，对于她，我总是怕，又总是在怕之后后悔。回城的路上，妈妈说太奶很安详，好像在睡觉一样。我听了眼泪突然就止不住，忍了忍还流，擦了擦，又出来了。

我忽然想到小时候和她在一起，回去时她送我。我们穿过胡同，穿过长街，过了麦场，这时我们要分开，我说："太奶别送了，回吧。"她笑着点头，挥手。我记得那时的她一笑还会有整颗门牙。我走着，她停下，我回头，看见夕阳下那样瘦小的她在望我，却止不住脚步。再回头，她已消失在一片暮色中，我仔细看也再找不到她了。

我知道要向前走，总要先告别。

我知道这些年我们互相目送，连同喜悦、苦涩、孤独，一起包在目送的眼神里。我擦干眼泪，此时初春，花朵将绽未绽，新的一年要来了，无数的生命要在这片土地上重新拉开帷幕。

（选自《雁阵》第 69 期）

十八岁，一场青春的旅程

苏婉凤

长大的岁月里，我们从未变化，只是越来越清晰地成了自己。

——题记

十八岁，就是一场狂想曲，每个少年都在声嘶力竭地唱着自己心中七彩斑斓的梦。

文艺点的，总是每天抱着吉他在树下哼唱；

多情点的，则是马不停蹄地赶着各种约会；

安静点的，就伴着午后阳光和各种浪漫腹黑男主或呆萌女主邂逅；

听话点的，大多都只能待在教室里和各种真题厮杀。

而十八岁的我，既不疯狂也不想听话，只是每天按部就班，过着看似繁忙实际又倍感无聊的学习生活。最大的乐趣便是和一群死党玩闹，躲在被窝里看着青春电影，陪着男女主角，或欢笑，或叹息；抑或者，一起奔到学校外头，捧回各种小吃和一袋又一袋的零食，到操场看看星星听听歌，幻想幻想未来；要不然就是恶搞班主任的照片，给前桌贴纸条，学人家扔纸飞机，对着学妹吹口哨；再者，就只能去饮品店里，聊聊韩国欧巴和偶像的各种娱乐新闻。

但是，更多的时候，我要面对的是升学的压力、父母的要求、不断的考试，还有一沓沓摞起来的试卷和练习。固定规律响起的铃声，按时走进教室的老师，以及万年不变的课程表，这种每天没有丝毫变化的生活开始让十八岁的我感到恐慌，仿佛一不小心走进了一个永远绕不出去的圈子，每一天都要见着同样的情景，做着同样的动作，甚至连呼吸的频率、节奏都要是一模一样的。时间好像就这样被永远定格在一个点，类似无声电影里的黑白画面，无论你怎么挣扎，怎么呼喊，都不会起任何波澜，更不会有任何变化。

然而，某天的清晨，当我无奈地听完父母定时而来的长篇大论，又意外地看完了一篇煽情的旅行博文之后，我终于选择仓皇而逃，偷偷订下了第二天去云南的大巴票。几个约好了的死党，因为怕父母训斥，悻悻地选择放弃行程。而我，却不知道哪来的勇气，收拾好简单的衣物和生活品，就等着第二天的出发，丝毫不记得我将会是孤身一人出发。或许是因为我对一成不变的生活太过厌倦，又或者是因为我对一段未知的旅程和一个未知的世界太过期待。尽管订票前一天我还在跟隔壁家的五岁男孩儿玩积木，尽管从未独自一人出远门，尽管我还是所有人眼中长不大的孩子，十八岁的我还是坐上了大巴，跨越几个省份奔向了一个只在地图上见过的陌生城市。

开始行程后，我才发现，坐大巴真的是旅游的绝佳方式。大巴上的时间尽管过得缓慢，我却丝毫不觉得无聊，反而为能静静地欣赏一路不断变化的植被，不断出现的特色的建筑，以及越来越奇特高耸的峰岩而欣喜。就这样，安适地躺在床铺上，听着和缓的音乐，看着一路变换的风景。我甚至会有一种错觉，仿佛一伸手我就能去触碰到时间，然而我只是静静地感受着，让它从我的身侧缓缓淌过。

一路上，丝毫没有在学校里三点一线的那般压抑，我能感觉到隐藏在内心深处的另一个我正慢慢被释放出来，那或许是一个流浪不羁、渴望摆脱所有束缚孤身去远方的文艺少年。

一场旅途，最美的不一定是路上的风景，也许还有那一场场的邂逅。当我们遇见不同的人，感受不同的认知和风情，才会发现，满世界都是阳光灿烂。

第一场邂逅是在大巴上，隔壁铺的男生来不及吃早餐，我便把自己多的饼干面包给了他，结果一路上我们结伴而行，聊着各自的兴趣和生活，车停时一起吃饭，互相提醒对方上车。虽然是一个人出行，我反而没感觉到孤独害怕。一直到大巴停在了云南昆明，我们才各自告别走上不同的旅途。我先是定了一个旅馆住了下来，之后便用百度搜了搜景点，准备隔天去看看。一直到夜里，我才被自己的举动吓到，原先未曾感觉到的孤独害怕，瞬间从心头涌出。不过，后来因为太累了，也就渐渐进入了梦乡。隔天清晨，我打了电话给几个死党。忘了电话里说过什么，只记得她们的不可置信，以及她们心中也想出行的激动。然后，就是电话筒里传来的家人的责骂了。不过已经到了这里，他们也只能责怪几句，后来只是说幸好有一个表哥就住在昆明，给了我们两个互相联系的方式。

我匆匆吃完早饭，便坐车去了西山，沿着山路和石梯，跟着人群上了龙门、太华寺、三清阁和聂耳纪念馆。在山顶遇见一对情侣，他们爬到顶峰上的巨石，在他们的脚下便是陡崖，再往下便是静谧无垠的滇池。我看着很是佩服，他们鼓动着我上去。然而，我只站了几秒钟，便被那高度吓到，回到地面上，感觉自己又重生了一回。然后，我就和这对萍水相逢又爱玩的情侣一起继续游览，买了食物一路吃着下山，接着又是分别。

后来一路去了丽江古城、茶马古道、普者黑、文山，一路上遇见了不同的人，不同的暖意。有退伍军人，有旅行的大学生，还有美国来的一家六口。一个来自沈阳的阿姨，总是叫着我“丫头”，直到今年来河大，还发着 QQ 说沈阳离河北不远，邀着去沈阳玩。

最后我还是回了家，在父母的教训下，乖乖学习。然而厌倦一成不变的我，却依然总想着法子，去摆脱那类似无声电影的单调生活。我搜罗着网上的各种食谱，开始制作各种小吃，烘焙着西点蛋糕，也学着调配不同的奶茶饮品，以此来填补无味的生活，顺便满足吃货死党的嘴。大人们指责着我的异常举动，然而，他们并不了解，十八岁的我们只是想要去拥有一点自己的主动权，不希望我们的十八岁，就只能在题海里沉沦。

十八岁，从未想过要浪迹天涯，却又一个人旅行到远方；

十八岁，从未想过要心灵手巧，却又烹饪着南北方不同的菜肴；

十八岁，就像是石子入湖，激起阵阵涟漪，却终究会归于平静。

也许十八岁的美好，在于我们总想要去导演自己的人生，总想要去添一抹不同的色彩，却又迷茫前行的方向，最终在误打误撞中，展开了一段意料之外的旅途。然后开始邂逅美好，遇见失望，偶尔会憧憬于未来，也偶尔会挣扎于现实，渐渐地，我们都学会了成长，学会带着阳光不断开始新的旅程。

致我们走过的，青葱的，迷茫的十八岁。

（选自《雁阵》第 70 期）

成　年

肖媛兮

1

那一年，我的爷爷六岁。

在春天开始的日子，万物都以放肆的姿态生长着。

和村里的孩子一起割猪草回家的爷爷，在村口的迎春花丛中挑选了最艳丽的一朵，小心地捧在手心，想象着曾祖母收到这可人的礼物眼眉拉扯出的细纹，爷爷傻傻地对着手里的花笑着，不觉察之中吸入春意十足的花粉，爷爷呛得打了个喷嚏。

伙伴们吆喝着让爷爷走快些，好赶在家里其他孩子回来之前到家吃上一口热饭。爷爷是不用急的，家里只有他一个孩子了，曾祖母总会在一盘烂青菜叶里挑出几根好点儿的留给他。但爷爷想赶在母亲的头发染上柴灰之前回家把迎春花戴在她的发间，告诉她春天已经来到，不用担心家里的余粮熬不过那个寒冷的冬天了。这样想着，爷爷加快了脚步。

春天的天空高远，背上的汗水浅浅地浸染贴身衣物，被风一吹，爷爷打了个冷战。

爷爷回到家的时候，春风吹过院脚的梨树枝叶，从破碎的风中传来母亲撕扯的哭喊声。爷爷把手里的花揉成一团，扔在泥土里。

爷爷说，那个年代的人，很容易就会品尝到绝望的滋味，那种哭喊即使在只有几岁的孩子的记忆里，也是很常见的。

那个时候爷爷家可以用家徒四壁来形容，院子修了一半没有砖了，空在那里，年岁久了，像残垣断壁一样触目惊心，爷爷的父亲说等有钱买砖了再把另外半个院墙砌上，一晃几年过去了，还是没等到家里有钱买砖。

而现在，再也等不到院墙砌好了。

正是山花烂漫的时节，爷爷没了父亲。

2

那一年的春末，家里杀了仅有的一只鸡。

这只母鸡在本该下蛋的时候被上门讨债的人狠狠地摔了一下，从此不孕不育。曾祖母被怒火和绝望推着向前，把手里的砍刀横向了那只鸡。还是个孩子的爷爷在旁眼睁睁看着母亲的眼泪滴在母鸡光滑的羽毛上跟鸡血混合在一起。

太阳已经很高了，鸡汤的香味浓郁得像是要把时间困住。曾祖母把碗筷放在矮小的饭桌上，对爷爷说，现在好了，家里只有我们两个活物了。

爷爷不知道自己和母亲还能在这世上熬过多少个春天，彼时的爷爷只是很想念再小一点的年岁里，家里热热闹闹的光景。

那个时候，家里还有两个哥哥，生活也不似现在这么拮据，曾祖母的娘家是小地主，曾祖父身体健壮，干活利索，家里的粮食地也打理得很好。本该生活无忧，但生活又岂会这么便宜人？在别人的羡慕声中，曾祖父却渐渐沾染上赌博。后面的事情可想而知了，曾祖父输光了家产，被人扣下，曾祖母向娘家求救，最后娘家人也懒得管了。四处借钱的后果就是众叛亲离。

比爷爷大两岁的两个哥哥想补贴家用，去市集卖鞋垫，再也没有回来。从此曾祖母就时常站在门口朝村口望。

曾祖父痛改前非，耕起了几乎荒废的田地，可上天偏不给他创造浪子回头的机会，这个时候生了重病。

自曾祖父去世之后，爷爷替曾祖父扛起了锄头。

3

又一年的春天，冬天的痕迹还在树梢挂着，人们就迫不及待地想为它添点热闹。

曾祖母穿上那件红衣的时候，歪着头看了一眼，曾祖父已有几棵春草爬上来的坟头，然后转过头走进了摇头晃脑地吹着唢呐的人群之中。

爷爷是曾祖母再嫁带过去的拖油瓶，在这个新家里，还有几个孩子，而爷爷始终是个外人。在这里，无非就是亲妈顾不上、继父眼中钉的故事。为了让母亲在新家不至于处于尴尬的地位，年仅八岁的爷爷主动提出离开这个家，去别处讨生活。

机缘巧合之下，爷爷到了当地一户人家给他们家放牛，从此就住在牛圈整夜整夜拥着动物的臭气入眠，白天的时候牵着两头牛上山坡吃草，遇到大旱的时节，山上的草也少了，别家的放牛娃年纪大些，爷爷抢不过他们，只好另觅他处。本村里只有这一座山，最近的山头在离这里很远的一个村庄，爷爷每天清晨背着一个比人还高大的背篓出发，要走到太阳升起一半了才能到，牛吃草的时候，爷爷就在附近割草。

赶上炎炎夏日，烈日当头，毒辣的阳光刺透补得不能再补的薄薄衣物，皮肤感到生生的疼痛。通常情况下，爷爷放牛一趟就会湿透衣衫。一身的汗臭味混合着牛呼吸出的浊气，纠缠着爷爷，但爷爷却为这真实简单的生活暗暗庆幸。

当初摘花的手早已成了握镰刀的手，爷爷的个头儿也一长再长。

爷爷除了给这户人家放牛之外，还主动承担了给两个年老的雇主洗衣服的任务，这家人心地善良，给爷爷做了新衣。爷爷感激两个老人的信任和好意，给家里干活就更卖力了，而这些，两个老人都看在眼里，感叹爷爷是个好小伙子。

一天放牛回去的傍晚，黄昏的颜色把整幅画面渲染成诗情画意。两个老人等爷爷把牛关进牛圈后叫来他，递给爷爷一本发黄、边角被虫蛀烂的书，说这是他们儿子小时候学字的时候看的书，拿给爷爷让他去找隔壁的教书先生。

爷爷感动不已，每每把二老的恩情挂在嘴边。爷爷也不负两位老人的恩情，才半年的工夫就熟识了一本书的字。

从这时起，爷爷成了一个识字的放牛娃。

4

爷爷常说自己运气太好，遇上一家心地善良的人，但，后来爷爷才知道，两个老人对他好的原因是因为心有愧疚。

那个年头，家家都贫困，家里有牛的都是让自己家孩子出去放，谁也不愿意花钱请放牛娃。村里人在外面请的放牛娃把家里的壮牛牵出去卖了的事情早已不是新闻。两个老人年迈，儿子前段时间吃鸦片死了，没办法才从路上把爷爷捡回家当放牛娃。爷爷人小，不要工钱，只要有着吃食就好。

起初的时候，两个老人还提防着爷爷，怕他也跟其他放牛娃一样把家里的牛牵出去卖，他们在爷爷牵牛出去的时候不远不近地在后面跟着他。爷爷常去的那个山坡因为大旱草少了，别的牛吃过就更没多少了，爷爷大老远地到处去问哪儿还有青草茂盛的地方。这时候急坏了两个老人，以为爷爷在打听卖牛的事，回家就把牛锁在牛圈里，正准备把爷爷拖过来痛打一顿再赶出去，爷爷却自己急匆匆地冲进来跟两个老人说自己找到一个不远的山坡有茂盛的青草，而且少有人去。两个老人姑且信了爷爷的话，想着明天再跟着出去看看。

第二天清早，爷爷早早地把牛牵出去，一夜没睡的两个老人在后面生怕跟丢了，爷爷走得快，心里七上八下的两个老人跟得更急了。那条路是通往别的村庄的，离市集越来越远了。老婆子跟老头子说恐怕那小孩儿真是去放牛了，老头子半信不信，还是想跟着爷爷去看个究竟，跟上了爷爷的步伐。久没有人走的路上，杂草顺着小路疯长，缠着脚的老婆子被一条结实的藤蔓绊倒，开始抱怨老头子。已经跟不上爷爷的步伐了，他们不得已只好回家。

天快黑了，爷爷还没有回来，老头子急了起来。正在骂着老婆子耽误事的时候，爷爷背着比人还高一截的牛草回来了，满面笑容的爷爷打消了老人的顾虑。

冬天的时候，家里的粮食不够吃了，爷爷在山上挖了野红薯回来，起初老头子还害怕爷爷是想毒死他们，后来也慢慢被爷爷的真心感动。

爷爷说，这世上的恩恩怨怨不过就是缘分的事。缘分没到，遇也遇不上；缘分到了，就是恩情；缘分过了头，就是怨愤。

我不知道爷爷说得对不对，但我想总有他的道理。

5

爷爷长到十六岁的年纪，已经长成高个子身强力壮的庄稼人的模样，继父在这个时候想起了这个流落在外的儿子，把爷爷接回家的那天杀了家里的一只鸡，鸡汤的味道让爷爷回忆起多年前的那天，母亲跟自己说家里只有我们两个相依为命的活物了。

回到继父家后，爷爷教家里的人识字，给他们讲新鲜的故事，帮着家里做最重最累的活儿。他怕别人说他回来是没有用的东西，他想用自己的劳动让继父家的人多尊重一点母亲。

村里的人都知道了爷爷的事情，到处都传着爷爷的故事，都夸爷爷勤劳、任劳任怨，能有这样一个儿子是继父家的福气。

因为爷爷的出现，闲下来的继父开始酗酒。一次在外面听到别人说自己对亲儿子宠溺，对爷爷刻薄，大发雷霆，回到家开始揍爷爷的母亲，爷爷跑过去挡他的拳头，拳头不停地落下，爷爷没有反抗。爷爷的母亲哭着喊着却也无能为力，继父的家人在旁看着，谁也没有上前阻拦。

这次挨打之后，爷爷说话就没有以前利索了，有时候说几个字就开始结巴。家里的人开始嘲笑他，说他就是个种庄稼的命，还真以为自己是文化人了。

爷爷并没有受这些耻笑的影响，他还是每天都笑嘻嘻的，就像从不曾经历过苦难似的。

曾祖母四处奔走托着娘家的关系把爷爷送到镇上一个砖瓦厂搬

砖。在这里，爷爷靠着自己的人缘认识了好多人，也跟着他们学习技术，后来获得多人推荐，不再搬砖，成了正式的员工。

村口的迎春花又开了，这一年的春天果然又来了。

6

爷爷对待工作可以说近乎狂热，爷爷吃的苦太多，所以懂得工作来之不易，所以懂得努力的重要性。但这个年代的人谁不是经历过生死磨难的呢？所以爷爷懂得必须要更加努力才有出头之日。

在厂里待了不久，由于工作认真负责、对人友善谦和，爷爷成了全厂皆知的人物。这个时候，继父又来找到爷爷，给他带了好些酒，说自己当年打人是一时糊涂。

原来，是他继父的儿子想去当兵，但没有人推荐，心想着爷爷认识的人多，想让爷爷帮着打点打点。爷爷听继父说出口，想都没想就答应了。

继父的儿子如愿去了西藏当兵，临走之前还在爷爷的职工房里娶了媳妇，爷爷笑得眼睛里有东西在闪烁，像是看着自己结婚了一样。

砖瓦厂的人都说爷爷要工作不要命了，爷爷经常是最后一个吃饭的人。那个时候，很多人都过着吃不上饭的日子，饭点一到，每个人都放下手头的活儿冲向食堂，当然更不会有人给爷爷留着饭菜了。

一天，爷爷完成了手里的活儿，去食堂的时候看见又是饭菜一空的景象，于是去了厨房。

在隔壁厨房洗菜的姑娘听到像耗子偷食的声音，拿着扫帚准备去抓耗子，但走进去一看，没有耗子，是爷爷抓了一把生米在嚼着吃，牙齿与坚硬的生米搏斗的声音让人听得心疼。

从那以后，那个姑娘就总是给晚下班的爷爷留一碗饭菜。

后来，那个善良的姑娘成了我的奶奶。

再后来，就有了几个姑姑和我爸爸，然后再有了我。

7

爷爷跟我讲他的故事的时候，长满皱纹的脸上满是笑意，我笑着说：“爷爷你就编吧，编得跟真的似的。”在一旁听得认真的姑姑不高兴了，说：“你爷爷年轻的时候吃了好多苦，不许这么跟爷爷说话。”

一向风趣幽默的姑姑这么严肃地批评了我，让我一头雾水。后来姑姑跟我说，爷爷经历的苦痛我们永远都不会懂，因为我们永远不可能再置身于那样一个艰苦的环境。所以，那是连玩笑都开不得的故事。

是的，爷爷的成长经历我们不可能亲历，那个时代的人的苦难换来了我们安逸的日子。有句话说，当你觉得自己过得很好的时候，实际上是有其他人替你承担了苦难。我想，爷爷必是为我承担苦难的那个人。

还记得去年寒假结束回学校的时候，我起晚了，家里人忙着帮我收拾行李，一家人急匆匆地赶到机场，爷爷在我下车的时候想跟我再嘱咐几句，但由于爷爷的结巴，哽了好久都没有说出来，我不耐烦地说马上就要登机了，然后提着行李头也不回地就走了，把训斥我的爸爸和还想跟我说话的爷爷留在身后。

在机场的时候，我脑子里一直出现爷爷那双刚动过白内障手术的眼睛，像是有眼泪，像是在对我说话。

爷爷的牙都掉光了，但爷爷不愿让我看到他孱弱的样子，每次我回家他都是戴着假牙，忽略脸上的皱纹和老年斑的话，还好像很年轻的样子。但上次回家没跟爷爷说，撞见没有戴假牙的爷爷，我差点认不出他了。我眼泪一下子就出来了，转过头闷声叫了声“爷爷”，那个时候我才发现，爷爷都八十多岁了呀。

我一直都对在机场的不耐烦而耿耿于怀，原来我从来都没有长大过。

我这十八年的成长还不及爷爷几岁的心智。爷爷从六岁就开始懂事，开始承担，我想，爷爷的十八岁大抵是从那个时候就开始了吧，他们从那个时候就步入成年人的行列。那个年代的人，没有无处安放的青春，他们只是每天都在思索怎么安放自己的生活。

可以说，爷爷从六岁就开始长成了十八岁的样子，而我呢，却从十八岁才开始成长。

（选自《雁阵》第70期）

飘向北方

乔亚杰

北方人喜欢冬天的雪，甚至那漫天大雪。就如南方人喜欢江南的梅雨，倾注于她的温婉和柔情一样。北方人会对着一个又一个寒冷的冬天，一场又一场铺天大雪，发出会心的微笑，或者慨叹着：冬天来了，大雪小雪又一年。更多的目光，已穿越飘雪的冬天，看到了春的繁华，秋的收获，这种漫长的等待，也是一种幸福的过程，这似乎成了由来已久的象征和寄托。

北方以特有的旷达、粗犷，接纳雪的归来，亦如迎接他远游了很久的亲人一样，不是那么喧嚣，而以自己沉默厚重的情怀，默默斟满酒盏里浓浓的亲情，对饮，相醉，带着温度的暖意在心间缓缓流淌。那些翩翩而舞的雪，或者静然悄落，或者自在飞扬，每一款身姿都摇出一个季节的梦想。因为有飘雪的风景，让人怀念出多少晶莹温暖的日子。在斑驳的流年里，无论你是孤独寂寞，还是颠沛流离，都会触摸到一丝丝的暖。穿过那些记忆，心已经在不经意间平静如水。

雪，不慌不忙地飘着，如绵帛般轻柔，亲昵地扑向广袤的大地，从未计较它的荒芜或者污浊简陋。纯白晶莹，以它游子般的赤诚，以它历经千山万水的坚韧性格，义无反顾地踏上这场无归又无悔的历程。宛如一首气魄宏大的抒情诗，或一场独特精致的盛会，深情款款，素颜倾城。惊叹的眼神里，若仙姿曼舞，让所有的过往都在清浅的时光里，温暖前行。

冬的冷寂在此时也丰盈起来。

欢喜，期待，都在这个飘雪的日子，悄然而至。揉一抹暖意，走过夏暑秋凉，伴随月辉星辰。在这片土地上，沧桑而繁华的岁月饱含着浓郁而芬芳的滋味，反复斟酌，清唱。

人们经年不息地穿梭于这片土地，一年四季忙碌于生活，而只有这个季节，才让人静默，矜持，才可以静静地回味闲逸的时光，错过的芳华。整个冬天，北方都枕着雪安睡，温馨而宁静。倘若穿过一条长长的路，无论延伸到何方的路，那么静静地走着，都会感觉到雪后的阳光，满含着寒冷而清新的气息，清洌得犹如琼浆，洁净透明，晶莹剔透。目光凝视远眺，苍茫，辽阔，雪的青白直到天地尽头。河流，沟渠，田野与白雪融为一体，起伏错落。那散落的村庄，若留白处或浓或淡的落墨，点染苍山远景的画幅中。几缕袅袅的晨烟从铺雪的屋顶飘摇而出，稀薄而静谧地氤氲在白杨林里，缠绕绵延进熠熠的光线里。光线穿过原野一层淡淡的光，落在雪面，虚虚实实，闪烁飘逸，若即若离。心，顿时恍如一部童话般晶莹闪亮。

季节来了，又走。不断更迭的轮回里，我们走出去，心却又被拉回来，目光里，更多出一份从容和坦荡，安静和深沉。回首过往的岁月，只是这个季节，如此厚重，如此抒情，因为雪，倾此一生演绎一场呢哝温情的恋曲，缱绻着乡情、亲情和恋情。

那曾经散落在雪地里的笑声，那多年后还记得的依依不舍的初恋，那曾经吹响传出很远的唢呐声，曾经热闹的鞭炮和绽放的烟花，花枝招展的秧歌队和高高的大红灯笼……所有和雪有关的日子，那个纯真年代的真实在眼前一闪即逝。那些简单的欢愉和幸福，都在岁月间滑落，只有在飘雪的季节，在心自由飞舞的片段，才会保留最单纯的微笑，安静地守着生命里那一片净土。

有雪的日子，是慰藉心灵回归的日子，平和，幽静。

飘雪的地方，是你我心底软软的暖。

（选自《雁阵》第73期）

我和“兵哥”的一面之缘

赵文华

去年7月份，我非常有幸得到了去北京新东方实习的机会，也是一次缘分的安排，让我遇到了“兵哥”，很想把人生中这一次难忘的经历记录下来，遇到的每一个人，发生的每一件事，自己每一天的点滴进步……然而，让我印象最深刻的还是“兵哥”，用当今比较流行的一句话来讲，“兵哥”真的是微薄收入群体里的一股清流。我今天要讲的“兵哥”，不是帅气的部队里的当兵人员，也不是众多迷妹口中的国防生，他，只是工作在基层的一名普普通通的小保安，是个助人为乐、憨厚老实的小保安。

也许是命运的安排，也许是缘分的注定，机缘巧合，我被分配到北京的半岛燕山校区，那个校区位于偏远的郊区，可以说在繁华的帝都，这里算是门可罗雀了，除了一天能数过次数路过的公交车，其他的出行工具非常少，出租车也很少见。但是，这样偏僻的环境不能阻止任何积极向上的心态和满足的幸福感。“兵哥”就是一个很知足的小青年，虽然工作比较累，工资比较少，住宿条件也很差，但是，他的脸上总是挂着满足的微笑。

我们之所以称他为“兵哥”，不仅是由于他的工作是保安，还因为他的名字的最后一个是“兵”，“兵哥”的称呼由此而来，这既能体现我们对他职业的尊重，也显得比较青春有活力吧。“兵哥”是山西人，年龄比我大不了几岁，可能是由于身子微胖，加上一身保安服，显得比较成熟，他的眼睛很小，小到笑起来眯成一条线，肉肉的脸上挤出两个小酒窝，显得很憨厚。

对“兵哥”的初次印象是一天晚上，我和另一个小伙伴出去买东西，走了很远的路，倒了两趟车才找到一个超市，对于接下来的不到一个月的生活，我们做着最充分的储存准备，由于出去一趟十分不容易，我们买了好多东西，对于两个弱小的女生来说，拎着几十斤的东西走了好几公里，已经体力不支了。正在我们几近绝望的时候，在寂静的街道远处传来一阵哒哒的脚步声，回头一看，是“兵哥”。还没等我们向他求助，“兵哥”已经主动走到我们跟前，接过了我们手中的两大袋物品，帮我们拎回校区。在路上我们边走边聊，才得知“兵哥”每天都要出来夜跑，一跑就是几公里，他说，虽然白天很累，但是也要坚持锻炼身体，只有身体棒，才能有更多精力投入工作，说完，又憨憨地笑了，额头上的汗珠在灯光下隐隐闪烁。

以后的日子，“兵哥”更是充分地展现出了他实诚的一面，每天都会随时帮助我们搬东西，而且几乎是只要有求于他，他总是能够做到。7 月的天气是非常炎热的，中午 12 点的太阳威力也不言而喻。我们这帮与世隔绝的孩子由于受不了当时的“囚禁”生活，方圆几里买不到水果，一个个全都上了火，嘴上的泡直往外冒。“兵哥”看到后，说自己知道在几里之外有个小水果摊，坚决要趁中午自己休息的时间出去帮我们买水果，我们都阻拦他，说中午的太阳太晒，怕他中暑，但是“兵哥”憨憨一笑，说：“没事儿的，我跑得快，一会儿就回来了。”然而可惜的是，那天中午水果摊没有出摊，他白跑了一趟，我们也就把买水果一事抛在了脑后，但是，“兵哥”没有忘。第二天，是个雨天，晚上九点多，我们正在忙着整理东西的时候，“兵哥”打电话让我们去门口拿水果，原来，昨天中午白跑了一趟，“兵哥”并没有罢休，又利用晚上下班的时间冒雨出去帮我们买水果。就是这样的“兵哥”，总是把别人有心无心求助他的每一件事都尽到自己最大的努力，当你向他表达感谢的时候，他却总是给你憨憨地一笑，仿佛帮助了别人是他最开心的事情，无论自己付出了多少。

时间很快，兼职的日子很快进入了倒计时，有一天，“兵哥”找到我们几个班主任，十分真诚地跟我们聊了会儿天，原来这次座谈却是“另有原因”。他说，他很早就不上学出来打工了，这次正好遇上我们，请求我们把学生们不要的书都给他，不要扔掉或者被保洁卖掉，他很想学习，想要在工作之余弥补人生的缺憾。我们知道“兵哥”服务的是住高档酒店的人，但是自己住的是阴冷的地下室，灯光微弱，他打着手电筒看书学习。结课后，我收了班上很多学生们扔下的书，装在箱子里，送给了“兵哥”，他脸上的憨笑带着感激，也闪烁着求知的光芒。他说，每天看一点，总会看完的，每天学一点，总能学会的，自己上学时没好好读书，现在开始努力也为时不晚。对，“兵哥”说得对。我们都不知道他为什么辍学，但是，他抓住了一切可以学习的机会弥补自己，在艰苦的条件下毫不放弃的精神是十分可贵的。

自从离开半岛燕山，我就再也没有见过“兵哥”了，我们也没有联系过彼此，偶尔过节的时候，“兵哥”会发一条祝福的信息给我：“某某，××节快乐!”称呼却把我写成了当时的另一个小伙伴。我猜“兵哥”或者是没有写备注，或者还分不清我们几个班主任谁是谁，但是，看到消息，我都会发自内心的开心，脸上露出像“兵哥”一样的憨笑。不知道“兵哥”现在是否还坚持每天夜跑，也不知道他自学完几本书了，但我敢肯定的是，他一定还在每天力所能及地帮助着需要帮助的人，并且脸上带着憨憨的笑，也从不求回报。

（选自《雁阵》第75期）

谢谢你的出现，未来请各自安好

李　真

从此，我所有的动态都将与你无关。不知道哪儿来的勇气，将所有与你有关的东西都删了。删完之后觉得心在隐隐作痛，然而哭着哭着却笑了。

欣和志是初中同班同学，高中同校不同班，本希望大学可以去一个城市，一个学校，然而，欣发挥失常了。两个人一个去了南方，一个留在北方。从此，“地下恋”升级为“异地恋”。大一开学前，两人曾相互许诺，考研要考到一个学校。

两个人都是彼此的初恋。初中时，青春期的互相吸引，两个人偷偷在一起了。小心翼翼地，不敢让父母察觉，不敢让老师知晓。假借问问题之由，两个人悄悄地说上几句话。晚上放学后，所有的同学老师都走了，他俩才敢手拉手走出校门。然而，无意中，被严厉的班主任发现了，便开启了约谈双方父母的过程。在父母苦口婆心的劝告外加恐吓之下，欣哭着和志说分手。

凑巧的是，两人高中考到了同一所学校，可是不同班。初中时候的感情虽是青涩的，却在彼此的记忆中从未褪色。

欣和志又在一起了。不同班，班主任的严加“看管”毕竟少一些。再加上渐渐长大，两个人的胆子也大了一些。下课铃响起，志便在欣的班级门口等她，欣跳着蹦着跑出来，撞到志怀里，两个人手拉手去吃饭。晚上放学后，志送欣到宿舍楼下，欣腼腆地在志脸上一吻，笑着跑进宿舍。两个人就这样谈着美好的校园恋爱。

然而，老师发现了这一对情侣。在双方班主任的联合下，两个人纷纷被请回了家。此时的欣，多了一份执拗，她不再那么胆小，她坚定地向父母表示，要和志在一起。不去学校上课，她就在家自学，因为她曾和志约定，要两个人一起考××大学。这对志而言，较为轻松，可是对欣而言，这所大学尚不在她的能力范围之内。在家自学了一段时间后，欣和志回到了学校。他们向老师、父母保证，感情不会影响学习。欣也确实比之前更加努力，她不想被志落下，也想向老师、父母证明自己。

一模、二模、三模，欣正常发挥，她和志差距不大，两个人基本能上一所学校。三模过后，两个人散步，欣撒娇地和志说，到了大学，我要天天黏着你，和你一起吃饭、一起上课、一起旅行，你陪我逛街，我陪你看球，我们要一直一直不分离。

高考结束，出成绩的那个晚上，欣放声大哭，她发挥失常了，她不能和志一起去××大学了。她努力了三年，最终被他落下了。她和家里大闹，要去志去的城市，即使去读一所二本学校。可是，她没能拗过家里，在父母多方考虑专业、学校等因素后，她去了南方的一所学校，与志去的学校——××大学，相隔千里。

走过了初中、高中，大学彼此遥遥相隔。开学报到前，欣哭着和志告别，志将她搂在怀里，在耳边告诉欣：“傻瓜，我们会依旧等待彼此，等待四年后我们在同一所学校相遇。”

刚开始，异地的爱情，因为距离格外多了一层美感。然而，时间终究是最大的敌人。欣难过的时候，志却不在身边。志生活学习上遇到瓶颈，欣无法为他分忧。刚开始，两个人可以坐长途火车去看彼此。可是，渐渐地，学业繁忙起来，彼此聊天见面的机会少了，再加上双方所处的环境不同，偶尔观点的冲突，互相的不理解。他们甚至一周都不打一个电话，这份爱情败给了时间和距离。

最终，欣和志和平分手。谢谢你出现在我的青春里，带给我无数美好与憧憬。现在，我不再为你动心，未来请各自安好。

有人说，失恋后最难熬的是晚上睡觉的时候和早上醒来的时候。一天结束与一天伊始，你都不在，我要独自面对这个世界了。欣和志并未忘记彼此。也许走出这段感情，彼此都需要更长时间吧。

至今，欣和志都一个人。对彼此都交付过真心，再将心交给别人，就难了。失恋后，两个人渐渐地越来越像彼此。失恋后最难熬的，莫过于把自己活成了他。说他爱说的口头禅，吃他爱吃的东西，按照他的方式去生活。不经意间察觉，却发现养成这个习惯很久了。

谢谢你曾出现在我的青春里，谢谢那些年我们深爱过的彼此。往事难以释怀，就把它交给时间吧。未来，请各自安好。

（选自《雁阵》第 79 期）

诗缘情，忆难忘

刘桐宇

孔子云：“兴于诗，立于礼，成于乐。”生活不只是眼前的苟且，还有诗和远方。只要我们沿着古人的妙笔生花一路上溯，就一定会找到那片诗歌的天地。

中国自古以来就是一个诗歌的国度，从先秦《诗经》、魏晋南北朝的《乐府诗集》到唐诗宋词；从古典诗歌到早期白话文诗歌；从现代诗歌到当代诗歌。不同的时期，都有不同的诗歌特点；不同的诗歌，都有着不同的时代回响。

“蒹葭苍苍，白露为霜；所谓伊人，在水一方”这是《诗经·蒹葭》里面的情缘，在白露时分，寻找属于自己的那个挚爱，是如此浪漫与美好；“在天愿作比翼鸟，在地愿为连理枝”这是唐诗里的情缘，坚贞的爱情，向世人诉说着不老的千古情话；“两情若是久长时，又岂在朝朝暮暮”这是宋词里的情缘，鹊桥相会，恋人相依，心手相牵，永不分离；“天若有情天亦老，人间正道是沧桑”这是革命诗句的一世情缘，积极乐观，给人以激情，给人以慰藉。当这些无数的情缘编织成的幸福璎珞，属于你也属于我，属于我们热爱生活，感悟生命的每一个人。

“胸藏文墨怀若谷，腹有诗书气自华。”不错的，读诗，我们不仅可以提高自身的文化素养，而且我们还可以在这些诗文的字里行间中，体味那传承千年的文化气息和穿越时空的岁月积淀。

“海内存知己，天涯若比邻”这是初唐四杰之一王勃的呐喊；“仰天长啸出门去，我辈岂是蓬蒿人”这是盛唐时期诗仙李白的壮志豪言；“感时花溅泪，恨别鸟惊心”这是处于安史之乱动荡岁月中，诗圣杜甫的低声沉吟；“夕阳无限好，只是近黄昏”这是晚唐诗人李商隐的无限哀愁。在政治清明、文化繁荣的唐王朝，曾涌现出一大批优秀的诗人，如王维、李白、杜甫、高适、岑参。在他们其中或是宫廷诗人，或是边塞诗人；或是田园诗人，或是山水诗人。他们用诗歌去抒怀，借诗去抚慰自己和他人的心灵。那句“天生我材必有用”给人一种无穷的自信；那一联“开轩面场圃，把酒话桑麻”给人带来一股亲近自然、超凡脱俗的清风；还有那一篇《登幽州台歌》、那一首《山居秋暝》，每当读起时，总会令人无限感怀。这种感怀或许就是我们与诗歌的一世情缘，每当回忆起总是令人心神往之。

上下五千年，大梦无边，梦回大唐可看见，遗留的诗篇；纵横九万里，大爱无言，一曲长歌可听见，拨动的和弦。这就是唐诗缘，忆难忘。

如果说唐诗是中国古典诗坛的珠穆朗玛，那么这一阙美妙的宋词，就如同江南水乡的潺潺溪流，清澈见底，如鸣佩环，缓缓向东流淌而去。

“无可奈何花落去，似曾相识燕归来”这是婉约派词人晏殊《浣溪沙》中的伤春惜时；“知否，知否，应是绿肥红瘦”这是李清照在酒醒之后的无限感伤；“但愿人长久，千里共婵娟”这是豪放派词人苏轼在中秋之夜，向世人献上的美好祝福。

聆听宋词，你会感受到那个古韵犹存的传世佳作；聆听宋词，你可以走进一片流连忘返的文学天地；聆听宋词，你将会慢慢体味那份情缘的难能可贵。这种情缘，忆难忘！

“枯藤老树昏鸦，小桥流水人家，古道西风瘦马。夕阳西下，断肠人在天涯”，这首号称“秋思之祖”的《天净沙·秋思》，传诵千年。

一首秋思，道出多少游子的乡愁；一首秋思，诉说多少人的离愁别绪；一首秋思，回到梦中的故乡；一首秋思，梦里落花知多少……

无论是唐诗，或是宋词，还是元曲。历经岁月的洗礼，流传至今，这是诗词与中国古典文化的不解情缘，这种情缘使得古老的东方文明源远流长，灿烂瑰丽。

“两只黄蝴蝶，双双飞上天。不知为什么，一个忽飞还。剩下那一只，孤单怪可怜；也无心上天，天上太孤单”。这是胡适先生1917年2月发表于《新青年》杂志上的新诗《两只蝴蝶》，它也是中国现代文学史上第一篇白话文诗歌，正是它拉开了中国现代诗歌的帷幕。

“轻轻的我走了，正如我轻轻的来；我轻轻地招手，作别西天的云彩。那河畔的金柳，是夕阳中的新娘；波光里的艳影，在我的心头荡漾……”这首新月派诗歌经典的代表之作，作者徐志摩用轻盈柔和的语言，精巧圆熟的形式，虚实相间的写作手法，为我们描绘了一幅幅流动的画面，勾勒出一处处美妙的意境，成了徐志摩众多诗作中的绝唱。

提到现代诗歌，大多数的诗作都诞生于民国时期。民国时期的中国文学无论从内容上，还是从形式上，都呈现出一种崭新的局面。

素有“民国四大才女”之称的林徽因，因才学横溢、文采脱俗而受中国文坛的一致好评，每当春暖花开的四月，人们总会想起她的那篇《你是人间的四月天》。这篇创作于 1934 年清明时节的诗文，用明快的诗歌节奏，朗朗上口的语言叙述，向人传递着那份爱的赞颂。

“你若安好，便是晴天。”出自大家族的林徽因，不仅在文学领域里留下了经典的文学佳作，而且她还用自己的智慧和才华，为华夏儿女留下了一座永不忘却的历史丰碑——北京人民英雄纪念碑和那枚庄严的中华人民共和国国徽。

如果说热爱，我想有一位诗人不得不提起，他长期在自己的桌案上，笔耕不辍，情系着祖国，歌颂着人民。当祖国大地蒙受日本侵略者铁骑肆意践踏时，当中华民族面临狂风暴雨、生死攸关时，他愿化成一只穿越了狂风暴雨、嘶哑歌唱的飞鸟，去苦苦地低声沉吟着：我爱这土地。他就是现代著名诗人——艾青先生。

这位被誉为“吹芦苇的诗人”，用自己的诗作，歌颂着伟大的劳动人民，歌颂着太阳和苦难的中国。他也是最早走向世界的中国新诗人之一，他的作品让中国新诗成了 20 世纪世界诗歌史上最重要的组成部分。

从胡适先生到民国诗歌巨匠徐志摩，从一代才女林徽因到“吹芦苇的诗人”艾青，他们用自己的语言，传递着不同的思想与情感，用自己的创作赋予了诗歌不同风采与内涵，同时也为我们勾勒出一幅色彩斑斓的现代诗歌的美丽画卷，这幅画卷凝聚了深深的诗歌情缘，令人终生难忘。

“所有的日子，所有的日子都来吧，让我们编织你们，用青春的金线和幸福的璎珞编织你们”，这是 1953 年当代作家王蒙先生为长篇小说《青春万岁》写的诗序。

自 1949 年新中国成立至今，中国的诗歌进入了一个新的纪元，当代诗歌紧随着时代的主旋律，为我们带来了一首首经典的诗作。

烟雨蒙蒙的江南，鸟语花香的乡村，总是在我们的梦中反复出现。当我们被黎明的光线击中，当我们睁开双眼，那梦中的江南也许就是山雀子噪醒的江南。江南的乡土诗人饶庆年为我们描绘了一幅如诗如梦般的江南景象。

“山雀子噪醒的江南，一抹雨烟，到处是布谷的清亮，黄鹂的婉转，竹鸡的缠绵。”江南乡土诗人饶庆年，用清秀隽永的文笔，宛转悠扬的声音，为我们描绘了一片美丽的世外桃源。山雀子的叫声，不仅唤醒了江南的春天，更唤醒了人们心中对现代诗歌的热爱与赞美。或许，这就是我们与当代诗歌的一段情缘吧！

诗歌是诗人心灵的跳动的窗口，人类的诗歌史，也是人类的心灵史。可以说在每一个人的心中，都有一份属于自己的诗歌纪念。

在诗歌的记忆中，我们从凤凰涅槃走来，面朝大海，我们迎来了春暖花开的日子。此时此刻，诗里诗外，我们感受到了伟大的时代脉搏的跳动，感受到了一个民族的激情、梦想和光明。

祝福我们的诗人，用他们美妙的歌喉歌唱我们的祖国，我们的人民，我们的土地；祝福我们的诗人和我们的祖国一样，拥有一个更加美好的明天，就让我们一起面朝大海，春暖花开。

诗缘情，忆难忘，我们以诗歌的名义相逢；诗缘情，忆难忘，我们以诗歌的名义相伴。诗歌是美好的，诗歌是感人的，让我们一起品读经典，传递真情，传承文明。

有梦想的人，终将会因努力而成功。

（选自《雁阵》第 79 期）

我心中的姑娘

——我与《雁阵》的故事（一）

鹿　航

火热的夏天，恰逢河北大学百年校庆和中国共产党建党百年的双节狂欢，我的姑娘已经二十四岁，婀娜娉婷，靓丽自然！

我并不清楚她近二十年是怎么生长的，这让我回忆起来有点儿惭愧，但看到她现在的样子，亦甚是欣慰。强拉之前的记忆，有些许累，许多东西好像已经模糊远去，还有许多东西好像轻飘飘的，不值再提，被记忆镌刻的那一小撮儿，我四下寻找，一个个点，才重又在心湖泛起涟漪。恍惚间又看见我们，年轻的身影在脑海中跳跃，音容笑貌里的感慨总是年轻，年轻的心、年轻的声音、年轻的步伐，书生意气，挥斥方遒，那真是青春最好的模样。弹指一挥间，大学毕业已二十周年，世界发生了翻天覆地的变化，不知道谁还记得《雁阵》最初的样子，记得《雁阵》试刊是一张手刻油印小报吗？记得《雁阵》的第一期封面吗？记得她什么时候变成彩色了吗？记得她里面曾经刊发过的至少一篇文章或一帧美图吗？甚至，记得她曾经的竞争对手——《直觉》吗？1998 年 3 月，《雁阵》创刊，并在不久的将来，被打造成管理学院的一张靓丽的名片。那时，我们计算机课学的还是 DOS 系统，与人联系使用的是电话卡、BP 机，手机四后才开始流行。

寒来暑往，雁飞雁归，本以为妆点我们青春的《雁阵》是我们生命里的过客，现在看来，我们成了她生命里的过客。感谢一届又一届雁子们贡献自己的聪明才智，打造出一座朴实无华的雁之巢，为《雁阵》遮蔽了一路的风雨，让她在一年一年的接力中坚定地、义无反顾地走下去，这很不容易；感谢每一位为《雁阵》投稿的作者，你们心中装载着爱和星辰大海，你们创作出的每一个字成为《雁阵》绵延不绝的生命动力；感谢河北大学及管理学院这个平台，这是《雁阵》赖以生存的土壤，滋养着《雁阵》的灵魂和百年来的河大人；感谢《雁阵》，让我们成为她生命中的过客，让我们互相成就美好。

飞扬跋扈的青春里一定有一句话是让人记忆深刻难以磨灭的，不知道现在还有多少河大人敢喊出那句："北大清华是人才辈出之地，河北大学未尝不是藏龙卧虎之所。"我们喊过，我们努力过，我们现在依然在努力着，在不断变化着的位置。你成功了吗？你认输了吗？你想过认输吗？你觉得什么是成功呢？还记得你光辉的理想吗？已经变成曾经了吗？

岁月之于新生，不是沧桑；岁月之于永恒，亦不是沧桑，如 1915 年的《新青年》，是我心中永远的新青年，亦如 1997 年的《雁阵》，正是我心中那个姑娘。

（特约撰稿）

那间陋室，那盏灯

——我与《雁阵》的故事（二）

阿　波

自从开始研究生备考，我参与《雁阵》的工作越来越少，但每天伴着夜色返回宿舍的途中，无论从哪个教学楼出来，总是要绕到九教楼下，抬头看一眼三层角落学生会办公室的灯是否还亮着，因为只要亮着，十有八九是师弟、师妹们正在为《雁阵》忙碌。二十年已去，接到师妹的稿件邀约，一下子想到的还是那间陋室、那盏灯，因为它们见证了一群志同道合者朴素而真诚的奋斗，更因为奋斗中的历练和真情直到今天仍像一盏“灯”，在温暖并指引我前行。

作为一份由管理学院创办的文学刊物，加之创刊“大哥”的特有气质，《雁阵》在文学方面的柔美略有不足，但绝不缺乏倔强的“豪横”之气。那间陋室和陋室中的人，虽不及刘禹锡陋室的“德馨”之境，但心中都充满了披肝沥胆、协同共进的奋斗豪情。要干就干到最好，要做就做到极致，“豪”的底气来自于不问结果、倾力而为的投入和实干。在那间陋室里，我们讨论选题，我们策划方案；在那盏灯下，我们筹划未来，我们激辩发展。无论是博古通今、妙笔生花的文学高手，还是五彩斑斓、才思泉涌的创意美编，还是踏破铁鞋、足智多谋的超级公关，大家不问出处，都努力振翅飞翔，助力“雁阵”飞得更加高远。

从“大哥”为代表的师兄师姐，到“臭味相投”的同级“狐朋狗友”，再到薪火相传的师弟师妹，我们有荣耀、有泪水，有畅快、有失意，但绝不留一丝遗憾。时光荏苒，一个个雁阵人，一件件雁阵事，一段段雁阵情，在心底持续发酵沉淀。陋室不忘，明灯不息，让我们继续坚守那份奋斗之初的简单，静心守正、笃行尽责，共赴美好明天！

（特约撰稿）

有一个“雁阵”

——我与《雁阵》的故事（三）

浪　子

有一本杂志，叫《雁阵》。

一日，我在书房翻阅旧日的报纸杂志，小儿子看到说：“爸爸，那是《雁阵》吗?”

“哟，你怎么知道?”我很是惊讶地问。

“那天你不是跟我们讲了大学里《雁阵》的故事吗?”

老怀欣慰的我，霎时动容，想不到我们的青葱逸事，竟感染了一个“10后”出生在海外的小娃。在这个电子信息化的时代，《读者》《青年文摘》这些伴随我们成长的刊物均已在脑海中模糊起来，甚至会一下子说不出它们的名字。唯有《雁阵》，那本生命中最重的杂志，柔肠百转，思绪万千，总会在不经意间拾起，却从未在心中滑落……

有一种理财，叫《雁阵》公关部

忘记了哪一年，有个学弟告诉我，《雁阵》公关部取消了，院里出钱刊发了。这到底是《雁阵》因知名度的提升而被官方认可的成长，还是文艺与金钱的疏离从而造成的形势上的倒退？我不关心，也不重要。重要的是，心里突然间失落，好似丢掉了一样极其重要的东西。

多年前，或者说二十多年前，小可忝为《雁阵》杂志社首任公关部部长，附庸风雅般地将名字写入了杂志社的目录里。从此以校园文化人自居，随处招摇。最终虽落得“工商痞子”的称号，却抱着“岂不知，痞子也有文学”的道德标准，甘之如饴地做起了“拿着板儿砖的诗人”。

金钱虽充满了铜臭，却曾一度让《雁阵》在保定的大学圈绽放异彩。多少欢笑，多少泪水，多少为《雁阵》而熬夜的日子，都在混入酒水的故事里，诉说着，无尽的兄弟，无尽的情愫……

有一个微信群，就叫“雁阵”，群里每个成员都有一个共同的名字，叫“雁子”。这是一个由二十余年前的《雁阵》老家伙们组成的群，至于“余”多少，大家就不要追究了（新加入的《雁阵》小朋友除外）。里面均是闲散于各地的“雁子”——曾经的管理学院学生会暨《雁阵》杂志社成员。不知现如今的学生会是否还是如我们一样心甘情愿地服务于杂志社，反正那时的我们似乎也分不出个彼此。每每忆起外联部的同僚，被我全伙拉去跑广告的情景，总觉得颇有些对不住他们。

虽白云苍狗，但雁散而有群，有群即有阵。有她在，我们这些远方的游子，心就有了着落。我跟很多人说起过，生命至今四十有年，最精彩而又难忘的当为大学生活，而大学生活中最令我难以割舍的，总是《雁阵》……

有一个二十年没做完的梦，叫“雁归来”

大学毕业近二十年，每次回国，基本都会来母校看看，就似远飞的孤雁，飞得越远越祈盼归来。然而每次归来，除了沉醉还是沉醉……

我是幸运的，偶尔一次回望母校，竟赶上《雁阵》十二年专刊发行，还有管理学院学生会十周年庆典，收获颇丰。看着鬓添白发的恩师，意气风发的学弟、学妹，再看看我老人家日趋膨胀的肚皮，无地自容之下只有拳拳的感恩和满满的艳羡。

回想八十年校庆，我们携手徒步八十里，旧日场景，历历在目。即将来临的母校百年，盛大如斯，又让我心潮澎湃，恨不得肩生双翅。在这个全球新冠肺炎疫情肆虐且看不到尽头的日子里，不知可否适时地回归母校。但愿天遂人愿，孤雁归巢，河大百年，有你有我！

（特约撰稿）

如梦之梦，梦醒有你

——我与《雁阵》的故事（四）

张玉莲

如果说每一个人都是自己人生的角，那么同时，我，又自然地成了别人的配角，担当着一个默默陪伴的见证者角色。

在从不缺溢美之词的大学时代，有时回忆起来恍然似梦，梦里面全都是青春洋溢的面孔。在混进“雁阵”微信群的若干年后，我这位“编外人员”在雁子们无限热情之下，在母校百年校庆之时，也不禁想写一点什么，来纪念那段曾经的时光了！

《雁阵》这本杂志于我来说，就像邻家一个呱呱坠地的小婴孩儿，被一群文艺小青年们七手八脚地抱在怀里，包裹着，哺育着。为了这个小家伙儿，他们身处于生活与文艺之间，用文字升华日常；他们游历于校园与美景之中，用相机和画笔留住时光；他们奔走于校内外各类机构，用热情拿到赞助支持给娃供养。尽管今时今日，杂志的内容回想起来大多已非常模糊，但是每每提到《雁阵》，扑面而来的青春气息却始终不散，我想，是因为见证了那群意气风发的小青年为了《雁阵》不遗余力的冲劲儿和对自己的狠劲儿吧！

同在学生会工作，常常是我这边正在排练晚会节目，音乐声此起彼伏，隔壁办公室《雁阵》编辑部正在开会，杨同学慷慨激昂，大嗓门穿透力极强。其他的雁子你一言我一语，时而热热闹闹，时而静默思考。虽然他们具体在讨论什么不太能听得清楚，但在我的印象里，这群文艺小青年的脑洞很大，想法超多，贵在又很有行动力。雁子们各有各的专长，把一个学院起家的校园杂志搞得红红火火，在全校的各大杂志中拥有了自己的姓名，在同学中圈粉无数，现在回想起来，当时绝对可以算是“业界顶流”“校园一线”了吧！每一次看到《雁阵》的宣传海报挂在学校宣传栏，得知《雁阵》又获了什么奖项，作为工商管理学院的一员，我竟莫名地感到非常骄傲，似乎隔墙听到他们开会也成了我参与其中的一项重要内容。

记得文艺部招新时，我用了当时乒乓球冠军的一句经典广告词，但颠倒了它的顺序，我说，希望来文艺部的同学能够做到“我喜欢，我选择”。因为没有比兴趣更强的动力，做文艺真的很需要拥有纯粹热爱的人，只有真心喜欢，才能无怨无悔，而做杂志应该也是同理吧！

毕业已近二十年，虽已过不惑，但回首过往的工作经历，几次都是开疆辟土、从无到有的过程。2012 年回到母校时是毕业十年团聚，那时的我正奔赴一个新的工作环境，意气风发。如今写下这些文字时，又要勇敢地面对新的职业挑战，依然热情不减当年。二十年来，庆幸自己一直保持清醒，无论在生活的何种阶段都知道自己想要什么，并没有随波逐流，也没有被生活磨平棱角，而是努力地忠于内心，就像当年的那群雁子，这么多年过去了，在“雁阵”的微信群里，他们依然畅所欲言，依然是曾经那个少年！

青春真的像一场梦，风花雪月也好，斗志昂扬也罢，那份过往是海上的一艘客船，在船上我经历了很多事情，看到了很多风景，而他们就恰好走在了我的风景里。船靠岸的时候，梦醒了，我身边留下了一大群朋友，我们互相鼓励着，从赤着脚开始，慢慢走过了二十年，感谢我的身边，依然有你！

（特约撰稿）

“有限”热爱

——我与《雁阵》的故事（五）

张江南

我与我们的《雁阵》生活在没有智能手机的时代，我与我们的《雁阵》生活在门口鸡蛋灌饼两块钱还很好吃的时代，我与我们的《雁阵》生活在一个还不是大众创业、万众创新的“自媒体”时代。我们无法去掉身上年代的标签，我们无法忽视鱼尾纹给我们带来的年龄感，我们无法回避时代带给我们的沧桑感。

《雁阵》，对很多河大人来说，她不过是出自管理学院的一本杂志。《雁阵》于我，于当初的我，我想说，她是我的理想国，她是我的同好圈，她是我在人生最美好的四年里全部的热爱。这种热爱是什么？是一种即便余烬也可以温暖你的一种非物质的力量，让我在后续的二十年中，支持和平衡自己的一种力量。

初啼：初心

我为什么加入《雁阵》？记得那是一个夜黑风高的夜晚，我和朋友恰好围观了招新，恰好上台去试一试。于是我误打误撞地进了学生会，进了办公室，也误打误撞地进入《雁阵》。历史总是惊人的相似，我就是那种，谈不上爱或者不爱，接触了，了解了，之后爱上了就这么简单。《雁阵》如此，工作如此，恋爱也是如此。人的成熟可能是从分析利弊开始的，我觉得这么多年，我一直是一个并没有完全社会化的人，做事情不完全会从利弊的角度去想。我喜欢，我愿意，我当下有这个力量，我可能就去做了。爱上了，投入了，恰好又都不是太坏。

抽羽：阵痛

热爱带来伤痛，伤痛带来成长。因为投入是义无反顾，所以带来的直接伤害也不可避免。大家都会面对学习生活和社会活动投入时间和精力的比例问题。因为高考发挥失常，我一开始进入大学就是破罐子破摔了。我不太明白大学究竟对我有什么意义。我的大学四年可以说是一个的 LOSER，以高等数学连续挂科，成功没有拿到学位证书结束。《雁阵》给我的是救赎，让我至少在灰暗的四年生活中，有这么一个目标和追求。直到现在，《雁阵》带给我的时间管理、流程管理、质量管理这一切，都让我在日后的咨询生涯中受益良多。所以，我谈有限热爱，除非你不求回报，否则会极端不平衡。还好，我这个人就是一个极端不喜欢传统意义的无趣成功者。所以，我愿意，谁也管不着。

单飞：成长

雏鸟离巢，担当与责任。记得那时候九八级的师兄们毕业，给我们的压力非常大。把《雁阵》交托给我们九九级，这不仅仅是把一本杂志的出版交给我们，这也意味着让我们独立去承担《雁阵》继续发展的使命。大三的学习也进入了紧张时期，班主任老师一直不赞成我继续这样，但是我仍然顶住了压力坚持到毕业。学长们给我们规划了路线，但是更远的路还是需要我们自己去飞。后面的人生当中，我会时常回想，这是一种不带任何利益的交托，是什么让我们愿意去担当，是爱吗？也许这就是传说中的用爱发电。

雁群：同伴

九七级、九八级的师兄师姐给我们做了很好的榜样，九九级同级的伙伴们一直互相扶持，走通了《雁阵》出版的流程，联络了省内兄弟杂志，甚至《大学生》杂志社。故事太多了，不能一一在此絮叨。记得做《雁阵》压力很大的时候，师兄带我们一起喝过的粥，记得我们一起喝吐了醉相百出，记得我们熬夜通宵一起排的版和改的稿子。我们的小小理想，只是让《雁阵》越飞越高，越飞越远。方寸天地，办公室那个老破小的空间，那台破旧的只能聊 OICQ 和玩文字 MUD 的破电脑，还有那一张张永远也画不完的宣传板。我依稀还能闻到丙烯颜料的味道，我常常穿着我的破牛仔裤，沾染着丙烯颜料和衣而卧，沉沉睡去。

无论当初你加入《雁阵》的初心是什么，无论你是中途离队还是完美接棒，无论你是自说自话，还是一群人的狂欢。我想说，《雁阵》生存至今，一定是因为她的包容性和旺盛的生命力。《雁阵》，无论你是百分之一还是百分之九十九的热爱，她都爱你。

克制的付出是美，沉浸式付出是美，评估结果式付出也是美。短暂的人生，青春的热情是有限的，热爱我们的热爱，把有限的热爱投入到你我所爱。《雁阵》如此，人生亦是如此。

我想在这里以几幅小图送给一起奋斗过的九九级的同伴们，这是想起他们我会第一个想起的事物。他们是不是还记得那个不修边幅、邋邋遢遢的江南？

（排名不分先后，别吵吵哈。）

师兄阿波是我大学阶段的导师，估计没有他的认可，我那时候基本是要得神经病的，《自救书》珍藏至今。比较遗憾的事情是，没有趁着师兄在武大读研的时候，去看看武大的樱花。

小熊是我并肩作战的姐妹，和我一起画板子，那时候我们电脑喷涂很贵的，基本都是人手来画。小熊娇憨可爱，比我心细，还会把我没有耐心做好的小手工做好给我。

丹丹姐，和我一起吃一起睡，她考研在外租了房子，我总是去蹭吃蹭喝，她念书，我歪在床上看闲书。月底我们都穷的时候，她就会给我煮素的挂面，葱花爆锅后淡淡的油香，加个荷包蛋简直完美。

孔颖是我们的版面设计，版面设计超级简约，很有审美。我一直纳闷学信息的理工女怎么有这样的审美！她的五笔打字速度超级快，我很佩服，我用聊天练出来的打字速度自愧不如。

小昌，写得一手超级好的毛笔字，就是年纪轻轻略有点儿老成。想法很多，非常天马行空，很有上进心，事业心，有眼界，第一次和《大学生》杂志社沟通的就是他。

丽文，是我对门宿舍的姐妹。她在工商，我在会计。我们一直是配合极好的好姐妹。她非常有幽默感，让大家惊讶的是，为什么嫁给了我们神神道道的瑞哥。

送给好朋友们：

江城子·人无再少年

（非典型押韵江城子，By 江南）

少年有意冀中行，弃脂粉，简梳妆。总督府邸，胧月叹荷殇。如琢如磨皆文章，调素手，有兰香。　　清风流年醉匆匆，最少年，几时重？飞絮落花，颜色年年同。唯愿回首闲忆里，欢声起，女儿红。

（特约撰稿）

愿人生的每个时节都欣逢“雁阵”

——我与《雁阵》的故事（六）

张彦斌

时间的飞逝流转把我带到现在，思绪的遐想神飞把我带回大学时光。回首我的大学生活，真正让我刻骨铭心，甚至影响我人生道路的，可能就是选择了加入《雁阵》杂志社。当初，深埋在心里的奢念是希望《雁阵》能够像《新青年》那样激荡起思想的浪花，执念前行，《雁阵》即成了我的大学和大学的我的缩影。

《雁阵》于我，是理想的栖息地，那里寄托着我的年少梦想。她让我认识自己、找到自己、活出自己当年想成为的样子。那时，《雁阵》的每一个文字，都装着我的梦，也藏着我的梦外。从在《雁阵》上发表首篇文字，到负责一个栏目，再到主编刊物、主持社务，点点滴滴，使我深深感受到理想与激情、责任与担当、传承与发展、团结与友谊，也默默体味过彷徨与焦虑。我努力追求她雅俗共赏，也坦然接受她只被一小部分人喜欢，说到底，是相信她能历经与众悲欢，最终成就与众不同，一如我们个人的成长。《雁阵》中可以窥见“小我”，这段《雁阵》岁月，教会我更加从容地坚定所信、追求所愿、拥抱所遇。

《雁阵》的周围始终集聚着一个有特质的青年群体。感谢大学里筚路蓝缕的师兄师姐，比肩奋斗的同届兄弟姐妹，接力前行的师弟师妹，他们对《雁阵》深切的爱始终感染和激励着我，是我大学时代的引路人、同行者，与我亦师亦友。往事历历在目，从未走远，难忘编辑文字和版式的精益求精、日夜不辍，难忘外联公关的辗转奔波、丰收喜悦，难忘筹划发展的砥砺思维、慷慨激辩……《雁阵》的故事里尽是踏实奋斗的身影、激扬文字的豪迈、思考求索的深沉、敢作敢为的明快、苦乐共担的勇毅，是所有青春该有的格调与旋律。我向来认为，真正伟大的情感，是共同奋斗于一份珍爱的事业，成型于一份共同珍视的结晶。《雁阵》就是我们的那份事业、那份结晶，正如一位师妹所说的，是每个雁阵人的青春“老家”。《雁阵》中可以发现“大我”，由己及人，外修内省，自己时时感动于身边有这样一群可爱可敬可钦的青年。这段雁阵岁月，见证着所有雁阵人乃至河大人、青年人的接续奋斗和年代风貌，激励我更加主动地与有肝胆之人共事，汲取向上、向善、向好的力量，成为“雁阵”的成员，在长空同心飞翔，努力把“人”字写大。

如今，母校百年，《雁阵》也已二十四岁了。在河大百年沉淀里，《雁阵》成长出茁壮的根苗，历经风雨滋润，此时恰风华正茂，创造着校园学生刊物创办最早、赓续时间最长，而且越办越好的奇迹。一部校史，一部《雁阵》史，我们是这历史的亲历者、实践者、书写者。岁月不居，时节如流，毕业转眼已十七年。我慢慢思考，《雁阵》其实是一种精神，是流淌在雁阵人乃至青年人血液里的生活态度，即在坚守理想中承担责任、执着事业，过一段积极无悔的人生岁月。今天，雁阵人纵然各自天涯，但有了这种精神，到哪里都会有精神家园可守护、有流金岁月可追寻、有动人乐章可演绎。人生是超越大学的漫漫长路，在现今雁阵人徜徉于青青校园之际，过往的雁阵人有的已过而立或不惑之年。唯愿在人生的每个时节、每段旅程，我们都能够幸会理想、欣逢“雁阵”，无论身处何方，都能不屈不挠地畅意飞翔。

（特约撰稿）

点　滴

——我与《雁阵》的故事（七）

闫　文

如今的我，已说不清，如今写下的，是当年的点滴，还是二十多年，对“当年点滴”的无数次回忆。

——题记

我一度很想学习排版，因为学了排版貌似就可以进到杂志社的核心团队——一个我向往的圈子。我向我的“主管”孙胜显提出了好几次，他都拒绝了。我只得默默地听学长们眉飞色舞地谈论“小熊打字的速度，跟说话似的”“江南排版，一晚上就能搞定”。于是，打字速度赶上说话速度，成了我一直无法企及的高度，以至于在二十年后讯飞推出语音输入鼠标的时候，我毫不犹豫地入手了一支；而排版，却也再无机会学习了。

在那个模糊逼仄的地下小屋里，我身边坐着女神级的师姐杨文雅，她正娴熟地在电脑上敲下“陶喆”，我问：“陶喆是谁?”她不动神色地继续敲击键盘，“你不知道陶喆？可千万别告诉胡南薇，她要是知道还有人不知道陶喆，会疯狂的。”从此，“陶喆”在我意识中成了很有高度的一个概念。

晚上，记不清是在那个虽老旧却人气不断的“一教”，还是在那个据说按照八卦设计的“九教”的某教室里，黑板上赫然写着“文学座谈会”几个字；我坐在第一排，有点儿懵地看着台上：干瘦的明星学长在夸夸其谈，颇有优越感地对着我们这些大一新生大谈“文学”；组织者刘铮坐在我后面，他有着比女生还好的皮肤，正所谓“细腻光滑有弹性”；身边是后来成为挚友的小莉，她眼神坚定，问了一个关于卫慧的问题（天！今天我打下这个名字的时候，输入法居然没有自动联想生成）；学长孙胜显接了个电话，急匆匆地走了，我感觉自己一下子“荒芜”了起来……

每次见到李剑波，都不知道该称呼什么。我们宿舍几个人私下里商量，叫“师兄”怕不严肃，叫“部长”怕太官方，叫“建波”怕不礼貌，周念念一锤定音：“以后就叫——老前辈！”

被“龙虎论”激励着，

从第一次听到，

到第二次听到，

到第三次听到，

到第N次听到，

到自己给别人讲起……

很庆幸，在《雁阵》和这些同样被激励的人们在一起；

直至今日，在我忙碌到“剩的这点精神头仅够维持生命体征”的这段日子里，丽文催稿，我心甘情愿放下所有的事，写下这些凌乱的记忆；我的心也一下子踏实下来，感到温暖，感到力量！

（特约撰稿）

我的河大青春记忆三则

——我与《雁阵》的故事（八）

姜天佑

岁月的车轮滚滚向前，从未停歇，河北大学这棵巨树迎来了她的百岁生日，我这颗她七十九岁时结下的果实，亲眼见证了她的八十、八十一、八十二岁，现在秦皇岛遥祝她的百岁生日，也迎来了自己的四十岁。已是不惑之年的我内心本已非常平静，在成长的历练中褪去青涩，披上成熟，但一条《雁阵》约稿的微信复燃了我的青春记忆。我们本身就是河北大学校史的一部分，是她某几条年轮上平淡无奇的几段小弧线，但放在大的历史背景里又显示出它的独特性和年代感。

写点儿什么呢？本想写点大学生的责任和我的成长感悟，但思量再三还是放下了，毕竟每个时代有每个时代的特点，拥有代沟的校友们难以通过这样的文字沟通对母校的感情。于是决定写点儿那个年代的趣事，一时间无数的记忆片段涌了上来，只摘取三段为母校百年校庆造点气氛。

（一）男生宿舍保洁阿姨的“蔑视”

说是阿姨，其实和现在的自己年龄相仿。

九号楼的卫生间是个套间，外间是一个水房，类似老电影里面的那样，中间是一个贴着白瓷砖的半人高的长条水池，水池内部被一条长长的凸台一分为二，凸台上并排着两行水龙头；内间就是那个年代公厕的样子，一条排污沟被横在上面的几块板子分为几个没有门的隔间，对面就是一个瓷砖贴成的整体小便池。

夏天的保定很热，宿舍也没有空调，这个水房便成了我们的避暑胜地，赤条条的两排人，一边交流着思想一边用水盆接了水哗哗地往身上浇着，有了便意的感觉便径直走到内间解决。

这一年，保洁阿姨代替了保洁大爷，我们彼此都在慢慢地适应着。

“有人吗？穿好衣服，我要进去打扫了！”最开始的几天阿姨都会提前知会一声。

也许是因为我们当中总有人不配合，也许是因为阿姨心中无邪，总之，在某一天之后她便不再知会，突然出现的阿姨让“白条鸡们”赶紧用脸盆盖住了重要部位，呆呆愣在那里等着阿姨的离去，但阿姨不慌不忙地穿梭在大家中间，不时冒出一句“让一下”。这可比《羞羞的铁拳》中的那个桥段真实生猛了许多。

一天这样，两天这样……渐渐地大多已经习惯了阿姨的突然出现，但还有一个例外。

这天也巧，小凯正赤条条地释放着自己的便意，阿姨进来了，习惯了阿姨存在的白条鸡们仍在尽情地洗着自己，但小凯却困在了厕所，没有水盆遮挡的小凯只能蹲着用身体隐去重要部位，他在寄希望于阿姨可以不打扫这个坑位。

一个坑位、两个坑位……终于除了他所在的坑位都打扫完了。

“怎么还没完？快点儿!”阿姨用余光瞟了他一眼，不耐烦地催促道。

小凯所有的坚持此刻都化为了笑话，慌里慌张地逃出了他坚守了一刻钟的战场，以完败告终，也成了他一生的槽点。

（二）被遗忘的学长毕业遗产

2000 年的学校里没有共享单车，更没有电动车、私家车，在那个通信还是 BB 机、小灵通的年代，自行车是同学们出行的标配。

我的第一辆自行车是一辆一百多块钱买来的二手黑色变速山地车，现在想想它应该是那些毛贼从别处偷来的吧。正是应了那句话，没有买卖就没有伤害，三个月之后它又一次回到了毛贼们的手里。

痛失爱车的我却很快发现了宝藏——九号楼前的自行车冢。这里堆积着无数辆学长们的毕业遗产，在风吹雨淋下锈迹斑斑，各种零件散落着，足足堆了一层多楼那么高。

我很容易便拼出了一辆可以骑的自行车，又买来黄蓝两色电工胶带把裸露的锈迹盖了起来，一辆黄蓝相间的自行车便成了我的全球限量款出行工具，个性十足。

就是这样一辆拼出来的自行车也在两年后成了毛贼的战利品。想想也是好笑，毛贼看着那么多宝贝摆在那儿却偏偏喜欢偷别人在用的坐骑。

我也常常和同学们开玩笑说，我是不是当年辜负了学长们，如果当时我的思想再解放点儿，与自行车修理厂搞个合作会不会在那个房价只有几百元一平方米的年代里挣出一套房子来，哈哈哈……

这些对学校来说鸡肋般的存在最终在我快毕业那年被处理掉了。

时代变迁，也不知道现在的学长们又留下了些什么呢？

（三）至今怀念的小吃

保定的小吃是出了名的，河北大学门前的小吃更是。

我入学时南北院的沿街围墙还不是栅栏，而是一排小门市房，各色小吃齐聚于此，校门前还有流动的摊点，东侧还有著名的大棚。

千层肉饼、鸡蛋灌饼、驴肉火烧、千里香大馄饨、葱香水煎包、牛肉板面、羊肉泡馍、兰州拉面、面皮……这些也成为我大学生活的一部分。

那个时候的大学食堂还不像现在这样的社会化经营，菜品单一、口味一般，价格也并不占优势。记得北院的食堂其实是一个大礼堂改的，吃过两回便很少去了。小吃成了我的首选，要不是南院食堂慢慢好了起来，估计我会一直吃小吃到毕业。

众多小吃里面我最爱鸡蛋灌饼，很大一张仅一块钱，烙过之后再烤上一会儿，外焦里嫩，分量很足，两张我就能吃饱。为了吃上它我有时需要排好长的队伍，为此朋友也调侃说我喜欢上了灌饼大嫂……

毕业后就再没吃到过那么好吃的鸡蛋灌饼了，前几年回母校专门找了一家，发现味道也不行了，摊贩没有了那份坚守，改成了提前做好再热热了，也就丢了它最纯的味道。

现在学校的食堂就是一个美食城，大家可以选择的更多了，若干年后你们会不会也怀念大学的饮食。

那几年我们经历了学校机房网速从 64K 到 2M 的跃升，看到了 OICQ 等聊天工具的兴起，见证了新校区的启用，参与了校园社团的发展……还有很多很多属于那个时期的记忆我想留到母校二百年校庆时再写吧！

（特约撰稿）

不期而遇

——我与《雁阵》的故事（九）

尹少兰

白驹过隙，时光荏苒。不知不觉间已经走过三年的时光。这三年来，在《雁阵》，有开心、有快乐、有匆忙、有焦躁，记忆满满。《雁阵》是一个温暖的大家庭，在这里，你能感受到来自学长学姐深深的关爱，他们会向你传授他们学习上的经验与理解，会为你解答你遇到的困惑与不解，会贴心地关心你，开解你。大家成为好朋友，一起玩乐，一起进步。在一起的时光会让人感觉特别地温暖有爱。

记得 2017 年“百团大战”的时候，懵懂又对大学生活充满憧憬的我在一个个的社团摊子之间穿过，转角看到了红红的“《雁阵》杂志社”的招牌，看到里面美丽动人、大方可爱的学姐们，鼓起勇气上前询问，最后进入了《雁阵》杂志社。听她们讲解《雁阵》的历史，对《雁阵》充满了喜欢。希望自己也能为《雁阵》出一份微薄之力，自此，我与《雁阵》的相伴便开始了。

之后我继续留在雁阵，招新，带领新的“小雁子”们一起发展《雁阵》，一起学习一起进步，就像当初的学姐一样。光阴似箭催人老，转眼我已经离开《雁阵》了，但我对《雁阵》的感情一直都在，我与《雁阵》的故事一直伴随着我的大学时光在记忆的深处。《雁阵》一代一代地传承，也越来越好。

（特约撰稿）

再见，来不及挥手

——我与《雁阵》的故事（十）

曲泽旭

与君初相识，犹如故人归

高中的闲暇与杂志相伴，算是与《雁阵》的初相识，“百团大战”社团的宣传单交相辉映，为光怪陆离的校园增添几分神秘，驻足回首间，像发现新世界一般，睁大瞳孔在条幅间扫视一番，“《雁阵》杂志社”这五个平淡的汉字映入眼帘，与学姐也就是后来我的部长进行了简单的交谈，出于喜爱与对曾经的缅怀，便成为其中的一员，变成了一只小雁子。

情不知所起，一往而深

随后，全体成员大会新老社长的交接中，我看到了一个故事的结束与另一个故事的开始，或许我与你的故事，也是在这个时候悄然上演。我们都是1998年出生，算时间你还比我小两个月，但我却不曾见证你的辉煌，只能听老雁子们娓娓诉说，《雁阵》杂志以“讲述河大人的故事”为初衷，流传于保定市面……虽然现在你不会被更多的人熟知，但这一路的坚持让我心生一份敬意，你的初心没有变，“河大人的故事”也从未有过中断，时光不语，会记住你的努力；岁月无言，会抚平你的伤悲。

不知不觉中一起共度大学的三载光阴，从一个懵懵懂懂的少年，连杂志版面都不会设计，到教会部员去制作一期杂志，最后成为你的主编，接下了历任主编的接力棒逆水行舟，开启了一段从未有过的暑期社会实践，为人们心目中的小康向河大提交一份我们的答卷。

最深情，莫过深情的你

记得在一个盛夏的夜晚，微风拂过面颊已感到渐渐凉意，这凉意不仅源于今晚的风，还有今夜即将要告别的同伴。虽然天下无不散之宴席，但诀别之际，那说不完道不尽的话语，恰如那黄河之水。那一夜，已记不清说过多少声再见，也没有人转身离去，最后还是部长率先垂范转身踱步，走了两步回头发现我们仍在原地，便回过身又聊了一会儿，或许止步，是那最后的温柔。

待千帆阅尽，归来仍是少年。

（特约撰稿）

后　记

2021年恰逢河北大学建校百年，《雁阵》这个杂志社也走过了24个春秋，积攒了24年的故事，她就像一位娉婷玉立的少女，越发生的俊俏啦。学院党委想把《雁阵》的文化借着校友返校的时机广为传播，也想将校友们在青葱岁月里的点滴故事借由《雁阵》激起共鸣，于是，《〈雁阵〉廿四》应运而生。因为读大学时有幸做过《雁阵》第20期至23期的社长，现又在管理学院任教，无论是从情缘的角度还是从地缘的角度，再或是信任的角度，学院党委选中我来承担此次组稿编写的工作，让我既兴奋又充满压力。兴奋在于借着组稿的机会，我可以和雁子们深入交流沟通；压力在于社长的经验在发行和市场，而组稿的任务显然由主编承担更合适，而我缺少主编的工作经验。想把领导委托的工作干好，想让《〈雁阵〉廿四》起到应有的效果，越是这样想着压力也越随之增大。为此，学院党委特意为我们组了个编委会，林涛书记挂帅，由我、团委书记李星莹老师、张雅文老师和《雁阵》现在的孩子们，共同承担《〈雁阵〉廿四》的组稿和雁子们的联络工作。

今天大家见到的这本《〈雁阵〉廿四》，是近24年间《雁阵》在校园内发行的所有期数的基础上，按照作者为“管理学院学生”的标准拣选整理，同时又邀请了可以联系到的社长、主编和关注《雁阵》的同路人，为《〈雁阵〉廿四》特别撰稿。

《〈雁阵〉廿四》的内容分为两部分，一部分为以往81期中管理学院学生们的原创作品，这部分内容我们力求保持原作的本色，但也存在因原作纸质版本字迹模糊不易分辨或作者的表达含蓄晦涩的，我们按照自己的理解虽牵强填补、断章取义，但仍可能存在理解上的差池，修改中的不妥之处还请大家海涵。其实《雁阵》从来就不只是管理学院的孩子，她是河北大学的孩子，我们之所以只摘编管理学院的学生作品，有一个原因就是版权问题的制约，另一个就是毕业生联系问题的制约，我们最终通过各期、各级的社长、主编向目前摘编的所有作者通告版权使用的情况。而全书的另一部分内容为向历任“雁阵人”的专刊约稿，在我们向各位“雁子”发出邀请后，我们收到了体裁各异，内容丰富的作品，有散文，有绘画，有回忆录！每收到一篇作品，就带我重回一次自己的白衣岁月！

记得最早收到的是师妹闫文的作品，她一向是个行动派，人干练，学识高，肯吃苦，又温柔。看着她写的《点滴》，我的思绪就被带去了那个排版的地下室，她讲到的江南，也是我很佩服的美侠女。几乎好多我们那个没有个人笔记本时代的雁阵人，都对地下室机房记忆犹新。那个时候学院团委允许我们使用的电脑就一台，而且是个386，排版用着十分不讨巧，关键是办公室不能通宵，而排版的工作是有时间限制的。为此，学校图书馆地下室的机房，就成了我们每月必须光临的场所。江南和小熊排版，我陪同，等清晨的第一缕阳光照进校园，她们拖着疲惫的身子离开的时候，我就像是刚启动的机器，拿着2.5英寸的软盘去惠宝文印打玻璃纸的模板，再把出好的小样送去臧村的一家印刷厂印刷。那个时候，真是不知道靠的什么样的精神，夜以继日地这样工作着。以至于工作后，对于清闲的实验室工作，我竟然十分不满！此处，估计有人会群起批评我啦！但是，我想说，青年人，年轻人，不就应该有点儿干劲吗?《雁阵》，给了我发挥自己力量的机会，我也因此一直感动于《雁阵》给予我的一切。

我的网名叫“醉舞红颜”，是当时的主编江南给我起的，她是住在我对门的姑娘，笑起来嘴角两个酒窝，白白的纤细的手指，绘画极美，文风也极美。她说我应该叫这个网名，我没有丝毫思考就用了它，一用就是二十年，直到现在，提起这个名字，就能想起江南。想起一起哈哈大笑，想起一起编辑排版，想起一起醉酒的日子，还有毕业时她送我的书。因为《雁阵》，我有了自己的另一个名字——醉舞红颜。

还是因为《雁阵》，我收获了比任何人都多的友情！我当然有这个自信，因为我的背后有《雁阵》。在我收到组稿任务的第一时间，我就联系了我们的波哥，我的焦虑和不安被波哥几句话就化解了，他说：“你就给大家下任务就行，你怎么说，我们就怎么做!”然后我就鼓起勇气向大家发布任务，喜峰社长特意创作绘画作品，老社长浪子文轩从迪拜发来稿子，激励群里的所有雁子，也激励着我。鹿航姐姐、江南、小昌、彦斌、天佑，还有那位长得像林忆莲、唱歌更像林忆莲的玉莲姐姐，当大家的文稿书画纷至沓来的时候，我的心踏实了！万事开头难，有了好的开始，就什么都不怕啦。我们收到的不只是初创时故人的投稿，还有很多 2017 级、2018 级社长、主编们的稿子，每一份都沉甸甸，每一份都情深深。

《〈雁阵〉廿四》内容的排列是按照文章出版的期数逐一编排的，目前总出刊 81 期，能找到存本的共有 68 期，缺 25 期、31 期、34 期、38 期、43 期、47 期、51 期、52 期、71—75 期。内容随着《雁阵》办刊风格的调整变化，主要呈现六大主题：一是展现个人的成长变化；二是咏赞校园文化和风景名胜；三是艺术作品的赏析，包括音乐、电影、舞蹈、绘画与书法等；四是经济管理专业知识普及与评论。五是摘编分享知名的文学作品；六是大学生独有的幽默视角。体裁多样，涵盖诗歌、散文、小说、评论等。在整理的过程中，我惊叹地发现，如今某教授、某博士、某知名撰稿人，他们也曾是《雁阵》的座上宾！鹿航姐姐说，《雁阵》的定位就应该是《新青年》，现在看来，她还真有几分《新青年》的样子。

《雁阵》从出生到长成今天的模样，始终在坚持和传播《雁阵》文化：雁，因为它天然的集体协作精神，成为一种让人肃然起敬的动物。南去的路上，无雁不成雁阵，无雁阵难庇孤雁。大学的路上，一代又一代“雁阵人”持之以恒，就是因为他们有一个团结的整体，有严格的纪律，有很强的大局观。我想这就是群雁翱翔至今的理由之一吧！

《雁阵》创建之初的DNA品质上乘，承载着创始者睿智机敏的智慧，没有这些勇于开拓创造的开拓者，就没有今天的雁舞银沙。我们要特别感谢王心老师、郭彦斌老师在杂志社创建之初悉心的指导，感谢张战辉、靳莉、徐亚敏、张喜峰、鹿航、李剑波、王瑞、杨文轩等多位创始者的开拓，更要感谢管理学院党委24年来一如既往的指导和扶助，感谢每一位为《雁阵》续写历史的作者、编辑、社长！尤其要感谢一直以来关心《雁阵》的我们的大学同路人、同学们，是你们给了我们坚持的动力，不断超越自我的勇气！感谢河北大学开放包容的校园文化，培养了一批又一批有志青年！我们聚在校园，是群雁；我们走出校园，建雁群！不断传承和践行“实事求是、笃学成行”的河大精神！

最后，我们还要向对本书编辑出版付出卓越贡献的何东主任、赵彩霞编辑表示感谢，她们细致入微的服务，谦逊专业的工作态度让我们的合作非常愉快。

我们就是成长在这样一个友善的大家庭，我为自己是《雁阵》的一员而荣耀！我为自己能成长在河大的沃土中而自豪！

王丽文

2021年7月24日